集英社オレンジ文庫

後宮史華伝

すべて夢の如し

はるおかりの

［目次］

後宮染華伝
［人物紹介］
李紫蓮（りしれん）
都の染め物屋の嫡女。
生来の聡明さゆえお忍び中の李太后に気に入られ、
女性たちが権力争いを繰り広げる後宮を治めるために入宮し、
「寵愛される皇貴妃」を演じることに。
高隆青（こうりゅうせい）
義昌帝・高遊宵の後を継いだ皇帝。
深く愛した妃が大罪を犯したため
冷宮に幽閉した過去を持つ。
李太后の命で李紫蓮を皇貴妃に迎え、
計算ずくの夫婦関係を結ぶ。
イラスト／泉リリカ

後宮戯華伝
［人物紹介］
高礼駿（こうれいしゅん）
宣祐帝の皇八子。
母の望みを叶えるため
「理想的な皇子」を演じ抜くことで
皇太子となった。「東宮選妃」で、
のちに皇后となる汪梨艶と運命的な
出会いを果たす。
汪梨艶（おうりえん）
中流武門・汪家の娘。
生母が女優だったため虐げられてきたが、
兄に頼まれ「東宮選妃」に参加する。
突出した演技の才能で
礼駿の目に留まり、太子妃に迎えられた。

後宮茶華伝
［人物紹介］
高秋霆
宣祐帝の皇二子で嘉明帝・高礼駿の兄。
整斗王に封じられている。
五年前に王妃・馮氏を亡くし、以来心の傷を抱えている。
勅命を受け月娥を後妻に迎えた。
孫月娥
元は捨て子で、
茶商の養女として育った。
ある事情から出家し、
女道士として暮らしていたが、
勅命により嫁ぐことに。
その相手は初恋相手の秋霆であった。

後宮史華伝（こうきゅうしかでん）

すべて夢の如し

昔日（後宮染華伝 番外編）

鉄紺色の夜空に炎の花が咲いた。腸に響く音とともにあでやかに咲き乱れ、玉響のきらめきを残して、儚く散っていく。

しかしそれは、ひどく小さかった。ここが広場から離れた亭だからだ。広場では凱帝とその妃嬪、異国の使節たちが談笑しながら花火を見物している。ときおりあがる歓声は千里先の喧騒のように遠くから聞こえる。

「驚いたよ」

夜空を見あげたまま、鬼淵国晋王・淩炎鷲は静寂を破った。

「あなたがあまりに夢のままだから」

「夢のまま？」

かすかに金歩揺の音色が聞こえた。尹皇后――白姝が小首をかしげたのだろう。

「別れてからずっと……毎晩のようにあなたの夢を見ていた。夢のなかで、あなたの姿はすこしずつ変わっていった。一年、二年、三年……時が経つにつれて、あなたは大人になり、美しくなっていった」

あれから十年。白姝は凱帝の皇后になって皇長子を産み、炎鷲は鬼淵の晋王（王太子）になって八人の可敦（妃）を娶った。

中原と草原――ふたつの国に隔てられて歳月が過ぎたのに、現在の彼女の姿かたちにすこしも違和感を抱かないのは、夜ごと彼女と会っていたせいだ。

「まあ、あなたも？」

笑みをふくんだ声音が耳朶を打つ。

「わたくしもよ。毎晩のようにあなたの夢を見たわ。夢のなかのあなたはだんだん背が伸びて、肩幅がひろくなって、大人びていったの。まるで本物みたいに」

「ふしぎだな」

「ええ、ふしぎね」

奇妙な符合に驚いてとなりを見やると、白姝は清らかに微笑んでいた。

――変わらないものもある。

彼女の姿かたちも、髪型も、衣装や装身具も、なにもかもちがうのに、微笑みかただけは昔のままだ。愛らしい目をやさしく細め、花びらのような唇をたおやかにゆがめる無邪気な表情。少女時代から変わらない微笑が炎鷲の心をかき乱す。

――あのとき、あなたをさらっていれば。

知らずにすんだだろうか。胸に巣くう、苦いうつろの味を。

「でも、夢のなかのあなたには、そんな傷はなかったわ」

白姝が気遣わしそうに柳眉をひそめる。

彼女の視線が首筋に向けられていることに気づき、炎鷲はその部分にふれた。手のひらに感じるのは、ひきつれた硬い皮膚。

「矢傷さ。蚩頭の兵に背後から射られた。避けそびれていたら、喉頸を貫かれていたよ」

「うしろから射るなんて卑怯だわ」

「卑怯だとも。だが、それが戦場だ。だれだって勝つためにはどんな卑劣なこともする」

「あなたも……そうするのね？」

「ああ、必要があれば。……あなたには軽蔑されてしまうかもしれないが」

「軽蔑なんてしないわ」

白姝ははっきりと首を横にふった。

「あなたは責任ある立場にいるもの。守るべきもののために、冷酷にならざるを得ないこともあるでしょう」

あなたもそうなのか、と尋ねようとしてやめた。彼女がどうやって後宮を治めているのかなんて、知りたくない。

炎鷲にとって白姝は凱帝の皇后ではなく、ただの白姝だ。どれだけ年月が過ぎても、ま

と う衣が変わっても。

「まだ痛む？」

「いや。とっくに治っている」

話の接ぎ穂を見失い、どちらからともなく口をつぐんだ。次々に打ち上げられる花火の轟きが暗がりを震わせるのを、聞くともなしに聞いている。

――あなたは、幸せか？

沈黙にそそのかされて危うくそんな台詞を口走りそうになった。

馬鹿げた問いだ。彼女が不幸だと答えれば満足するのか。幸福だと答えれば落胆するのか。どちらでもおなじことではないか。ふたりの道がとこしえに違ってしまったという事実に変わりはないのだから。

「なつかしいわね」

ため息まじりに白姝は口を切った。

「十年前、ふたりで花火を見たことをおぼえている？」

「芝居見物の帰りだったな。あなたが坊肆を案内してくれた」

「案内できるほど、くわしくなかったのにね。あなたと一緒じゃなかったら迷っていたわ」

白姝は口もとに手をあてて笑う。

「楽しかったわ。茶館で影戯や傀儡戯を見て、山査子を食べながら小説を聴いて、商謎に参加して……。あなたったら、芸人の曲芸に対抗して弄剣の技を披露したわよね。あまりに見事だったせいで、芸人から弟子にならないかって口説かれる羽目になったわ」

「しつこいやつだったな。何度も断っているのに追いかけてきた」

「しまいには自分の師匠になってほしいって、あなたを追いかけまわしていたわ」

必死の形相で追いかけてくる芸人をまくために、炎鷲は白姝の手を握って雑踏をかけぬけた。

「走り疲れて川辺でひと息ついたとき、最初の花火があがったのよ。水面に花火が映って、きれいだったわね。色とりどりの光にかこまれて、夢を見ているみたいだった」

「ああ、そうだったな」

嘘だ。本音を言えば、花火など見ていなかった。夜空に咲く炎の花が照らす白姝の横顔に見惚れていたので。

「花火を背景にして、あなたは戯楼で観た女剣士の立ちまわりを真似したな。なかなか堂に入っていたが、うっかり足を滑らせて川に落ちた」

「浮かれすぎていたのよ。なんだか身体がふわふわしていたの。水に落ちてびっくりしたけれど、あなたがすぐに助けてくれたわ」

「助けたと言えるのかな、あれは。あなたは俺がさしだした手に死にものぐるいでしがみついて、信じられないような力で俺を水に引きずりこんだだろう。おかげで俺まで濡れ鼠(ねずみ)になってしまった。よくもその細腕にそんな馬鹿力があるものだと大笑いしたな」

「わたくしの腕力のせいじゃないわ。あなたが軟弱だったのよ。あのころはいまより身体が細かったもの」

思い出話は尽きなかった。

ふたりで夢中になった芝居のこと、ひとつの胡餅(こへい)をわけあって食べたこと、街角で小唄(こうた)に聴き惚れたこと、迷子になって泣いていた童女を親もとにかえしたこと……くさぐさの記憶がさながら昨日のことのようによみがえって、ゆかしさで胸がいっぱいになる。

少年少女であったころの自分たちを生き生きと語りながら、ふいに空疎(くうそ)な気持ちがきざした。それは緩慢(かんまん)な毒のように喉をしびれさせ、ゆるゆると舌を麻痺(まひ)させて、ふたりの口を封じた。

――ああ、そうか。俺たちは、もう。

ともに語るべきものを持たないのだ。在りし日の記憶以外には、なにも。

先刻承知であったはずの事実をあらためて鼻づらに突きつけられ、炎鷲は白姝から逃げるように夜空をふりあおいだ。

彼女を見てはいけないという気がした。もし、澄んだ黒い瞳のなかに、なにがしかの動揺(どうよう)を見つけてしまったら、衝動的に恐ろしい罪を犯してしまいそうで。

「美しい夜だ」

ため息まじりにつぶやくと、白姝がうなずく気配がした。

「ええ、ほんとうに」

彼女もまた、百千の色彩で夜を染め抜く炎の幻を見あげている。

凱帝に感謝したい。過去しかない自分たちに、つかの間の逢瀬を許してくれたことを。

そして、かの皇上の信頼にこたえなければならない。

最後の花火のひとひらが暗がりに散ってしまったら、何事もなかったかのように別れなければ。凱帝の皇后と鬼淵の晋王として。

「ほんとうに、美しい」

つぶやいたあと、炎鷲は苦笑した。言うまでもないことではないか。いつだって、過去は美しいのだ。せつなくなるほどに。

日月を双べ懸けて乾坤を照らす（後宮染華伝 番外編）

なんだって？　代宗皇帝が暴君だと？　だれにそんな世迷言を吹きこまれたのだ。同輩たちが言っていた？　やれやれ、世も末だ。近ごろの孺子には最低限の分別もないのか。そんなざまでは、不遜な舌ばかりでなく命すらも早晩失うだろうよ。

ああ、たしかに代宗皇帝は睿宗皇帝に廃され、叡徳王に封じられた。さりながら廃位の理由は代宗皇帝の乱政でもなければ素行の悪さでもない。

あのかたはけっして暴君ではなかった。むろん暗君でもなかった。文武に秀でた英邁な御仁で、治国平天下のため日夜肺肝を砕いていらっしゃった。記憶違いであるものか。しかとこの頭に刻まれている。当時、私はおまえくらいの齢で、代宗皇帝のおそばに仕えていたのだ。

代宗皇帝は多忙な政務のあいまを縫って民情の報告を熱心にお聞きになっていたよ。天災や戦乱に見舞われた窮民のために数々の賑済策を講じ、ご自身は質素倹約を心掛けて贅沢を好まれなかった。

名君になる素質を十分にそなえていらっしゃった。あのかたに足りないものがあるとすれば、それは経験だった。

昭宗皇帝の崩御を受け、東宮の主として経験を積む間もなくご即位なさったので、廟堂にいならぶ大官たちと渡り合うすべをご存じなかったのだ。

老獪な重臣どもは片田舎から上京してきた新帝を端から侮り、代宗皇帝が打ち出した改革案をのらりくらりと受け流して、またぞろ党争に明け暮れていた。これでは政道がさだまるはずもなく、経綸の策はいっこうに行われなかった。

だが、代宗皇帝に政柄をとる力がなかったわけではないのだ。時間が経ちさえすれば、補服をまとった古狸どもを手なずけて辣腕をふるわれたであろう。かならずや万民を水火の苦しみからお救いになり、そのご威光は海内をくまなく照らしただろう。

ではなぜ廃位されたのか？

言うまでもない、賊龍の案のせいだ。

紹景六年春、代宗皇帝がもよおされた茶宴で茶に毒が盛られ、皇太子殿下をはじめとした皇子さまがたが次々に血を吐いてお倒れになり、ついには代宗皇帝までもがご自身の口からほとばしった鮮血で龍袍を真っ赤に染めてしまわれた、あの凄惨な事件――。

賊龍の案では族滅令が下されなかった。生き残った皇子はわずかにおふたりだけ、代宗皇帝も生死の境をさまよわれたというに……。

ふつうなら下手人は九族皆殺しになる。皇族殺しは謀反にひとしい大罪だからな。族滅令が下らなかったのは、下せなかったからだ。

いや、下手人は見つかっている。東廠と錦衣衛が総力をあげて捜査にあたったのだ、金枝玉葉を害した大罪人を見逃すわけがなかろう。

下手人は宦官だった？　ちがう、やつらは茶の支度をしただけだ。

事前に行うはずの毒味に手落ちがあったので、その責任を問われて処罰されたのだ。毒を盛ったのはやつらじゃない。

考えてみよ。下手人が判明していながら刑場で凌遅に処すことができないのは、いったいどんな場合だと思う。その者が罰せられない人物だからだ。

なに、下手人は代宗皇帝ご自身ではないかだと？　魯鈍漢、なぜ父たる代宗皇帝がわが子たちに毒を盛るのだ。

では睿宗皇帝だろう？　冷血なやつめ、おまえは人の情というものを解さぬのか。祖父が可愛い孫たちを手にかけるはずがなかろう。

皇家のかたがたに人の情などあるまいだと？　乳臭児の分際で知ったふうな口をきくな。よいか、宗室につらなる人びとにも世人とおなじように情があるのだ。子を慈しみ、孫を可愛がる、あたたかい気持ちがな。

なればこそ、代宗皇帝は御心を痛められた。なにせ、茶に毒を盛って皇子さまがたを害したのは……己の血をわけた息子たちだったのだから。

　さすがのおまえもこの結末は想像の埒外だったようだな。私も真相を知ったときは仰天した。そうだ、〝息子たち〟というからには下手人はひとりではなかったのだ。二皇子と三皇子こそが賊龍の案を起こした張本人だった。

　おふたりは双子で、十になったばかりだったよ。その幼さが事件を引き起こしてしまったともいえるな。

　生母である段氏が冷宮送りにされたことで、おふたりは父帝を恨んでいた。

　段氏は代宗皇帝の寵愛を一身に受けていた恭順皇貴妃に嫉妬して悪辣な策略で陥れようとした。奸計は暴かれ、段氏は冷宮の住人となったが、皇子をふたり産んでいたことを斟酌して廃妃されず、減額はされたものの俸禄も与えられた。ただし、皇子たちや親族との面会および連絡は禁じられたが。

　それでも十分すぎるほど恩情ある処分だったのだが……そうだ、段氏は冷宮入りからほどなくして自害した。熱湯をかぶって顔にひどいやけどを負ったのが原因だという。

　馬鹿な、代宗皇帝の指示であるはずがなかろう。後宮から排除された妃嬪にそこまで追い打ちをかける必要などないし、そのような陰湿な仕打ちをなさるお人柄でもない。

　段氏は高飛車な女だったから、だれかの怨みを買っていたのではあるまいか。もしくは側仕えか、段氏自身の不注意であろう。

さりながら二皇子と三皇子は、母妃の自死の原因を父帝に求めた。父帝が母妃を冷宮に送らなければ、母妃は横死せずにすんだはずだと。

まさしく逆恨みだな。段氏は罪を犯したから冷宮行きになったのだ。恭順皇貴妃を陥れようと姦策をめぐらせなければ、後宮を追われることもなかった。ひいては非業の死を遂げることもなかった。

道理から言えば〝自ら作せる孽〟でしかなかったのだ。

さりとて、五尺の童子に道理を説いてなんになろう。二皇子と三皇子は母妃を喪った悲しみを父帝への怨憎に変え、虎視眈々と復讐の機会をうかがっていた。そしてその日がやってきた。父帝がもよおした茶宴で、兄弟もろとも父帝を葬り去る日が――。

二皇子と三皇子も毒茶を飲んだのか？

もちろん、お飲みになったとも。毒の分量は加減してあったのだろうな、ほかの皇子さまがたとちがって、なんとか一命をとりとめられた。ああ、その代わり、盲いてしまわれた。代宗皇帝とおなじようにな。

代宗皇帝も毒の分量を加減されていたのか？　いや、されていなかった。おぞましいことに、父帝を弑すつもりで毒を盛ったのだ。致死量を盛ったはずなのに、どうして父帝は死んでいないのだと、二皇子と三皇子は腹を立てていたそうな。

……ご存じなかったのだよ。大人と子どもでは毒の致死量がちがうということを。それほどに幼かったのだ。

真相を知った瞬間、東廠のお歴々は青ざめただろうな。

二皇子と三皇子が冠礼をすませた青年であれば事は単純だった。おふたりを鬼獄に連行して鞫訊を進めればいいのだからな。満天下のすべての人間を捕縛し、捜査する権限が東廠にはある。相手が竹の園の一員であろうと遠慮はいらない。疑惑があればだれであれ引っ立てることができる。

だが、あいにく彼らはわずか十歳の少年たちだった。東廠はおふたりを連行すべきか否か結論を出しかねて睿宗皇帝に指示をあおいだ。

皇上である代宗皇帝をさしおいて太上皇である睿宗皇帝に報告したのは、代宗皇帝が睿宗皇帝の傀儡だという証左なのか、だと？

早合点するな。代宗皇帝は毒の作用で昏睡していらっしゃったから、そうせざるをえなかったのだ。容体がよければ、東廠は真っ先に代宗皇帝に奏上しただろうよ。

なにかを察しておられたのか、睿宗皇帝は真相をお聞きになってもさほど驚かれず、代宗皇帝の回復を待って二皇子と三皇子のあつかいを決めるとおっしゃったらしい。それまで、この幼い黒幕たちは療養の名目で軟禁されることになった。

半月後、快方に向かわれていた代宗皇帝は褥に玉体を横たえたまま沈思なさり、ふたりの息子たちに死を賜うと仰せになった。すべては暗々裏に行われた。二皇子と三皇子は絹布で縊り殺され、表向きは病死として片づけられた。

かくて賊龍の案は落着したが、その不穏な残響はなおも九陽城に轟いていた。

周知のとおり、代宗皇帝は死の淵から生還する代償として視力を失ってしまわれた。古より、天子は十全の肉体を有していなければならないと決まっている。その点からいえば、代宗皇帝はすでに天子たる資格を喪失なさっていたのだ。すみやかに玉座の持ち主をすげかえなければならない。代宗皇帝の皇子が全員鬼籍に入ってしまわれたため、皇統は傍系に移るだろうと予想された。

さりとて、そう簡単な話でもない。そもそも昭宗皇帝が崩御なさったとき、めぼしい新帝候補がいなかった。みな大なり小なり瑕瑾があり、皇位にふさわしいかたは代宗皇帝だけだった。波乱の登極から十年も経っていない。状況が劇的に好転しているはずもなく、またしても凱王朝の玉座は宙に浮いてしまった。

とはいえ、こんな話はあの嵐が過ぎ去って数十年を経たあとだから言えることだ。当時、禁城の人びとがさかんに噂していたのは代宗皇帝の去就だった。

十全の肉体を失ってしまったのだからみずから玉座を退くのは理の当然だろう、だって？　なにが理の当然だ。童宦のおまえに政のなんたるかがわかるのか。

あのころは、代宗皇帝が退位なさると断言できる者などいなかったのだ。盲いてもなお、万乗の君として天下に君臨しつづけることも考えられた。

べつにふしぎなことではなかろう？　素の文公は生まれながらに盲目であったが、垂拱の治と称えられる太平をもたらした名君だぞ。

わずか六年の在位とはいえ、代宗皇帝はすこしずつ足場を築かれていた。

風向きは変わりつつあり、廟堂には代宗皇帝に信服する者もいたのだ。その筆頭が紹景年間後期の治政を支えた能吏、内閣の長たる李首輔であった。

李首輔はほかの閣臣に先駆けて奏上した。この国難を乗り切る策として、親王家から有望な人物を選出して東宮に迎え、代宗皇帝の後継者にすべきだと。

李首輔の狙いはなんだったか、おまえにわかるか？

ようやく動きはじめた賦役制度改革を頓挫させないため？　李首輔は代宗皇帝の勅命を受けて改革を推し進めていたから？

まあ、それも理由のひとつではあろうが、いちばんの理由は代宗皇帝が廃帝として青史に名を刻むことを阻止することだ。賊龍の案が落着した直後から、宮中のそこかしこで代宗皇帝の廃位がささやかれるようになった。代宗皇帝は毒のせいで視力のみならず、世継ぎをもうける能力までも失った――われらのような騾馬になってしまわれた――という流言が飛び交った。むろん、根も葉もない流言だとも。代宗皇帝は廃位後、恭順皇貴妃とのあいだに永倫郡主をもうけておられるからな。

ただし、そのころはまったくの虚説とも言い切れなかった。血染めの茶宴以来、代宗皇帝は御年三十三の若さにもかかわらず、たびたび体調をくずされるようになった。夏から秋にかけてほとんど臥せっておられたので、暁和殿の玉案に積みあげられた奏状の大半が睿宗皇帝の居所であった灯影宮に持ちこまれた。

それはやむをえない措置ではあったが、「睿宗皇帝は代宗皇帝を廃して新帝を立てるおつもりだ」という揣摩臆測を裏づける材料になってしまった。

これを即座に嗅ぎつけたのが内閣大学士次輔の尹閣老だ。

尹閣老は常日ごろから李首輔と角突き合わせており、代宗皇帝の進退についても李首輔とは敵対する立場をとっていた。つまり、代宗皇帝には玉座を退いていただき、睿宗皇帝の詔旨により新帝を擁立すべきと主張していたのだ。

わが国は盲目の天子をいただいたことがなく、素の文公の例は時代に即していない。やはり天子は両のまなこで天下を睥睨すべきで、代宗皇帝ではその任を果たせない。事実、奏状の多くが灯影宮に持ちこまれているではないか。これが常態化すれば、暁和殿はきらびやかな廃屋になってしまい、群臣は玉座におわす代宗皇帝を素通りして睿宗皇帝のご意向をあおぐことになろう。

おそれながら政柄をとることができない皇上を奉戴する余裕は、わが国にはない。

北狄が執拗に九辺鎮を侵し、南蛮の海賊が猖獗をきわめている。新年早々、范東省で起こった充献王の謀反は思うさま民心を攪乱し、いまもってかの地では余燼がくすぶっている。この混迷した時代に必要なのは、史書が語る古色蒼然とした聖天子ではなく、乱を治め、民を安んずることができる壮健な皇帝だ。

したがって代宗皇帝には至尊の位を退いていただかねばならず、親王家から迎えるのは皇太子ではなく新帝であるべきだ。

尹閣老はかく語った。

ああ、おまえの言うとおりだ。廃位のどさくさにまぎれて賦税制度改革を棚上げにすることこそ、尹閣老の目的だった。もとより尹閣老は強硬な守旧派で、祖宗の法にみだりに手をくわえては混乱を招き、新制によって負担が増える階層の反感を買うだけだと李首輔の改革案に真っ向から反対していたからな。

李首輔も負けていない。すかさず異をとなえた。

新帝にふさわしいかたが親王家にいらっしゃれば、昭宗皇帝御晏駕のおりに見出されているはず。しかるに睿宗皇帝は竹の園から当時、簡巡王でいらっしゃった代宗皇帝をお選びになり、至尊の位をたくされた。あれから十年も経っていないのに、代宗皇帝の代わりをつとめられる人物がどこにいるというのか。

親王家から新帝を擁立するのなら、いきおい弱齢の皇族を選定せざるをえない。

まさかそれが貴殿の狙いなのか？　ご自身が後見となって政を壟断するため、幼帝を立てようという腹積もりか？

疑われても致しかたなかろう。歴史が証明しているように、幼少の天子は奸臣に操られやすい。玉座から遠く離れた場所で帝道のなんたるかも教えられずに養育されてきた少年皇族を突如として九五に押しあげ、天下蒼生をお救いくださいと願ったところで、年端もいかぬ天子は当惑なさるだけだ。

そしてかならず、いとけない君主を意のままに操ろうとする悪辣な臣下があらわれる。その者は皇威をかさに着て強権をふるい、王朝の衰退を促すことになるのだ。

幼君は亡国の徴である。

宝祚にのぼるかたにはなによりもまず奸物を見抜く目を養っていただかねばならない。ゆえに親王家の男子を中朝ではなく青朝に迎え、代宗皇帝のおそばで帝業を学ばせるのが最善の策だ。

廷議は紛糾した。廟堂は真っ二つに割れ、大官たちは水を得た魚のごとく派閥争いに血道をあげ、この機に乗じて政敵を排除しようと互いに粗探しをしていた。

なんと麗しきかな。金榜に名を掛けた輝かしき秀才たちが私利私欲にまみれ、病床に臥せった天子のかたわらで権謀術数に明け暮れるさまは。

もっとも李首輔は代宗皇帝の名を廃帝として残さぬため、なんとしても廃位を避けようと尽力なさっていたのだが。李首輔以外の大官にも純粋に憂国の情に衝き動かされている者はいたが、ほとんどの者は野心や利害で動いていただけだ。

睿宗皇帝はなにをなさっていたのか？

むろん憂慮なさっていたとも。睿宗皇帝は代宗皇帝がみずからの手腕で廟堂を制し、ゆくゆくは賢君として名を竹帛に垂ることをだれよりも願っていらっしゃったから、かかる事態は望ましいものではなかった。

なんだと？　睿宗皇帝は代宗皇帝に失望し、廟堂の混乱を利用して皇位に返り咲くことを考えていらっしゃったのではないか？

罰当たりなことを申すな。睿宗皇帝ほど英俊な御仁がそのような愚昧な考えに囚われるはずがなかろう。

あまり知られていないことだが、実を言えば睿宗皇帝は権力に倦んでいらっしゃったのだ。これは私の見解ではなく、睿宗皇帝ご自身が孝哲皇后に冗談めかしておっしゃっていたことだ。

「来る日も来る日も党争に汲々としている高位高官を御すのにはとうに疲れ果てた。連中は荒れくるう悍馬も同然で、すこしでも手綱をゆるめると好き放題に暴れまわって主をふりおとそうとする。青二才のころはそれも一興だと思って楽しんでいたけれども、馬齢をかさねたいまとなっては、やつらのけたたましい蹄のいななきを聞くだけで老骨がきしむ心地がする。連中の相手は意気軒昂な若者に任せておくべきだな。とてもじゃないが、老いぼれには荷が重すぎる」

口さがない者どもが吹聴するほど、睿宗皇帝は宝位に未練をお持ちだったわけではない。否、正確に言えば、未練など、みじんもお持ちではなかったのだ。孝哲皇后とおふたりで静かに余生を過ごしていらっしゃった。市井の老夫婦のように仲睦まじくな。

権柄に恋着なさっていたわけではないのに、睿宗皇帝はなにゆえ代宗皇帝を廃して重祚なさったのか？

代宗皇帝がそうしてほしいと懇願なさったからだ。

廃位を希うのは奇妙なことか？　なるほど、匹夫にとってはそうだろうな。さりながら代宗皇帝は君子であらせられた。権力に取りつかれた小人たちとは遠く隔たった高みから天下国家を見晴るかしていらっしゃったのだ。

あれは紹景六年、晩秋の夜のことだった。九陽城が澄明な闇の底に沈むころ、代宗皇帝はわずかな供を連れて灯影宮をお訪ねになった。

睿宗皇帝は寝支度をされていたらしく、夜着に黒貂の外套を羽織って正庁にいらっしゃった。そうだ、代宗皇帝がとおされたのは正庁だったのだよ。客庁ではなく。まるで睿宗皇帝は代宗皇帝の用向きをご存じであったかのように。

夜陰が染めあげた床に窓越しの月が白銀の水たまりを作っていた。代宗皇帝はその月影を踏んで睿宗皇帝の御前に進み出、跪拝なさった。

ああ、そうとも。代宗皇帝のお手を支えていたのは私だ。皇帝付き首席宦官だった私の師父、米太監は璽綬を捧げ持っていらっしゃったから、童宦にしては体格が大きかった私が代宗皇帝の杖の役目にちょうどよかったのだ。

さりとてこのとき、代宗皇帝は私の手を借りずに拝礼なさったよ。龍袍の裾を払ってひざまずく、その完璧な所作は賊龍の案が起こる前の代宗皇帝そのもので、私はわれ知らず見惚れてしまった。

皇位を返上したい、と代宗皇帝はひざまずいたままおっしゃった。

「余にはもう政務をとる能力がありません。無能な天子が君臨していては世が乱れます。ゆえにみずから位を退き、しかるべきかたに宝祚をお譲りしたく存じます」

しかるべきかたとはだれだ、と睿宗皇帝がお尋ねになると、代宗皇帝は一度おもてをあげ、宝座に腰かけていらっしゃる父帝をあおがれた。言うまでもなくその双眸にはなにも映らないのだが、代宗皇帝の脳裏には崇成年間に四海を掌中におさめていらっしゃった父帝の威風堂々たるお姿がありありと映し出されていたであろう。

むろん父皇です、と代宗皇帝はおっしゃった。

「この国難を乗り越えるには、父皇におすがりするよりほか道がありません」

余はとうに華甲を過ぎている、と睿宗皇帝はため息をつかれた。

「こんな老いぼれを担ぎあげずとも、李首輔が奏上したように親王家から皇太子を迎え、おまえの手もとで世継ぎとして教導すればよかろう」

それはさらなる禍を招く道です、と代宗皇帝は間髪をいれずに反駁なさった。

「尹閣老が奏状で指摘しているとおり、わが国は内憂外患に悩まされています。なかんずく鬼淵の照礼可汗は大凱に異心を抱いてひそかに兵馬を集めており、予断を許さない状況です。かの蛮王は賊龍の案後の皇位のゆくえに目を光らせているでしょうし、盲目の天子が皇位に居座れば、わが国を侮ってここぞとばかりに南下してくるでしょう。鬼淵とのあいだに戦端がひらかれれば、南辺の海賊はますますもって勢いづき、鎮圧された東方の戦火も再燃しかねません。天子たる資格を失った皇帝が親王家から迎えた世継ぎを悠長に育てていられるほど、政情に余裕はないのです」

ならばおまえが親王家の男子から新帝を選び、その者に譲位すればよかろう、と睿宗皇帝は仰せられたが、それはなりません、と代宗皇帝は声高に明言なさった。

「東宮で経験を積まずに至尊の位にのぼった皇帝が廟堂を掌握できずに玉座の飾りと化してしまうことは、余の例を見るまでもなくあきらかです。李首輔が言うように、新帝には若齢の男子が選ばれるはずです。余は齢二十七にして宝祚にのぼりましたが、大官たちに侮られ、何事もなすことができませんでした。余よりも若くして帝位につく者が皇太子として大官たちと渡り合うすべを学ばずに政道を正すことができるでしょうか。よい結果が出る確証がない以上、東宮を経ずに即位させるのは避けるべきで、玉座にのぼる前に皇太子として経験を積ませなければなりません。かるがゆえに余は九五を父皇にお返ししたいのです。崇成年間に万機を総攬なさった父皇がふたたび御位におつきになれば、四夷は震えあがり、東でくすぶる謀反の残り火は跡形もなく消え去ります。さらに親王家から迎えた世継ぎは父皇の薫陶を受け、皇祖皇宗の遺訓を辱めぬ賢君となるでしょう」

聞こえのよいことを申しているが、と睿宗皇帝の冷ややかな声が薄闇を貫いた。

「畢竟、おまえは双肩にのしかかる帝業の重みに耐えかね、肉体の問題を口実にして玉座から逃げ出そうとしているのではないのか。政の病巣を切り落とすと豪語し、さまざまな制度の改革を打ち出したにもかかわらず、なにひとつとしてかたちをなさぬままほうりだそうというのか。即位する前、その胸に抱いていた大志を、大望をかなぐり捨てて、廃帝として気楽に余生を過ごすつもりか。あきれたやつだ。なんという不肖の子か。余がおまえなら盲いてもなお、みずから帝業を投げ出しはしなかった。この身がどうなろうと、雨あられと非難を浴びようとも、治国安民への道を邁進したろうに」

刃のようなお言葉であった。私は鞭打たれたかのように縮こまり、歯の根が合わないほど震えていた。しかれども代宗皇帝は毅然とした態度で宝座をふりあおぎ、なにも見えぬはずの目で父帝を射貫いておられた。

「おっしゃるとおりです。余は——私は、父皇に遠くおよびません。大志はあっても気概が足りませんでした。大望はあっても才略がありませんでした。衮冕をまといさえすれば文武百官はわが手足となり、社稷を守るため粉骨砕身してくれると、そのときこそ私が長年あたためてきた数々の政策を実現するときだと、あさはかにも考えていました。それがいかに愚かしい夢であったか、いまではだれよりもよく存じております。大志だけで政を動かすことはできません。方略なくして大望は実を結びません。群臣は袞冕をまとう人物に無条件に従うのではありません。彼らを従える器量を持つ皇上にこそ、首を垂れるのです。口惜しいことに、私にはその器量がない。天下は一人の天下に非ず、乃ち天下の天下なりと申します。私ひとりのつまらぬ意地や誇りのために、億万の民に乱世の苦しみを強いるわけにはまいりません。ゆえに私は、九五を退かねばならぬのです。たとえ後世の人びとに玉座から逃げ出した懦夫とそしられようとも」

　後人にそしられるだけですむと思うのか、と睿宗皇帝は手厳しくお尋ねになった。

「廃帝の末路は悲惨だ。燎の岺元侯は弟に玉座を譲ったが、宴の最中に刺客に撲殺された。藍の噦王は蒸し殺され、蚩王は溺死させられた。盛の閔帝は鉄籠に入れられて串刺しにされ、閎の後主は刑場で車裂きにされた。いや、そこまで時をさかのぼらずとも好例は目の前にある。わが国の太宗皇帝は甥である正道帝の朝廷に弓を引き、玉座を簒奪したのちに正道帝を生きたまま埋葬した。一日も早く尸解するようにと、棺に大量の蛆をつめこんで。あれから三百年近く経ったいまでも皇陵には夜な夜な正道帝の哭声が響きわたり、墓守が錯乱するという。おまえは自分が先達のような結末を迎えるかもしれないとは思わぬのか。ただでさえおまえを疎んじていた余が親の期待にそむいて皇位をおりた不孝者に憐憫を垂れるとでも思っているのか」

……おまえにはわかるまいよ。あのときの睿宗皇帝がどれほど恐ろしかったか。私は代宗皇帝のうしろで滑稽なほどがたがたと震えていた。

代宗皇帝が廃されれば、私は廃帝の側仕えになるのだ。いったいどんな未来が待ちかまえているであろう。もし代宗皇帝が正道帝のように生きながらにして埋葬されるなら、私のような童宦は九泉で主君に仕えよと命じられ、殉死させられるにちがいない。

私は十三の子どもだったのだ。大人顔負けの体格をしていても、その内面は故郷に残してきた母が恋しくてたまらぬ小童にすぎなかったのだ。

代宗皇帝の人徳を慕い、尊崇していたが、忠義に殉ずる覚悟など持ち合わせていなかった。ただただ恐怖におののいていた。

命乞いしたくてたまらなかった。まだ死にたくありません、命だけはお助けくださいと。頭を床に打ちつけて哀願しようと思うのに、実際には舌が凍りついていてひと言も発することができなかった。

凍えた犬のように震える私の前で、静かな衣擦れの音が響いた。代宗皇帝が稽首なさったのだ。

もとよりこの命は父皇に賜ったものです、と代宗皇帝は一点の曇りもない明朗な声音でおっしゃった。

「期待していただいたにもかかわらず責務をまっとうできなかったのですから、いかなる罰が下ろうともつつしんでお受けいたします」

生きながら埋葬されてもよいのか、と睿宗皇帝は打擲するように下問なさった。

「六人の息子をことごとく喪った身では生きながらにして死んでいるも同然です。棺に入れられたとして、なにが変わるでしょうか。この身はどうなろうとかまいません。されど、ひとつだけお願いしたいことがございます。どうか妃嬪侍妾や奴婢に殉死をお命じにならないでください。すべての罪は私に在ります。責を負うのは私ひとりで十分です。罪なき者たちにはお慈悲を賜りますよう、伏してお願い申しあげます」

沈黙が落ちた。まばたきの音が耳をつんざきそうな張りつめた静けさが正庁の暗がりを十重二十重につつんでいた。永遠につづくかと思われた静寂を破ったのは、睿宗皇帝が椅子から立ちあがる際の衣擦れの音だった。

側仕えの宦官の手を借りて壇上からおり、睿宗皇帝は代宗皇帝のそばにいらっしゃった。そして御自らひざまずかれ、「おもてをあげよ」とお命じになった。代宗皇帝がご下命に従うと、睿宗皇帝はその肩をつかんで嚙みしめるようにおっしゃった。

「おまえは恨めしいほど余に似ていない」

なれど、とくぐもった声が響いた。

「まことに……よき天子だ」

　おふたりはしばし無言で視線を交わしていらっしゃった。それは長いような短いような時間だった。睿宗皇帝はふいに代宗皇帝の肩を叩かれた。

「して、だれがよい？　親王家から迎える儲君は」

「洪列王世子・高冀燁がよろしいかと。曾祖父は聖宗皇帝なので申し分のない血筋ですし、孝悌忠信かつ質実剛健な人柄も好ましく、また冠礼前で未婚であることも立太子に適しています。皇太子の婚姻は国事。私的な妻妾は持たぬほうがよいでしょう」

　睿宗皇帝は何度もうなずかれた。

「万事、おまえの望むようにしよう」

「……父皇、では」

「余が重祚し、高冀燁を養子に迎え、立太子する。おまえは親王位に戻り、天子の先達として右も左もわからぬ皇太子を訓導せよ。ただし、王府は与えぬぞ。内廷費がかさんでいる。余計な費えはかけられない。冗費節減のため、灯影宮に居を移せ」

　灯影宮は歴代太上皇の隠居宮である。居所として灯影宮を与えられるということは、代宗皇帝が事実上の太上皇と見なされるということだ。

　赦せ、と睿宗皇帝は感慨深げにため息をつかれた。

「余が重祚するにはおまえを廃さねばならぬ。子から父への譲位は前例がない。譲位という形式をとることには、大官連中がこぞって反対するだろう。やつらは古法を変えることえるのでさえ、余は敢えて……


を蛇蝎のごとく嫌うからな。反対をねじ伏せることができないわけではないが、ただでさえ異例づくしの皇位継承だ。必要以上に波風を立てたくない。廟堂の古狸どもと対立せずに事を進めるには、おまえを廃位するのがもっとも穏当な方法だ。廃されるほどの失策も失政もないが、おまえは廃帝として青史に名を刻むことになる。余にできるのは、太上皇相当の待遇を約束することだけだ」

　それこそ身に余る栄誉です、と代宗皇帝はお答えになった。

「死後の名声は求めません。この決断が大凱の安寧に寄与することを祈るのみです」

　寄与するとも、と睿宗皇帝は力強くうなずかれた。

「おまえは最善の決断をした。後世の史家が紹景帝をどれほど悪しざまに語ろうとも、余だけはおまえが立派に天子のつとめを果たしたことを知っている。おまえは父に似ない息子だが、しかと父の期待にこたえてくれた。誇りに思うぞ、垂峰」

　睿宗皇帝に字で呼ばれ、代宗皇帝は嚙みしめるように黙しておられた。まるでその言葉を聴くために生きてきたかのように。

　その晩、睿宗皇帝の勧めで代宗皇帝は灯影宮にお泊まりになり、おふたりは朝方まで酒を酌み交わしていらっしゃった。おそばに侍りながら、私は睡魔に襲われてうつらうつらしていた。緊張がほぐれたせいで、どっと疲れを感じていたのだ。見かねた代宗皇帝が下がってやすめとおっしゃってくださったので、御前を辞した。

寝床に向かう道すがら、師父と出くわした。

師父は主たちのために燗酒を取りに行って戻ってきたところで、大あくびをする私を笑みまじりにたしなめ、夜空をふりあおいでつぶやいた。

「日月を双べ懸けて乾坤を照らす」

どういう意味ですか、と私が尋ねると「太陽と月が天下を照らすという意味だ」という答えがかえってきたので、「なんでそんなあたりまえのことを風流めかしておっしゃるんですか?」と寝ぼけ声で訊くと、師父に大笑いされたよ。

ああ、なつかしい。なんとよき時代であったことか。ふたりの天子がならび立ち、まさしく日月のごとく天下を照らしていらっしゃった。あのころにも禍がなかったわけではないが、いまよりはずっと安気だった。だれもみな、のんきに暮らしていたよ。

ところがどうだ、当世は。

主上は私怨に取りつかれ、赤子のように慈しむべき民を仇敵のごとく憎んでおられる。密告が奨励され、だれもが猜疑心にさいなまれて、子が親を、妻が夫を、弟が兄を東廠に売りわたし、保身のためなら心腹の友でさえ平気で裏切る。

鬼獄から荷車に満載された死体が運び出されない日はなく、市中には連日、罪人の断末魔の声がけたたましく響く。

刑場にさらされた死肉には物乞いが蠅のように群がり、その様子を痛ましげに眺めていた人が翌日には古なじみを讒訴した見返りにはした金を受け取る。

嘆かわしいことだ。

さながら地獄絵を描き写したかのようではないか。つくづく生きているのが情けなくなるよ。おまえのような幼い者が憐れでならぬわ。年若き者たちは仁君の治世を生きたことがない。物心がつくころには虐政の渦中に身を置いていたのだから。

さて、夜が更けてきた。そろそろ床に入るとしよう。

おまえも部屋に帰ってやすみなさい。けっこうけっこう。寝支度も自分でできぬほど耄碌してはおらぬ。よいな、早くやすむのだぞ。子どもはしっかり眠らねばならん。明日のつとめにさしつかえるからな。

やれやれ、ようやく帰ったか。あやつがそばにいてはおちおち祈禱もできぬ。

——天尊よ、われらが救い主よ、一日も早く下生してくだされ。

高奕佑が簒奪した御位を取りもどしてくだされ。偽帝に蹂躙される民をお救いくだされ。飢民に米穀を、病人に薬餌を、災民に住家を、孤児に二親を、窮民に衣服をお与えくだされ。しかして骨髄に徹したわが怨みを晴らしてくだされ。

かつてふたりの天子がお望みになった太平の世を内側から破壊し、皇祖皇宗に仇なす残忍無比なる暴君に苛烈な天誅を——。

……なっ、なんだ!? なぜ錦衣衛がここに……いったいだれだ、私を密告したのは!?

だれが私を……おまえか……よくも、よくも師父を売ったな！　恥を知れ、忘恩の徒め‼　あれほど可愛がってやったのに、恩を仇でかえすとは‼

ええい、好きにするがいい！　私は逃げも隠れもせぬぞ！　恐れることなどなにもない！　殉教者は聖明天尊の御許に迎えられるのだ！

ただひとつの心残りは、今後、王孫さまをお守りできぬことだ。王孫さま、なんとしても生きのびてくだされ。素王さまの宿願を果たしてくだされ。

なに、王孫さまの居場所を言え？　皇宮に潜伏していることは調べがついているだと？　東廠の走狗どもめ、貴様らに教えてやる義理はないわ。たとえ四肢を引き裂かれようとも口を割るものか。

私の信心を試したければ、この老身を同督主の前に引っ立てるがよかろう。足責めでも脳箍でも昼夜刑でも望むところだ。どんな拷問も受けて立つぞ。いかなる苦痛を与えようが、私の口から引き出せるのは、民草を虐げる暴君への罵詈雑言だけだ。

ああ、何度でも叫んでやろう。

天下蒼生の敵、嘉明帝に呪いあれ！　おまえの勅命で凱の民が死に絶えようとも、おまえの悪名は千年残るぞ！

鴛鴦の衾（後宮戯華伝 番外編）

「とうとうこのときがやってきたな、利かん坊！」

恵兆王・高慶全が荒っぽく礼駿の肩に腕をまわした。

利かん坊とは、立太子を目指す前の礼駿が慶全よりちょうだいした、はなはだ不名誉な渾名である。

「準備は万端だろうな？　質問があるなら、いまのうちにすませておけよ。さすがの俺も新婚夫婦の寝間に押しかけて実技指導するわけにはいかねえからな」

「そんなことを言って、三兄なら窓から閨のなかをのぞくんじゃないか」

からからと笑ったのは登原王・高鋒士である。

「俺の婚礼のときも三兄は閨のそばに待機してたもんな！」

「馬鹿を言え。あのとき俺は正庁で博奕を打ってたんだぞ。そこへ閨から飛び出してきたおまえが駆けこんできて、花嫁衣装の脱がせかたがわからないだのなんだのと泣きついてきたんだろうが」

「あれー？　そうだったかな」

「とぼけるなよ、白熊。おまえ、図体はでかいが、中身はまるっきり餓鬼だな。花嫁衣装の脱がせかたがわからねえからって閨から飛び出してくる花婿なんざ、百年にひとりの逸材だぞ」

「ははは、そうかなあ」

　鋒士は野太い声で笑ってごまかす。

「俺をいじめないでくれよ、三兄。今日は八弟の婚礼だ。主役はこちらだぞ」

　鋒士が顎をしゃくってみせるので、兄たちの視線がいっせいに礼駿に集まった。

　宣祐三十年八月。秋も深まるよき日に皇太子・高礼駿の婚礼がとり行われた。花嫁は総勢二十四名。その筆頭が太子妃・汪梨艶だ。

　昼間、外朝でもよおされた盛大な祝宴には李太后や父帝をはじめとした皇族、および百官が出席したが、青朝に場所を移して行われた夜宴には兄弟たちなどの親しい皇族や、東宮官が顔を出した。

　兄たちは祝い酒を酌み交わしながらここぞとばかりに礼駿を冷やかした。むろん、内容は新婚初夜のことだ。

「そうとも、今夜は八弟の晴れがましい門出だ！　餞の言葉が必要だな。おい、みんな、これから男としての第一歩を踏み出すわれらが利かん坊にひとりずつありがたい助言をしてやろうぜ。異論はないな？　よし、長幼の序で行くぞ。まずは大兄からだ」

「私は助言できる立場じゃないよ」

　いまだ未婚の長兄、松月王・高仁徽が苦笑した。

「複雑に考えなくていいんだって。長男として餞になにか言ってやってくれよ」

「そうだな、じゃあ……あまり気負いすぎないほうがいいんじゃないかな。よく知らない相手なら身がまえるだろうけど、汪妃とは気心が知れた仲なんだから、ふだんどおりの心持ちでのぞめばよいと思うよ」

「ふだんどおりだと⁉　なにを言ってるんだ、大兄。新婚初夜がふだんどおりでいいわけねえだろ。今夜が不首尾に終わったら、あとあとまで響くぞ。いわば夫婦関係の行く末を決める大事な局面だ。絶対に失敗できない夜だ。失敗したらおしまいだ。いいか、利かん坊。今夜やりそこねたら男の面目が丸つぶれなんだぞ」

「三弟、むやみに八弟を緊張させるようなことを言うな」

　整斗王・高秋霆が慶全をたしなめた。

「八弟、三弟はおまえをからかって面白がっているんだ。どうせろくなことは言っていないから無視していい」

「無視するなよ。俺は八弟のためを思って有益な助言をしてるんだぞ」

「よくおぼえておきなさい、八弟。何事も最初からうまくいくということはない。慣れないうちは失敗しがちだ。ましてやおまえは若く、色事の経験もない。そんな状態で初回から成功しようと肩肘を張っても失敗するに決まっている。己の未熟さを自覚し、恥をさらすつもりでのぞむことだ。幸いなことに、汪妃は臈たけた寛容な婦人だ。たとえおまえが肝心なところでしくじったとしても、広い心で受け入れてくれるだろう」

「おい秋霆、おまえのほうがよっぽどひでえこと言ってるじゃねえか。なんで失敗する前提で話してるんだよ」

「一般論を言ったまでだ」

「ふーん、一般論ねえ。ほんとは経験談じゃねえの？　おまえも初夜で失敗したんだろ」

「失敗というほどのことかはわからぬが、ひどく緊張したのをおぼえている。うまく乗り切ろうとして、いろいろ考えすぎていた。しかし、馮妃と話をしていると、彼女もおなじ気持ちだとわかって気が楽になった」

八弟、と秋霆はしかつめらしい面貌を礼駿に向けた。

「おまえが緊張しているように、汪妃も肩に力が入っているはずだ。大兄がおっしゃるとおり、気負いすぎないほうがよいだろう。多少の不手際があっても気にするな。あとでふりかえってみれば笑い話になっている。ささいな蹉跌が夫婦の仲を深めるきっかけになることもある。つたなくてもいい、背伸びをせず、汪妃のことを細やかに思いやって、真摯な態度でのぞめば――」

「はいはい、そこまで。ったく、仙人どのは話が長すぎるんだよ。じゃ、次は四弟の番な」

「よしきた！　八弟！」

鋒士は熊のような手で礼駿の肩をつかんだ。

「がんばれ！」

つづきがあるのかと思って待っていたが、鋒士は顔じゅうで笑っているだけだ。

「がんばれ以外に言うことはねえのかよ」

「ないなあ、とくには……あっ！　大事なことを言いそびれた。あのな、八弟。花嫁衣装を脱がせるのは女官にやってもらったほうがいいぞ。花嫁衣装ってな、やたらと布が入り組んでて、どこをどう引っ張ればいいかわからないんだよ。下手にいじって引きちぎったりしたらいけないだろ。手慣れている者に任せるのがいちばんだぞ」

「八弟はおまえみたいな馬鹿力じゃねえんだから、引きちぎりはしねえだろうよ」

慶全はあきれたふうに言い、例によって甜点心を食べている充献王・高正望に視線を投げた。

「次はおまえだ、甘味虫」

「俺は助言できるほど経験がありませんよ」

「嘘つけ。聞いたぞ。おまえ最近、王妃の閨に通いつめてるらしいな。婚礼から三年もほったらかしにしてた王妃と急にねんごろになったようだが、三日にあげず通いつめてるんだから、経験は十分積んでるだろ」

「……どこでそういう話を仕入れてくるんですか、三兄」

「俺は顔がひろいからな」

ほら、と慶全は正望を急き立てる。

「経験者としてなにか言ってやれよ」

「……俺が言えることは、思ったより難しいってことだ。三兄とおなじことを言いたくないが、宦官どもの講義なんかたいして役には立たない。知識に頼りすぎず、臨機応変に進めるしかないと思う」

「聞いたか、利かん坊」

慶全は礼駿の背中をぞんざいに叩いた。

「先達たちの金言を忘れるな。うまくやれよ。汪妃を失望させないようにな」

ようやく兄たちから解放され、礼駿は花嫁の閨に急いだ。

本来ならもっと早くそうしたかったのだが、お節介な慶全にひきとめられていたせいですっかり遅くなってしまった。

むせかえるような紅で飾りたてられた洞房に一歩踏み入ると、兄たちの前ではかろうじて保っていた完璧な皇太子の仮面がくずれそうになった。それというのも、妙に頰がゆるむのである。引き締めようと力んでもすぐに元通りになってしまう。

――やっとだ、やっとこの日が来た。

梨艶と想いを通じ合わせて五か月。婚約してからも彼女とは逢瀬をかさねていたが、無邪気に心躍らせていられたのは最初のほうだけだった。

回数をかさねればかさねるほど、彼女と会うことが重荷になっていった。

恋情が冷めたわけではない。むしろ、その逆だ。恋情が高まりすぎて困った事態に陥ってしまったのだ。

梨艶は礼駿を恋慕してくれていて、礼駿も梨艶を恋慕している。ふたりの心は互いを求めている。このような状況ではもっと近づきたい、もっと仲を深めたいと願うのが自然な成り行きだろう。

しかしながら、どれだけ求め合っていたとしても、婚約中は節度を守らねばならない。太子妃になることが決まっているとはいえ、婚礼をあげるまでは、梨艶はまだ妃ではない。どんなに衝動を感じても、妃にするような行為を彼女に求めてはならないのである。

梨艶が婢女なら、婚礼をあげずとも枕をかわすことができる。だが、梨艶は婢女ではないし、彼女をそのようにあつかいたくもない。ために、礼駿は自制心を働かせなければならなかった。それも並大抵の自制心ではない。けっして揺らぐことのない、鋼鉄の自制心だ。

　これは予想していた以上に難行だった。梨艶に会うたび、危急存亡の秋が訪れたと言っても過言ではない。彼女に会いたい気持ちがつのる反面、会えば鋼鉄の自制心に容赦なく満身を痛めつけられるので、甘いひとときであるはずの逢瀬が負担になっていったのだ。

　そこで礼駿がひねりだした対策は、第一に逢瀬の回数を減らすこと、第二に逢瀬の時間を短くすること、第三に逢瀬の最中には梨艶にふれないようにつとめることだった。これらの策は文字どおり自分への拷問だったが、おかげで梨艶を婢女あつかいせずに永遠のような五か月を乗り切った。

　いよいよ待ちに待った婚礼の夜である。

　今夜を境になにもかもが変わる。梨艶は礼駿の妃であり、礼駿は梨艶の夫。つまり夫婦だ。世の夫婦に許されている行為はなんでも許される。

　許婚という中途半端な立ち位置から解き放たれ、鎖のようにわが身を縛ってきた自制心とも永久におさらばできるのだ。

　得も言われぬ開放感に後押しされ、礼駿は意気揚々と洞房の奥へ進んだ。深紅の閨は彩色蠟燭が灯され、つややかに輝いている。

牀榻にもいたるところに紅の装飾がほどこされていた。その濃艶な色彩はとびきりの美酒のように礼駿を酩酊させる。さりとて、そんなものは今宵の舞台装置にすぎない。礼駿をもっとも酔わせるのは、牀榻に腰かけている花嫁だ。

太子妃となった梨艶は極彩色の鳳凰が縫いとられた紅蓋頭をかぶっている。紅蓋頭を取って花嫁の美貌をあらわにするのは花婿の特権だ。

礼駿は花婿らしく堂々と牀榻に歩み寄り、竿で紅蓋頭を外した。眼下にあらわれた白い花顔に、しばし言葉を失う。

宝玉をちりばめた豪奢な鳳冠や、華麗な花嫁衣装は目に入らない。しとやかにうつむけられた清麗なかんばせが礼駿の瞳を射貫いたのだ。

「殿下、杯をどうぞ」

邪蒙に促されてわれにかえる。床入りの前に交杯酒をすませなければならない。

交杯酒とはいわゆる夫婦固めの杯のことだ。ふたつの杯を色糸で結び、新郎新婦がそれぞれの杯の酒を半分ずつ飲む。ただそれだけの儀式だが、これを行わなければ床入りできないしきたりである。

さっさと交杯酒をすませ、洞房にひかえていた側仕えを全員追い出してふたりきりになる。邪魔者がいなくなったあと、礼駿はかたわらに腰かけている梨艶をとっくりと眺めた。

かんばしい柔肌、牡丹色の唇、鳳冠に隠された豊かな黒髪、それらすべてにふれる権限を、今宵、礼駿はほしいままにするのだ。

浮遊感にも似た誇らしさと、名状しがたい高揚感が満身にみなぎっている。汪梨艶はわが妻だ。これからは、だれにはばかることなく、そう宣言できるのだと思えば、この五か月の労苦は吹き飛んでしまう。

「……殿下」

花婿の沈黙をなんと解釈したのか、梨艶は膝の上で両手を握りしめた。

「ご無理なさらないでくださいね」

「……なんだ？　ご無理？」

期待していた台詞とだいぶちがうので、反応が遅れてしまった。

「私、わかっていますから」

「わかっている？　いったいなんの……」

話だ、と言いかけて口をつぐむ。

――俺が未経験だということか。

べつに隠しているわけではないし、見栄を張って経験豊富な男のふりをするつもりもないけれども、ここまで正面切って言われるともやもやする。まるで頼りない男だと見下されているみたいだ。

——三兄が言っていたみたいに、一度くらいは稽古しておいたほうがよかったのか？

座学でひととおりのことを習っているとはいえ、実践したことはない。皇太子という立場上、うかつに女人と関係は持てないのだからやむを得ないことだ。

婢女相手ならさして問題にはならないが、そもそも婢女に興味がない。

礼駿がふれたいと思う女体は梨艶のそれであって、そこらをうろついている女体には毛ほども関心がないのだ。初夜にそなえて婢女で稽古しておくという発想もなかったが、もしかしたらそれは間違いだったのかもしれない。やはり一度くらいは経験して、こつをつかんでおくべきだったのでは。

一方で、そんなことをするのは梨艶に対する裏切りだという気もする。どの道、婚礼から七日間が過ぎれば、良娣以下の妃妾たちと同衾しなければならなくなる。時が来て即位すれば、三千の美姫を龍床に召さなければならなくなる。

そのぶん、梨艶と過ごす夜は減っていくのだ。

せめて婚礼から七日間のあいだだけは、梨艶ひとりの夫でありたい。彼女にだけ誠実な男でありたい。彼女以外の女人には一指もふれたくない。

そう考えてしまうのは、青臭いのだろうか。

「それは……お互いさまだろ」

経験がないのは礼駿だけではない。梨艶だっておなじだ。梨艶が経験豊富な女人なら礼駿の未熟さが目についてげんなりするだろうが、彼女も知識しか持たないのだから、青二才の夫が多少もたついてもそれとは気づくまい。

未熟者同士、試行錯誤しつつ理解を深めていけばよいのだ。その作業が夫婦のきずなを育てるのに一役買ってくれるだろう。

「……私はちがいます」

「は？　なんだって？」

「ですから、私はちがいますと……」

「待て、ちょっと待ってくれ。そんなはずはないぞ」

「なぜです？」

「なぜもなにもないだろ。そんなことは断じて起こるはずがないんだ」

言いながら、頭がこんがらがってきた。

――この期におよんで、梨艶が黄花ではないだと？　ありえない。天地がひっくりかえってもありえないことだぞ、それは。

昨年、梨艶は二度も秘瑩を受け、今年も婚礼前に秘瑩を受けている。三度とも黄花、すなわち生娘の判定が出ている。

信頼のおける検査だ。見落としや手違いがあったとは思えない。

三度目の秘瑩のあとで、何事か起こったのだろうか。まさか、梨艶に限ってありえないだろう。彼女は貞淑すぎるほど貞淑だ。婚約している身で、許婚以外の男と慇懃を通じるはずがない。そうだ、梨艶から進んで不義を働くことなど――。

思考がささくれ立ち、礼駿はさっと青ざめた。

――進んで、とは限らない。

強いられたことなら、ありえないとはいえない。

如意を受けとってから、梨艶はほかの秀女たちとともに東宮に隣接する震宮で暮らしていた。

震宮は鶴衣衛に厳重に守られており、侵入者がいたとの報告も受けていない。しかし、危険がまったくなかったとは断言できない。太子妃に選ばれたことで梨艶が秀女たちの怨みを買ってしまったことは容易に予想できる。嫉妬に駆られただれかが梨艶を陥れようとして卑劣な奸計をめぐらせたかもしれない。梨艶は邪謀の犠牲になり、黄花でなくなってしまったのかもしれない。

なぜもっと早く打ち明けなかったのか、と問いつめようとしてすんでのところで思いとどまった。

気安く告白できることではない。婚礼前に黄花でなくなってしまえば、彼女自身の名節だけでなく、汪家の面目もそこなわれる。さらには梨艶を太子妃に据えることを決めた礼駿の面子もつぶれるのだから、易々と口に出せるわけがないのだ。

いかにすべきかと、梨艶は今日まで悩み苦しんだにちがいない。彼女を責めることはできない。事ここに至るまで気づかなかった礼駿こそ、責を負うべきだろう。許婚ひとり守れないようでは、先が思いやられる。

「俺の早とちりかもしれないから、あらためて確認したい。……それは、ほんとうのことか？」

　梨艶がうなずく。鳳冠の垂れ飾りがしゃらりと鳴った。

　そうか、と礼駿はこぶしを握りしめた。浮かれた気分が急速に冷えていく。

「話してくれたことに感謝する。それから、謝りたい。おまえを守っているつもりでいたが、うぬぼれだったようだ」

「いえ……殿下のせいではありません」

「いや、俺のせいだ。おまえは東宮の目と鼻の先にいたのに、守れなかったんだから……」

　かっと燃えあがりそうになる激情を懸命に握りつぶし、梨艶に向きなおる。

「償いをしたい。そいつの名を教えてくれ。名がわからなければ特徴でもいい。春正司に捜査させ、かならずや捕縛する。八つ裂きにして、彼奴の汚らわしい屍肉を狗どもに食わせてやる」

「えっ……や、八つ裂き、ですか？」

「それがおまえを苦しめた下郎にふさわしい罰だ」

「な、なにもそこまでなさらなくてもよいかと……」

「なぜだ？　太子妃に狼藉を働いた大罪人だぞ。極刑に処さずしてどうする」

「たしかにつらい思いはしましたが、狼藉というほどのことではありませんから……」

「女を蹂躙することが狼藉ではないなら、いったいなにが狼藉になるんだ？」

「じゅ、蹂躙……？　な、なにをおっしゃっているのか……」

梨艶は目を白黒させている。礼駿はつとめて冷静に、彼女に語りかけた。

「おまえを辱めた狗東西に報いを受けさせると言っている」

「は、辱め……⁉　そ、それは言いすぎかと。傷ついたことは事実ですが……辱めではないと思います」

「無理やり黄花を奪われたことが辱めではないというのか？」

「え……黄花を奪われた？　どなたの話ですか？」

「おまえの話だ」

「……私が、黄花を奪われたのですか？　どなたに？」

「それを訊いているんじゃないか」

梨艶はふしぎそうに首をひねった。

「お話の流れがまったくわからなくなってしまったのですが……」

「俺のほうがわからない。おまえ、自分で言ったじゃないか。黄花を奪われたって」

「そんなことは言っていません」

「言ったぞ。俺はちゃんと聞いた」

「はあ……」

「『はあ』じゃない。早とちりかもしれないから確認したいと言ったら、おまえはうなずいただろうが」

「どうしてあれが『黄花を奪われた』という意味になるのでしょうか」

「どうしてもこうしてもないだろう。そもそもおまえが……」

はたと気づいて礼駿はいったん黙った。

「待てよ。この会話の流れ、おぼえがあるな。前にもこんなことがあったような……そうだ、あったぞ。三月に迎喜斎でおまえに求婚したときのことだ」

あのときもちぐはぐな会話になっていた。互いに考えていることが天と地ほども異なったまま、言葉だけを積みかさねていたせいで、誤解が誤解を生んでいたのだ。

「今回もそのたぐいじゃないのか。どうもさっきから話の展開が不可解だと思っていた」

「そういえば……そうですね。どこからまちがえたんでしょう」

「状況を整理してみよう。まず、俺が洞房に入ってきたところからだ。俺はおまえの紅蓋頭を外した。その後、ふたりで交杯酒をすませた。ここまではお互いに言葉を発していないから誤解はないはずだ」

「はい」

「問題はここから先だ。俺は黙っておまえに見惚れていた。すると、おまえが『ご無理なさらないでくださいね』とかなんとか言ったんだ。この時点で俺は軽く混乱した。おまえはつづけて言った。『私、わかっていますから』これでまた俺は困惑した」

「なぜですか？」

「おまえに非難されたように感じたからだ。俺が……男として頼りないから侮られているのかと」

「殿下を侮ったことなんてありません」

「じゃあ、なぜあんなことを言った？　俺が未経験で物慣れないから『無理をするな』という意味で言ったわけじゃないのか？」

「ちがいます」

　梨艶は思いのほかはっきりと否定した。

「殿下が私に飽きていらっしゃることはわかっているので、無理をして私に情けをおかけにならなくてもよいですと申したのです」

「なんだって？　俺がおまえに飽きているだと？」

　思わず前のめりになって問いかえす。

「わかっているってなんだ。なんでそんなことがわかるんだ？　もしかして、だれかになにか吹きこまれたのか？」

「……いいえ。殿下のご様子を見ていればおのずとわかります」

鳳冠の重みに耐えかねるというように、梨艶はいっそううなだれる。

「婚約してから、殿下はお変わりになりました。あまり会ってくださらなくなって、せっかくお会いできてもそっけない態度で、すぐに立ち去ってしまわれるし、私にふれることを避けていらっしゃるし、目を合わせることすらお厭いに……」

「おい待てそれは――」

「わかっています。私に飽きてしまわれたんですよね。無理もないことです。私に女としての魅力なんて皆無ですから。自覚はあるんです。家班の女優時代も、一度も言い寄られたことがありませんし……。殿下が幽閉されていたときに文を送ったのが私だけだったから、あたかもこの世に女は私しかいないような……そんな錯覚に陥ってしまわれたのだと思います。復位なさって、ようやく正気に戻られたのでしょう。殿下の周りには若く美しい女人が大勢いるのですもの、わざわざ私などとかかわる必要はないですよね。でも、私を太子妃に据えると公表してしまったから、決定を覆すわけにもいかず、今日という日をお迎えになったのでしょう。とても難しいお立場であることは承知しています」

礼駿が啞然としていると、梨艶は急き立てられるかのように早口でつづけた。

「太子妃になってしまったことはいまさらどうしようもないですが、殿下の御心をわずらわせたくはありません。どうか、私のことは名ばかりの太子妃としてあつかってください。今夜からの七日間、私と同衾なさるのはさぞ苦痛でしょうから、床入りしたという記録だけ取っていただいてごまかすことはできませんか？　もちろん、そのような行為が不正であることは百も承知ですが……私は殿下のご負担になりたくないのです。きっと……どなたか、殿下の御心にかなうかたが今日、東宮に嫁いだ妃妾のなかにいるのでしょうし、私は殿下とそのかたの幸せを心から祈っているので、おふたりの邪魔は……殿下？」

礼駿が牀榻から立ちあがったので、梨艶は不安そうに首をすくめた。

「……ごめんなさい。こうして私とふたりきりで話をするのもご不快ですよね」

紅の錦につつまれた肩が小刻みに震えている。

「正直に申しあげると……殿下が求婚してくださって、私……舞いあがってしまって。殿下は私に好意を持ってくださっているのだと、ひとりよがりな喜びに浸ってしまったのです。われながら愚かだと思います……。でも、こんな想いは生まれてはじめての経験で、いままで殿方にとくべつな感情を抱いたことがなくて、ましてや求婚されたことなんて一度も……。まるで芝居の女主人公になったみたいに、恋に浮かれてしまったんです。みっともないとは思いながらも、心をおさえられなくて……」

そこが激しく痛むかのように、震える手を胸にあてる。

「……なにもかもはじめてだったんです。好きな殿方に抱きしめられたのも、口づけされたのも……。あのときの幸せな気持ちが忘れられずに、殿下がお心変わりなさってからも、もしかしたら、また私のことを好きになってくださるかもしれない……なんて、あさましい期待をしていました。ですが、もう……身のほど知らずの望みは捨てます。私は太子妃となったのですから、自分よりも殿下を優先しなければなりません。殿下の御心が第一です。どうか私のことはお気になさらず、殿下がなさりたいように……」

礼駿はふたたび牀榻に腰かけた。

「ほんとうにいいんだな？　俺がやりたいようにやっても」

「……はい」

よし、とつぶやいて、梨艶を抱き寄せる。

「……で、殿下……？」

「おまえはとんでもない勘違いをしている」

甘やかに立ちのぼる彼女の香りを胸いっぱいに吸いこむと、からまり合った心の糸がほどけていくのを感じる。

「おまえに飽きたから避けていたのではない。おまえを求める気持ちが強すぎるから距離を置いていたんだ」

「……どういうことですか」

「まさか婚約中に床入りするわけにはいかぬだろう？　俺は必死で耐えていたんだぞ。いまにもわれを忘れて、おまえに溺れてしまいそうになるのを」

「……そう、なのですか？」

「おまえは知りもしないだろうが、幾度となく危機が訪れていたんだ。口づけしたとき、抱きしめたとき、ふたりきりで会うとき、はなはだしい場合はちらと見ただけで、理性が吹き飛びそうになった。この身を縛る鋼鉄の自制心がなければ、今日という日を待ちきれず、おまえを……汪梨艶のすべてを手に入れていた。しかし、それでは正式とはいえぬ。おまえは太子妃、俺の正妃だ。嫡妻には嫡妻の格式というものがある。心のままに結ばれれば、おまえの嫡妻としての面目をつぶしてしまう。だから今日まで血のにじむような努力をして自分をおさえこんできた。会う回数を減らし、逢瀬の時間を短縮し、おまえにふれないようにしていたのも、邪な衝動に駆られて間違いを犯さぬためだ」

おまえのためなんだぞ、と低くささやく。

「じゃあ……私を避けていらっしゃったのは、私に飽きてしまわれたからではないのですね……？」

「さっきからそう言ってるだろ。まったく、おまえは度しがたい妖婦だな。俺が死にものぐるいで堪えているのに、のんきに俺の前で微笑んだり、声をあげて笑ったり、はにかんだり、さびしそうな顔をしたり、不安そうに表情をくもらせたりしやがって……そのたびに俺が自制心から放たれた百千の矢で射貫かれていたことも知りもしないんだろ」

「……そんなこと、考えもしませんでした。てっきり、殿下は私を疎んじていらっしゃるのだと……思いつめていたので」

「見当違いなことで悩んでいたんだな。まあ、それは俺もだが。おまえが『私は未経験じゃない』なんて言うから、いつの間に黄花でなくなったのかと肝を冷やしたぞ」

「えっ……私、そのようなことを申しましたか？」

「忘れたのか。俺が『それはお互いさまだろ』と言ったら、おまえは『私はちがいます』と言っただろうが」

梨艶は目をぱちくりさせ、小さく首を横にふった。

「あれはそういう意味ではなく、殿下は私に飽きてしまわれたのでしょうが、私はいままでも殿下のことをお慕いしていますという意味で……」

「なんだよ、それならそうと早く言えよ。おまえはいつも言葉が足りないんだ。なにかを言うときは、省略せずに一から十まで言え」

「私の説明が不十分だったことは認めます。申し訳ございません。でも、殿下だっておなじではありませんか？　婚礼まで互いの名節を守りたいから適度な距離を保って付き合おうと、ひと言おっしゃってくださっていれば、私は余計なことで悩まずにすみました。もとはといえば殿下のせいです」

ことのほか反抗的な返答が小気味よく胸に響き、礼駿はなおいっそう梨艶を強く抱いた。

「誤解させて悪かった。おまえを苦しめたかったわけじゃないんだ。言い訳をさせてもらえば、おまえの妖狐じみた誘惑に抗うので手いっぱいで、そこまで気がまわらなかった。要するに、もとはといえばおまえが悪い」

「私のせいにしないでください。そもそも私には殿下を惑わすほどの魅力なんてありません。誘惑などできるはずが……」

なかばむきになって言いかえそうとする唇を奪う。

唇に口づけするのはこれで三度目だ。

一度目は求婚した直後。梨艶が色よい返事をしてくれたので、つい感極まって唇をかさねてしまった。

二度目は東宮選妃のあと。如意を受けとった彼女とふたりきりで散策していたら、青葉薫る夏風にそそのかされて、また口づけしてしまった。

まずいと思ったのはこのときだ。

梨艶が人目をはばかって恥ずかしそうにあとずさるので、もっと踏みこんでみたくなった。愛らしく上気していた彼女の頬をもっと赤く染めてみたくなった。

一歩踏み出し、恥じらう柳腰を捕らえた瞬間、これがきわめて危険な行為であることを悟った。歯止めがきかなくなると直感した。瞬時に身体を離し、正しい距離感を取り戻したのは賢明だった。

しかし今夜は、うしろめたく思う必要はない。

こうして睦まじく身を寄せ合っていても、だれにも非難されない。見つめ合って唇をかさねても、礼節をわきまえないふしだらなふるまいだと責められることはない。

ふたりは禁城の人びとに祝福されて結ばれた新郎新婦なのだ。名実ともに夫婦となることがふたりに課せられたつとめである。

「……殿下」

礼駿が鳳冠を外してやると、梨艶はおずおずとこちらを見あげてきた。

「先ほど……床入りは未経験だとおっしゃいましたが、ほんとうですか？」

「……ああ、まあ」

あまり胸を張って言うことでもないので、歯切れの悪い返答になってしまう。

「じゃあ、あれもはじめてですか？」

「あれ？」

「……私になさったことです」

「どれのことだ。いろいろしているから、なんのことかわからぬ」

「ええと……唇を、その……」

「口づけのことか？」

梨艶が首を縦にふると、赤瑪瑙の耳墜が可愛らしく揺れた。

「そうだが、なにか問題でもあったか？」

仕方がまちがっていたのだろうか。あるいは、想像していたよりお粗末だったか？

「問題なんてありません。ただ……」

梨艶は泣き笑いのような顔をした。

「すごく、うれしいのです。殿下をひとりじめしたみたいで……。ごめんなさい、こんなことを考えては不敬ですよね。私などが、殿下をひとりじめするなんて。いけないことだとわかっているのですが、どうしても身体がふわふわしてしまうんです。殿下のはじめての相手は私なんだって、だれかに自慢したい気持ちに。もちろん、そんなことを言いふらしたりしませんが……胸がいっぱいで……」

また唇を奪った。今度は深く長く、互いの心の機微をひとつひとつなぞるように。

「最後の相手もおまえであってほしい」

七日後のことを思案したくない。即位後のことを想像したくない。

梨艶以外の花嫁はいらない。妃嬪侍妾がひしめく後宮はいらない。

いつまでも汪梨艶だけの夫でいたい。それが叶わぬ願いだということは痛いほどわかっているのに、希わずにはいられない。

「いいえ、それはいけません」

梨艶はおそるおそる手をのばし、礼駿の頬に細い指を這(は)わせた。

「私は殿下より年上ですから、殿下より先に鬼籍(きせき)に入るでしょう。私亡きあともしかるべき女人が殿下にお仕えしますから、あなたは――」

「だめだ」

言葉ごと押しつぶすように抱きすくめる。

「おまえは俺より先に死んではいけない。皇太后さまみたいに九十過ぎまで生きるんだ。長生きして、皺(しわ)だらけの老婆(ろうば)になってから、九泉(きゅうせん)にいる俺のもとへ来い」

「不吉なことをおっしゃらないでください。それではまるで……殿下は若くして私のもとを去ってしまわれるみたいです」

「俺も九泉に行くのは老爺(ろうや)になってからだ。先帝みたいに八十なかばを過ぎたところで逝(い)くとしようか。そのころにはだれも俺たちの年の差を気にしなくなっているだろう」

埋火(うずみび)のような恐怖が緩慢(かんまん)な冷気で胸底を焦がしている。

永遠のものなどない。命が有限であるように、幸福にも限りがある。

きっと陰りはじめる。

いつの日か、この手でつかんだと思ったものが手のひらからこぼれ落ちてしまうときが来る。幸せだったころの輝きが悲嘆(ひたん)や苦悩で塗りつぶされてしまうときが。

それがいつになるのか、まだだれも知らないけれども、かならずやって来るのだ。どんなに策をこうじても逃げ切ることはできない。こちらが白旗をあげるまで、さだめは執拗(しつよう)に、音もなく追いかけてくる。

抗いようのない天命を骨身にしみるほど意識しながら、目の前の幸福に溺(おぼ)れることは愚かなのだろうか。失われるとわかっているものを必死で求めることは、罪だろうか。

「なんだ？」

翼善冠(よくぜんかん)を外して髻(たぶさ)を洞房(ねま)の明かりにさらすと、梨艶が物言いたげな目で見つめてきた。

「殿下は白髪頭も似合いそうですね」

やわらかな微笑が赤い蘭灯(ともしび)の下で花ひらく。そのあでやかな色彩に魅入(みい)られ、ものくるおしいほどの感慨(かんがい)が胸を満たした。

これだ。これが汪梨艶の素顔だ。仮面の下に隠されていた顔だ。

とうとう手に入れた。

彼女が自分にしか見せない表情を――なにものにも代えがたい宝を。

「お互いさまだろ」

礼駿はふたたび梨艶を抱き寄せ、飽きもせずに口づけをくりかえした。

――かまうものか。たとえ罪であっても。

幸せを貪(むさぼ)ることが罪科だというのなら、喜んで咎人(とがにん)になろう。未来のどこかでわが身をしたたかに打擲(ちょうちゃく)するであろう報いを、甘んじて受けよう。

それほどの値打ちがあるものだ。

この腕のなかにしかと捕らえた、比類なき僥倖は。

「……殿下？　あの……手伝いましょうか？」

「大丈夫だ。俺に任せておけ」

勇ましく宣言してみたものの、花嫁衣装を脱がせるのに苦労する。

鋒士が言っていたとおりだ。あれこれと無駄に衣をかさねているせいで、どこから手をつけていいかわからない。

「なんだ、この服は。上衣の下にいったい何枚着てるんだよ。盤釦はかたすぎるし……あ」

領もとをひらこうとしていると、精緻な刺繍に縫いつけられていた粒真珠がぽろりと落ちた。

「……やはり、私が」

「いや、俺がやる」

「私の指のほうが細いので、盤釦を外しやすいと思います」

「そうか？　死ぬほどかたいぞ」

「力加減が強すぎるのではありませんか。もっとやさしく……あら？　変ね、なんで外れないの……」

「ほら見ろ。おまえでも無理だろ。とんだ粗悪品だな。だれだ、こんなものを作ったのは」

「粗悪品は言いすぎです。優秀な職人が丹精込めて作ってくれたものなのですから」

「やめろ、無理をするな。爪が傷つくぞ」

梨艶が力任せに盤釦を外そうとして苦戦しているので止めた。妙な沈黙が落ち、どちらからともなくため息をつく。

「……助けを呼ぶか」

「……そうしましょう」

真面目にうなずき合って、ほぼ同時に失笑する。

——なんという体たらくだ。

予定ではとっくに梨艶の柔肌を楽しんでいる時分なのだが、幾重にもなった堅牢な錦の城壁に阻まれて、いまだ悩ましい肢体の曲線をなぞることさえできないままだ。

これも生兵法のなせるわざであろう。不慣れなわが身を呪わしく思うかたわらで、ふしぎな充足感が胸にきざしていた。

——いつか、今夜のことをなつかしく思い出すだろう。

花嫁衣装ひとつ脱がせられない、不器用な花婿だったと。

そしてふたりで笑い合うのだ。白髪頭を揺らして。

親王画眉（後宮茶華伝 番外編）

「待って、顔を洗う前にもう一回見せて」

整斗王妃付き首席女官・周巧燕は拝むように夫を見あげた。

「……さんざん見ただろう」

「最後に一回だけ。ね、いいでしょう？」

甘えるように腕にしがみつくと、整斗王妃付き首席宦官をつとめる夫——魚奇幽はいつも折れてくれる。夫は心底から巧燕に惚れこんでいるのだ。多少のわがままは快く許してくれると知っているから猫なで声で頼む。

「可愛い菜戸の頼みなのよ、あと一回でいいから」

「……しょうがないな。これが最後だぞ」

奇幽はいかにもしぶしぶこちらを向いた。凱ではめずらしい褐色の肌と彫りの深い目鼻立ちは南国の神仙かと疑われるほど端麗で、気を抜くと見惚れてしまいそうになるが、それは彼の美貌にまともな眉が存在している場合の話だ。

「……おい、いくらなんでも無礼だろうが。人の顔を見るなり噴き出すなど」

「だっておかしいんだもの！　あんたのその眉！　うねうねしてて、二匹の蛇がならんでるみたい！　ん？　蛇というより蚯蚓かしら？　あっ、あれよあれ、水面に立つさざ波にも見えるわ。そう、さざ波よ！　さざ波眉！」

巧燕が腹を抱えて笑うので、奇幽は不機嫌そうに口をねじ曲げた。

「夫を指さして笑うな」

「ふふっ、もうだめ、やめてったら……！　その顔で睨みつけるなんて反則よ！　笑いすぎて死んじゃうわ」

堰を切ったように笑いがこぼれて涙が出てくる。

「こんなに大笑いしたのはひさしぶりだわ。殿下に感謝しなくちゃね！」

整斗王・高秋霆がふたりを内々に召し出したのは、七日ほど前のことだ。

「眉を描く稽古をさせてほしい」

皇族一の堅人として知られる秋霆は真面目腐った面持ちで口を切った。

「ふたりはもう知っているだろうが、孫妃――いや、月娥に眉を描いてほしいと頼まれた。なんでも主上が汪皇后の眉を描いていらっしゃると耳にしてからずっと、その行為にあこがれていたらしい。妻が望むことならなんでも叶えてやりたいと思うのが夫というものだ。そこで思い切って挑戦してみたのだが、これがなかなかの難業だった。筆で文字を書くのとは勝手がちがう。素人ながら懸命に挑んでみたものの、思ったように描けず不格好な眉が出来上がってしまった。それでも月娥は喜んでくれたが……」

　憂わしげにため息をつき、秋霆は真剣そのものの表情でつづけた。

「このままでは私の気がすまぬ。再度、挑戦して今度こそ美しい眉を描いてやりたいと思う。しかし、いまの腕前ではたいへん心もとない。化粧にはまったくの門外漢だからな。私には指導者が必要だ。ついてはおまえたちに協力を仰ぎたいのだが」

　政にかかわる重大な任務を与えるとでも言うような口ぶりだった。

　巧燕と奇幽は笑い出しそうになるのを必死でこらえ、「なんなりとお申しつけください」と答えた。

「ありがたい。とても助かる」

　色よい返事を聞いて、秋霆はほっとしたふうに頬をゆるめた。

「ではさっそく画眉の練習台に……」

「そのことですが、殿下。はばかりながらお願いしたいことがございます。練習台には周老太ではなく、私をお使いいただけないでしょうか」

　奇幽はおずおずと口をひらき、気恥ずかしそうに笑んだ。

「恥ずかしながら私もときおり菜戸の眉を描いております」

「ほう、おまえもか。ひょっとして周老太の今日の眉は……」

「これは自分で描いたものですわ。魚公公は不器用で、お世辞にも画眉がお上手とはいえませんから、たいていは描きなおすことになりますの」

巧燕が笑みまじりに否定すると、秋霆は自分が責められたかのように「なんだ、そうなのか」とつぶやいた。

「周老太は気難しいので、黛の濃淡や眉尻の角度にあれこれと注文をつけ、私が描いた眉ではなかなか満足してくれません」

「苦労するな。ただでさえ化粧に慣れぬ男にとって画眉は難物なのに」

「まったくです。さりとて、私も人の夫です。周老太の眉を描くことができるのは――周老太本人と女官仲間をのぞけば――夫たるこの魚奇幽だけだと自負しております。ほかのだれにもその役目を譲りたくはないのです。おそれながら、殿下にも……。賤しい騾馬ごときが一人前の口をきくと、殿下はお笑いになるかもしれませんが」

笑うものか、と秋霆は力強くうなずく。

「気持ちはよくわかるぞ、魚公公。私も同意見だ。眉を描くということは、その女人と差し向かいで見つめ合うということだ。愛する妻とのそんな親密な行為を、ほかの男に許してはならない。これは夫だけが所有すべき特権なんだ」

「おっしゃるとおりで」

奇幽と秋霆はしみじみうなずき合った。

「案ずるな。もとより、周老太を練習台にしようとは思っていない。周老太には私の横にひかえて画眉を指導してもらいたい。練習台は魚公公に頼もう」

かくて親王殿下による画眉の稽古がはじまったわけだが、だれの目にもあきらかなほどに前途多難だ。なにしろ、何度も描きなおして最終的に出来上がったものが〝さざ波眉〟なのである。

「おまえのせいだぞ、巧燕」

念入りに顔を洗って黛を落としたあと、奇幽は横目でこちらを睨んだ。

「殿下がいっこうに上達なさらないのはおまえの指導が悪いからだ」

「あら、上達なさっているわよ。最初は墨汁を塗りたくったような野太い眉をお描きになっていたけど、いまでは〝さざ波眉〟だもの。どんどん腕をあげていらっしゃるわ」

「まともな眉を描いてくださるようになるまで、いったいどれくらいかかるんだ？」

「そうねえ、殿下は勤勉なかただから一月もあれば十分でしょ」

「一月だと⁉　一月ものあいだ俺を笑い者にしようというのか？」

「いまさら文句を言わないの。そもそも、あんたが自分で招いた事態でしょ。わざわざ『菜戸の代わりに私を練習台にしてくれ』なんて言うからこんなことになるのよ」

「じゃあ、おまえをさしだせばよかったのか？　私の妻をご自由にお使いくださいと？」

冗談じゃない、と吐き捨てるように言い、奇幽は巧燕の肩を荒っぽく抱いた。

「おまえはだれにもわたさない。たとえ千金を積まれても、命を奪うと脅されても、けっして譲りわたすものか」

夫の口からほとばしった情熱的な言葉に、巧燕は頰が熱くなるのを感じた。二世の契り(ちぎ)を結んで十年経つのに、奇幽が予告もなく甘ったるい台詞(せりふ)を吐くと、いまだ色事に不慣れな小娘のようにどぎまぎしてしまう。

「そんなこと、いちいち言わなくてもわかってるわよ」

赤くなったおもてを見られたくなくて、夫の腕のなかから抜け出す。

「あんたはあたしのことで頭がいっぱいだもの。あたしをだれかに奪われはしないかと、心配でしょうがないのよね。あんたのそういう小胆(しょうたん)なところ、嫌いじゃないけど——」

棚から化粧盒(けしょうばこ)を取り出し、巧燕はちらと奇幽をふりかえった。

「これだけはおぼえておいて。あたしだって、もし殿下に画眉の練習台になってほしいって頼まれたら、なんとか口実をつけて断ったわよ」

「巧燕」

「だって殿下の腕前はあんたよりひどいもの」

「……理由はそれだけか？」

眉を剃(そ)り落とした顔で、奇幽は渋い表情をする。すねた子どものような顔つきに微笑をこぼし、巧燕は化粧盒から黛を出した。

「もうひとつの理由は……今夜話すわ」

「いま聞きたい」

「だめよ。そろそろ王妃さまのおそばに戻らないといけないんだから。さあ、そこに座って。眉を描いてあげるわ」

「格好良く描いてくれよ。おまえが惚れなおすように」

馬鹿ね、と巧燕は繡墩(こしかけ)に座った奇幽の鼻をつまんだ。

「とっくに惚れなおしてるわよ」

亡者の恋（後宮戯華伝 番外編）

牢獄はにぎやかなところだ。無実を訴える叫び声、獄吏が放つ怒鳴り声、命乞いをするみじめな声、拷問された者がもらすうめき声。それらが折りかさなり、複雑に混ざり合って、血みどろの音曲を奏でていく。

――あのかたは、ご無事だろうか。

恐怖にも似た煩慮が胸に満ち、冥朽骨は自嘲の笑みを浮かべた。

――なにを考えているのだ。主を案じる資格さえないくせに。

監国をつとめる皇太子・高礼駿の命令で、和慎公主・高月娘と彼女の配下たちが投獄された。罪状は今上の弑逆未遂。それだけでも極刑に値するが、これに淫祀邪教として禁圧されている怨天教団と共謀した罪がくわわっている。

今上は本件に関与した者をことごとく凌遅に処すと命じた。月娘と、粛戒郡王・高爽植もだ。皇族は大罪を犯しても刑場に引っ立てられることはないのが慣例だが、今上は血をわけたわが子に恩情をかけなかった。

罪人の衣を着せられ、刑場に引っ立てられて、衆人環視(しゅうじんかんし)のなか処刑される。それは皇族にとって不名誉な末路にちがいないが、月娘にとっては栄(は)えある最期である。月娘は大逆の黒幕として認められたのだ。

豊始(ほうし)年間、睿宗(えいそう)皇帝と昭宗(しょうそう)皇帝の弑逆未遂という大罪を犯しながら、獄中で自死した高姿瑜(しゆ)のような匹婦(ひっぷ)ではなく、れっきとした反逆者として歴史に名を刻む。

名もなき公主ではなく、王朝を揺るがした大逆人として後世まで伝えられることこそ、月娘の望みであるはずだ。

現在、月娘は爽植とともに詔獄(しょうごく)に収監されている。詔獄は宗人府(そうじんふ)の管轄(かんかつ)下にある牢獄で、皇家につらなる高貴な罪人はここで刑の執行を待つ。

詔獄の獄房は貴人の住まいにふさわしく調度などもそろえられており、窓や戸口に鉄格子(てつごうし)が備えつけられていなければ、通常の部屋と変わりないという。

東廠(とうしょう)の牢獄である鬼獄(きごく)の獄房で寒々とした藁(わら)敷きの床に座り、芯まで冷え切った石壁にもたれている朽骨とはちがい、月娘は皇族の体面を保ったまま、処刑の日まで生きながらえることになる。

当初は月娘も鬼獄に収監された。それほど震怒(しんど)がはなはだしかったのだ。ひととおり鞫訊(とりしらべ)がすんだのち、月娘の身柄が詔獄に移されたと聞いて、朽骨は心から安堵(あんど)した。

月娘に鬼獄はふさわしくない。たとえ罪人に身を落としても、彼女は竹の園の一員。男子に生まれていれば、玉座にのぼったであろう御仁なのだ。朽骨のような賤しい者とおなじ屋根の下にいてよいわけがない。

――私だけだ。あのかたの御心を理解しているのは。

その言葉を朽骨は胸裏で幾度となく反芻してきた。月娘がもっとも信頼する走狗であり、彼女にもっとも近い理解者。それが朽骨の役どころだ。

思えば月娘に出会うまで、朽骨は生きながらにして死んだも同然の存在だった。満腹を知らず、情愛を知らず、希望の味を想像することさえもできなかった。貧の病に侵された生まれ育ちが骨身にしみついていたせいだ。

朽骨――かつての名を秦十六――は南蛮と国境を接する貧しい漁村に生まれた。

毎年、天災と海賊の脅威にさらされ、食うや食わずの生活をしいられて七年が過ぎたころ、困窮に耐えかねた父の手で無理やり浄身（去勢）させられた。

おなじ村から出た宦官が上級宦官、いわゆる三監になって親族を京師に呼びよせたという話を聞き、十六にも同様の道を歩ませようとしたのだ。父は息子を浄身させれば官府から銀子が出ると思いこんでいたが、むろんそれだけで褒賞が出ることはない。皇宮や王府に仕え、立身出世してこそ豊かな暮らしが約束されるのだ。

あさはかな父が褒賞を得られないことを知って落胆しているあいだ、十六は死線をさまよっていた。本来、浄身とは、宦官専門の医者・閹医を兼ね、その道の経験を積んだ刀子匠によって適切な手順を踏んで行われるものだ。素人に処置できるものではない。

焼けつくような痛みに七転八倒し、忍び寄る死の足音さえ聞いたが、幸か不幸か、十六は命を取りとめた。いったん浄身してしまったからには、宦官になるよりほかに生きる道はない。十六はさる郡王府に仕えはじめた。

あてがわれた仕事はおもに主の閨房の相手だった。主は見目麗しい童子を鍾愛しており、郡王府には容姿の優れた孌童が大勢仕えていた。

朝な夕な、蛞蝓のように湿った手で肌身を貪られる日々がつづいた。

つとめがはじまったばかりのころは主の閨を辞するたびに嘔吐していたが、しだいに慣れていった。恐怖も嫌悪も絶望も、ひととおり味わってしまえば習慣になる。

孌童のなかには連日の醜行に耐えかねて逃亡を図ったり、自害したりする者もいたが、前者は捕らえられて息絶えるまで折檻され、後者は死体となったわが身を野良犬のそれのごとく処理されるだけだった。

十六はどちらも選ばなかった。わざわざ死に急がなくても、そのうち死ぬだろうと思っていたからだ。

しかし、実際にはそう簡単に死は訪れてくれなかった。

翌年、内訌のすえに主が代替わりすると、男色を忌み嫌うあたらしい主はみずから腰刀をふるって孌童たちを斬り殺した。孌童たちは泣き叫び、命乞いをしたが、情け容赦なく惨殺された。

　やがて十六の番になった。同輩たちとちがって泣き叫びもせず、命乞いもしなかった。その必要はなかった。この世にはひとかけらの未練もなかったから。

「貴様は命乞いせぬのか？」

　男色嫌いの主は粛然とひざまずいている十六に胡乱げな視線を投げた。

「いたしません」

「なぜ？」

「私は禽獣です。禽獣は命乞いなどしません」

　ようやく来たるべきときが来たのだと安堵していた。この賤しい命を奪われるときが。それこそが十六の願い、生まれてはじめて心に抱いた唯一の希望だ。死によって現世のありとあらゆる苦患は終わる。呪われた生の桎梏から解き放たれ、来世を迎えることができるのだ。

　自分めがけてふりおろされるであろう白刃を待っていると、主の笑い声が降った。

「たしかに貴様は禽獣だ。命乞いをせぬというなら、反対に生かしておいてやろう。死にたがりの禽獣を斬っても面白味がないからな」

　主は十六を殺さなかったが、さりとてそばに置いたわけでもなかった。断袖の癖を好まぬ主に孌童は無用の長物だった。

「貴様は見てくれがよいゆえ、皇宮に送ってやろう。その美貌を使って身を立てるがよい。蟒服をまとうようになったら、俺に命を救われたことを思い出せ」

ご恩情に感謝いたします、と型どおりの返答を口にしながら、十六の胸は怨みに焼かれていた。

救われたとは思わない。またしても殺されたと思った。最初は父に、二度目は先代の主に、今回は当主に。死なせないことで、さらなる艱難と恥辱を味わわせ、十六の心を虫けらのごとく踏みにじったのだ。

――復讐してやる。

骨の髄まで刻みつけられた怨憎をいつの日か連中にかえしてやる。

たとえそのときにやつらが鬼籍に入っていようとも、墓を暴いて屍を千々に引き裂いてやる。十六を蹂躙した者どもに思い知らせてやるのだ。怨みという獣は己が生みの親をけっして忘れないのだと。

煮えたぎる決意を胸に、十六は皇宮の門をくぐった。

王府や郡王府から送られてきた童宦はまず容姿でふりわけられる。器量に恵まれている者は宦官の学問所たる内書堂に送られるのがつねだった。

内書堂では内廷規則をはじめとして、経籍や史籍、音曲や芝居など、宮仕えに必要な知識を叩きこまれる。むろん学問だけに打ちこんでいればいいわけではなく、宦官の具体的な仕事も実地でおぼえていかなければならない。

十六は内書堂で勉学に励むかたわら、皇帝付き首席宦官・易太監の弟子となって牛馬のごとくこき使われた。

易太監は十六に冥朽骨という嘲名をつけた。朽ちた骨とは言い得て妙だ。理不尽な天命に流され、死に時を見失ったまま、未練がましくこの世にとどまっていた朽骨はまさに生ける屍だった。

十二で内書堂を修業したのち、そのかみ六侍妾の最下位・楚人であった万氏に仕えることになった。万氏はすでに皇三女・高徽婕と皇八子・高奕佑を産んでいたが、けっして寵愛の篤い侍妾ではなかった。夜伽の回数はすくなく、下賜品は身分相応のもので、三千の美姫が咲き競う後宮に在っては、取るに足らない女人だった。

復讐には力が要る。力を得るには出世するしかない。出世するには寵妃の側仕えになるのがいちばんの近道だ。寵愛されない侍妾に仕えても得るものはない。

そう考えて落胆するのが道理であったが、万氏に仕えよと易太監に命じられたとき、朽骨はひそかに歓喜した。なぜならば、万氏に仕えることは、高徽婕――和慎公主・月娘に仕えることと同義だからだ。

月娘とはじめて出会ったのは十七年前。十になったばかりのころだ。

入宮して間もなかった朽骨はよく道に迷った。皇宮の広さは郡王府とは比べ物にならない。複雑に入り組んだ通路に惑わされ、新参者は自分の居場所がわからなくなって立ち往生してしまう。

易太監に言いつけられた用事をすませ、急いで戻ろうとしたところ、朽骨はにわかに尿意をもよおした。浄身して日が浅い童宦は肉体の変化に慣れていないため、失禁することがままある。それゆえ、主の御前で粗相をせぬよう、頻繁に浄房へ行くこと――これを宮中では更衣という――が許されている。

皇帝付き首席宦官たる易太監のもとに戻るということは、今上の御前に伺候するということ。皇上の眼前で醜態をさらすわけにはいかない。帰りが遅いと叱責されるとしても、先に更衣をすませておく必要があった。

朽骨は宦官用の浄房を探して方々を駆けまわった。途中で中級宦官を見かけたので、恥をしのんで浄房の場所を尋ねた。配下を連れて得意げに歩いていた中級宦官は平身低頭する朽骨を見おろし、親切そうに微笑んで、通路を左に曲がって小宮門をふたつくぐった先にあると教えてくれた。

地面にひたいを押しつけて感謝の意を告げ、朽骨はすぐさま通路を駆け抜けた。角にさしかかったところで左に曲がり、小宮門をふたつくぐって安堵したときだ。

絵筆で塗りつぶされたかのように頭が真っ白になった。

そこには浄房などなかった。駆け抜けてきたものと瓜二つの通路が延々とつづいているだけだった。

こういうことはめずらしくなかった。

童宦はいつでも年長者たちの嬲り者だ。憂さ晴らしに殴られたり、無理難題を言いつけられて酷使されたり、敵対する宦官との諍いに利用されて疲弊したりする。はなはだしい場合は上役の失態を押しつけられて殺されることもあるのだから、困っているときにもっともらしく嘘を教えられるくらいのことは、まだましなほうだ。

易太監は弟子に手をあげないからよその師父よりは仕えやすいが、童宦は上役たちのあいだでよく貸し借りされるので――さまざまな部署で働くことで、多種多様な仕事をおぼえていくのだ――結局はどこかで陰険な、あるいは横暴な上役に物言う家畜のごとく使役されることになる。

だから、こんなことには慣れている。道端の小石のように蹴り飛ばされ、汚泥のなかを這いつくばって、餓えた野良犬のように残飯をあさることにも慣れっこだ。すこしもこたえるはずがなかった。失望も激憤も感じないはずだった。

しかしながら五尺の童子にすぎなかった朽骨はいつしかしゃくりあげて泣いていた。肉体の欲求に逆らえず、尿をもらしてしまっていた。粗末な無地の袍が恥辱のしずくで濡れるのを感じながら、無様に慟哭した。

悲しいのではなかった。悔しいのだった。口惜しくてたまらないのだった。

持って生まれた身体を愚蒙な父の手で破壊され、不格好な騾馬になり下がった身体を陋劣な主君に蹂躙された。

そのうえ、おなじ身体を持つ者にさえもてあそばれる。彼らは朽骨の苦しみを知っているにもかかわらず、朽骨を憐れんでくれるどころか、地べたを這いまわる虫けらにそうするように雨あられと侮蔑を投げつけてくるのだ。

これは純粋な不運なのか、それとも前世からの因業なのか。

いずれにせよ、朽骨にとって現世は悪意を煮込む鍋なのだった。ぐらぐらと煮え立つ毒気が朽骨の肉を、血を、骨を焼け爛れさせ、煮溶かしてしまおうとするのだ。

屎尿がしみこんだ長靴を引きずりつつ、朽骨は来た道を引きかえした。

泣こうがわめこうが、現実は変わらない。

ここでうずくまって嗚咽していても助けなど来ない。天は朽骨を憎んでいる。立ちどまっていればもっと悪いことが起こるにちがいない。飛蝗のように襲いかかってくる汚辱から逃れるには、独力で這いあがるしかないのだ。

師父のもとに戻る前に、浣衣局に立ちよらなければならない。後宮の北門の西に位置する浣衣局は罪を得た宮女や宦官が終生苦役に従事する官署だ。

彼らに課せられる〝苦役〟には宦官服の洗濯もふくまれている。清潔な衣服をもらって着替えなければ、師父のもとに戻り、今上の御前に侍ることはできない。

ずいぶん道草を食ってしまった。急がなければ大目玉を食らう。自然、駆け足になる。気持ちばかりが急いていたせいか、曲がり角でだれかとぶつかってしまった。

衝突した瞬間、得も言われぬ芳香が鼻をついた。香の知識がなかった朽骨にはそれがなんの香りなのかわからなかったが、天女というものがほんとうに存在するなら、きっとこんなにおいがするであろうと思われるほどよい香りだった。

「無礼者！」

尻もちをついた朽骨の頭上に雷鳴さながらの叱責が降った。

おそるおそる視線をあげると、紅緋の蟒服が目に入る。それは上級宦官たる三監の第二位、内監の官服だ。朽骨はあわててひれ伏した。内監にぶつかってしまったのだ、と青ざめた刹那、さらなる大喝が降り注ぐ。

「汚らわしい童宦め！　貴様のせいで公主さまのお召し物が汚れたではないか！」

公主さま、と朽骨は口のなかでくりかえした。

童宦となって最初に教わったことは、通路などで皇族と出くわしたら、即座にひざまずかなければならないということだ。

許可なくおもてをあげてはならない。たとえ「おもてをあげよ」と命じられても、見てよいのは裳裾までで、相手の顔を見てはならない。謝罪する場合をのぞき、許可なく発言してはならない。身体はもちろんのこと、衣服にさえ手をふれてはならない。

「皇族がたは俺たちみたいな賤しい騾馬とちがって尊い存在なんだ。姿かたちが似てるからって、自分らとおなじだと思うなよ。生まれも育ちもお身体に流れる血も、俺たちのような〝欠けた者〟とは物がちがうんだぞ」

易太監の教えが全身を駆けめぐり、朽骨は歯の根が合わなくなった。裳裾を見るだけでも恐れ多いのに、ぶつかるなんて言語道断。しかも朽骨は屎尿まみれだ。ぶつかった際、公主の衣に汚穢のしずくが一滴でも飛び散っていたら死罪に値する。

お赦しください、と朽骨は平蜘蛛になって謝罪した。

はじめは死にたくない一心で「お慈悲を」とくりかえしていたが、ひたいを地面に叩きつけるたび、自分でも驚くほど感情が凪いでいった。

――もういい。

必死に命乞いをして、それでどうなるというのだ。よしんば露命をつないだとして、どうなるというのだろう。これ以上、この世にとどまってもさらなる不幸と恥辱に見舞われるだけではないか。

天はたしかに朽骨を憎んでいる。執拗に痛めつけて、そのゆがんだ嗜虐心を満たしている。ならばいっそ、ここで死んだほうがよいのではないか。死んでしまえば、これ以上の苦患を味わわずにすむではないか。

いつか状況が好転するかもしれないとありもしない希望の先触れにすがるより、天命を受け入れてすべてを終わらせるほうが賢明だ。薄汚れた命にしがみついたところで、際限のない辱めのほかに得るものはないのだから。

　地面に頭を打ちつけ、朽骨は死を命じられるのを待った。その声はきっとやさしい救済の響きで、絶望に満ちた朽骨の未来を叩き壊してくれるだろう。

「公主さまのお召し物を汚した罪は万死に値する。宮正司に突き出して杖刑百に――」

「おやめ」

翡翠の鈴がふれあうような美声が内監の怒号をさえぎった。

「衣が汚れたくらいのことで騒ぎたてなくてもよいわ」

「公主さま、こやつはあきらかに……粗相をしておりますゆえ……」

「童宦なのだから仕方ないわよ」

「……ですが」

「あなたにだって童宦時代があったはず。この者の気持ちはよくわかるでしょう。年長者ならば目下の者の過ちには寛容におなり」

「おっしゃるとおりです。私がまちがっておりました。なにとぞ、ご容赦くださいませ」

短い間のあと、内監は芝居じみた仕草で首を垂れてみせた。

「おもてをあげなさい」

公主の下命である。朽骨はそろそろと頭をもたげた。それとほぼ同時であった。春爛漫の香りがふうわりと舞い降りてきたのは。

「あなた、年はいくつ？」

朽骨のそばにしゃがみこみ、公主は親しげに尋ねた。

「……十です」

「十ならわたくしより三つ下ね。小さいからもっと幼いかと思ったわ。ろくに食事を与えられていないのね。かわいそうに」

さあ、と白い花のような手がなにかをさしだした。それが絹の手巾であることを理解するのに、しばし時間がかかった。公主がまとう優艶な香気に酔いしれていたからだ。

「涙をお拭きなさい。粗相をするのは仕方ないけれど、泣いてはだめよ。だって道理に合わないもの。天があなたを見捨てているのなら、嘆いたところでどうにもならないわ。天があなたを見捨てていないなら、どんな苦境に居ても悲しむことなどないわ。いずれにしても、涙はまなこをくもらせるだけ。くもったまなこでは未来を見通せない。そうではなくて？」

どうやって手巾を受けとったのか、まったくおぼえていない。気づけば、愛らしい鈴蘭が刺繡された手巾が骨と皮ばかりのみすぼらしい手のなかにおさまっていた。

それから二年後だ。易太監に呼び出され、万楚人に仕えるよう命じられたのは。

万氏は風評にたがわぬ凡庸な女だった。目鼻立ちはととのっており、ほっそりとした身体つきは当世の佳人らしかったが、あいにく後宮にはそんな女人がごまんといる。

美しい容姿はあって当然のもの、それ以上の才幹や運気をかねそなえていなければ、栄耀栄華は夢のまた夢。

万氏には打てば響くような才覚も、周囲を自分の渦に巻きこむ強運もなかった。後宮の歴史にうずもれていく、紅の塵のひとつにすぎなかった。

かたや、万氏の娘である月娘は非凡なものを感じさせる少女だった。

輝くばかりの花の容貌はいうまでもなく、経籍や史書に通暁するほど聡明で、公主としてはめずらしく武芸さえたしなんでいた。これほど才気煥発な娘を持ちながら、万氏はまったくといっていいほど月娘に注意を払わなかった。

万氏は三つになったばかりの息子、奕佑に夢中だったのだ。

奕佑があたらしく言葉をおぼえたと言っては童女のように浮かれ騒ぎ、作法どおりにあいさつできたと言っては割れんばかりの拍手で称賛し、内院を走りまわったときは疲れただろうと即座に茶を勧め、風筝を揚げているときは風にさらわれぬかとおろおろした。

そして日に何度も母親らしい慈愛に満ちた微笑みを浮かべ、高価な宝玉でもあつかうような慎重な手つきでいとけない息子を抱き寄せるのだった。

絵に描いたような母子の情景を、月娘はいつもほの暗い目で睨んでいた。花びらのような唇を噛み、握りしめた手に爪を立てるそのしぐさの根源は嫉妬にほかならなかった。

「あなたは母親に抱かれたことがあって？」

あるとき、月娘がなにげなく問うた。朽骨はしばし黙考し、「ございません」と言った。正確にはおぼえていないだけなのだが——兄弟姉妹が多かったため、母は朽骨にばかりかまってはいられなかった——、月娘は否定の返事を聞きたがっているように思えたので、彼女の望みどおりの答えを口にしたのだ。

そう、と月娘はため息まじりにつぶやいた。

「わたくしとおなじね」

もしかしたらそれは、聡明な彼女らしからぬ不用意なひとりごとだったのかもしれないが、瞬時にして朽骨の耳に焼きついた。

彼女はあきらかに奕佑を憎んでいた。殺したいほどに怨(うら)んでいた。その嫉視(しっし)は殺意を孕(はら)んでいた。心のなかでは幾たびも殺していただろう。

しかし人前では、月娘は柔和(にゅうわ)なやさしい姉に徹していた。

奕佑のために襪(しとうず)を縫(ぬ)い、奕佑のために羹(あつもの)をよそい、奕佑が病で臥(ふ)せっているときは一晩じゅう祭壇の前にひざまずいて快癒(かいゆ)を祈願し、奕佑が放言して今上の逆鱗(げきりん)にふれた際には文字どおりわが身を擲(なげう)って恩情を乞うた。

彼女がほどこす細やかな情愛は万氏に勝るとも劣らないものに見えたが、朽骨はそれが仮面だと知っていた。暇さえあれば彼女のことを考えて夜を明かすからこそ、巧妙な仮面に隠された偽らざる素顔を透かし見ることができたのだ。

月娘がどのような経緯で万氏から奕佑の未来をたくされたのかはわからない。彼女の真意を察したときにはすでに謀略劇の幕はあがっていた。朽骨は目の前で演じられる芝居に飛び入り参加した観客のひとりだった。

「どうか私をお使いください。肝脳地に塗るとも御身のために尽くします」

万氏に仕えはじめて一年が経つころ、朽骨は月娘の足もとにひざまずいて懇願した。

朽骨の底意をはかりかねたのであろう、月娘は長いあいだ黙していた。

彼女はなんのしくじりもしていなかった。弟を木偶のように利用して最上の権力を握るという野心はおくびにも出していなかった。彼女の胸を滾らせる野望は、その要因である万氏でさえ知らないはずだった。完璧に隠しとおしているはずの雄図に、なぜこの賤しい驃馬が感づいたのかといぶかるのは当然だ。

なれど、朽骨は一歩も引かなかった。

月娘がどのような謀の絵図を描いているのか、具体的なことはわからなかったが、彼女の骨身を焼く激烈な野心にわが身を捧げたいと思った。

そのために自分は寒村に生まれ、父に肉体を破壊されたのだとさえ考えた。郡王府で受けた辱めも、入宮後に同類たちから受けた嘲弄も、すべてはこのためにあったのだと確信した。月娘に命を捧げるためにはなにかひとつでも欠けてはいけなかったのだ、役者としての素地がととのったからこそ、舞台に躍り出ることができたのだと。

確信は高揚を呼び覚まし、高揚は陶酔に変わった。

千金の緑酒をあおったとしても、このとき朽骨の総身をうち震わせていた酩酊感を再現することはできないだろう。

それは毒に似ていた。とうの昔に朽ち果てた屍にふたたび血をめぐらせる甘露のごとき猛毒であった。

「あなたの肝脳にいかほどの値打ちがあって？」

月娘は優雅にひろげた扇子の陰で冷笑した。

その瞬間、妖花という言葉が頭によぎった。現世のものとも思えぬ美しさゆえに人を惑わし、破滅させる化生の花。

——ああ、やはり……このかたは情けなどお持ちではない。

はじめて出会ったとき、月娘を慈悲深い公主だと思った。純粋な厚意から朽骨を咎めずにいてくれたのだと。

だが、彼女に仕えるようになり、彼女がかたくなに外さぬ仮面を見ているうちに、あの日、屎尿まみれで地面にひれ伏していた汚らしい童宦にむけられたのもまた仮面だったのだと悟った。

あの場で癇癪を起こして朽骨を罰するのはたやすいことだった。

さりとてそれは愚挙だ。皇宮には褐騎と呼ばれる東廠子飼いの密偵が身をひそめ、いたるところで聞き耳を立てている。ことに皇族の動向は巨細もらさず文書に記録されて皇上のもとに届けられる。月娘が粗相をした童宦を叩き殺せば、その一報はかならず今上の耳に入るわけだ。

　宦官の命は鴻毛よりも軽い。

　ひとりふたり殺したくらいで糾弾されることはないだろう。それでも記録は残る。月娘はささいな罪で童宦を打ち殺すほど気性が荒く無慈悲な公主だと。

　母親が天寵の篤い妃であれば、さしたる瑕瑾にはなるまいが、万氏のごとき寵幸の薄い侍妾が母親であれば、母子ともども零落の道をたどる遠因となりうる。

　つまらぬ癇癪で未来を棒にふるわけにはいかない。いくらか知恵があれば、その程度の損得勘定は働く。ましてや月娘ほど英明なら考えがおよばないはずがない。

　彼女は善意から朽骨に慈悲をほどこしたのではない。汚らわしい童宦が視界に入った瞬間にすかさず算盤を弾いて、自身の失点をたくみに避けたのだ。

　月娘は情け心など持ちあわせていない。

　その事実は朽骨を失望させるどころか、感嘆させた。

　なぜなら、天人は人の情と無縁の存在だから。月娘は朽骨にとっての天人だった。怨天教徒なら聖明天尊と呼んだかもしれない。呼び名はなんでもよかった。重要なことは彼女がこの世の人ではないということだ。単に見目麗しいだけの公主ではないということだ。朽骨が命を捧げるに値する唯一の存在であるということだ。

「私の肝脳には一文の値打ちもございません。私ごときの忠心にもさしたる価値はないでしょう」

「だったら、いらないわ。がらくたはけっこうよ」

うるさい蠅でも追い払うように、月娘は扇子を軽くふった。

「がらくたでも使いようによっては役に立ちます」

朽骨は春霞のような裳裾にすがりつき、あでやかな仮面に覆われた月のおもてをふりあおいだ。

「すべては公主さまの手綱さばきしだいです。この賤しい騾馬を御身の走狗としてお使いください。なにがしかのお役に立つことができるなら、たとえ死すとも本望です。いえ、死をもってお仕えしたいのです。私は人の肉体を失った禽獣ではありますが、生涯にひとつだけは功を立てたいと願っています。なにとぞ、私に功を立てさせてください」

証を残さなければならない。無為に生まれ、無為に生きて、無為に死んではだめだ。朽骨が生きたたしかな足跡をこの世に刻みつけなければ。

たとえそれが浜辺に築いた砂の城で、機械的に打ち寄せる波にのみこまれ、一瞬のうちに跡形もなく消え去るさだめだとしてもかまわない。

世界のどこかにかすかな傷痕をつけたと信じて死ぬことが、死臭を放つこの糜爛した肉叢に宿った、最初で最後の願いだ。

「私は騾馬が嫌いだ」

月娘はふだんとは打って変わった女らしいまろみのない声で言った。

「貴様たちは男の軀を持って生まれたくせに、それを捨て、醜怪な禽獣になり下がり、のうのうと生き恥をさらしている。貴様らに恥というものがあるなら、男の軀を失くした時点で喉笛を掻き切るべきだ。人とも言えぬ愚劣な肉の袋をわが手で滅ぼすべきなのだ。そのほうがいくらか美しかろう。翅をもがれた蛾のように地べたを這いまわるよりは」

美しさなど望みません、と朽骨は月娘に詰め寄った。

彼女の変貌ぶりにひるむどころか、歓喜していた。これこそがくるおしく恋い焦がれ、夢のなかですら見ることが叶わなかった彼女の素顔ではあるまいかと。

「私は汚泥にまみれることを望みます。流血の沼に沈み、わが骨肉が獣にかみ砕かれようともかまいません。私の頭上のはるかむこうで、公主さまが……いえ、殿下が――」

月娘を「公主さま」と呼ぶことにためらいが生じた。

彼女はそう呼ばれたくないのではないかと感じた。「公主さま」ではなく「殿下」と呼ばれたいのだ、公主以外の何者かになりたいのだと。

「――燦爛たる光輝につつまれていらっしゃるさまを心に思い描くだけで、私の矮小な魂は救われるのです」

愚かな願いであることはわかっていた。どれほど忠節を尽くしても、心身を犠牲にしても、月娘は朽骨を賤しい騾馬以上のものとして見てはくれまい。彼女にとって朽骨は永遠に、たまさか目に入った石くれでしかないのだ。

――それがなんだというのだ。

石くれでいい。ひと握りの土くれでもかまわない。彼女の生にほんの一時でもかかわることができるなら、次の瞬間には忘れられているとしても、千万の危険をおかす価値がある。この薄汚れた無益な命にとって、彼女の秘められた野心は一筋の光明だ。

「私は騾馬が嫌いだ」

月娘は先ほどの台詞をくりかえした。

「されど、走狗としては有用だな。ことに後宮においては」

扇子の先で頤をすくいあげられた。視線が交わり、息が止まる。彼女は微笑んでいなかった。まなじりを決しているわけでも、蛾眉をつりあげているわけでもなかった。一切の表情を削ぎ落とした美しい面輪がそこにあった。

「私のために死ぬと誓うか」

はい、と無意識のうちに答えていた。

「九泉までおともいたします」

きっと自分は彼女より先に死ぬだろう。それは喜ばしいことだ。ひと足先に黄泉路を下り、遅れてやってくる彼女を待つ。月娘とふたたび相まみえる日を想えば、地獄の責め苦は快美な陶酔にすりかわるだろう。

「公主とはつまらぬものだ」

宰家への降嫁が決まり、花嫁衣装の支度もととのったころのことだ。月娘は自分のために作られた絢爛華麗な鳳冠を冷ややかに見やってひとりごちた。

「美しく成長し、しかるべき年齢になれば嫁ぎ、子を産み育てることだけを期待される。持って生まれた才幹と運気しだいで皇位につく可能性がある皇子たちとちがって、世に生まれ落ちた瞬間から玉座への道を閉ざされている。皇家に生まれながら、その欠けた肉体のせいで二十四旒の冕冠をかぶることができぬ。やくたいもない。公主とは徒爾の別名だ。美々しい衣を着せられたうつろなのだ」

彼女の声音には怨嗟の血がにじみ、一語一語の響きが朽骨の胸裏にふしぎな共鳴をもたらした。

――もし殿下が皇子としてお生まれになっていれば。

立太子され、五爪の龍をまとった彼女を思い描こうとする。そして来たるべき時を迎え、二十四旒の冕冠をいただいて玉座にのぼる彼女を。

しかし、どれほど想像の海にもぐってみても、男としての彼女を思い描くことができなかった。心に浮かぶのは女人として東宮(とうぐう)の主になり、女人として天子の位にのぼる彼女だ。袞冕(こんべん)をまとった彼女の、目がくらむほど麗(うるわ)しい姿が朽骨の脳裏に焼きついている。あたかもそれが過去に見た情景であるかのように。

なぜなのかと朽骨は自問した。月娘は男になりたいと願っているのに、なぜ自分は彼女とおなじものを願うことができないのだろうか。どうして女人のままで帝位についてほしいと希求してしまうのだろうか。

答えを見つけられないまま、歳月が過ぎた。鬼獄の住人となったいまも、月娘のために死ぬと誓った決意はいささかも揺らいでいない。

さりながら自分のしくじりが月娘の野望を頓挫(とんざ)させてしまったことに、腸(はらわた)を焼き切られるような罪の意識を感じる。

これはある意味で彼女を裏切ったことになるのかもしれない。

月娘に対する叛意(はんい)など、朽骨にはかけらほどもないが、彼女は肝心(かんじん)なときに仕損じた愚鈍な騾馬(らば)を赦(ゆる)しはしないだろう。

己の罪深さを自覚しながら、朽骨は最後にひと目、月娘に会いたいと願っていた。かけるべき言葉もなく、ひたいを地面にこすりつけて謝罪することしかできなくても、ほんのひとときでよいから、朽骨を導く暗い光明であった女人をふりあおぎたかった。

――虫のいい願いだ。

月娘の雄図を瓦解(がかい)させた張本人(ちょうほんにん)のくせに、いまさらどんな顔で彼女の眼前に姿をさらすというのだろう。朽骨はこのまま月娘と別れたほうがいいのだ。

幸い、朽骨のほうが先に刑に処されることになっている。

罪人は罪が軽い者から順に処刑される決まりだ。邪教集団を用いた皇帝の弑逆(しいぎゃく)未遂という歴史に残る大罪の首謀者(しゅぼうしゃ)たる月娘は、あまたの罪人が酷刑(こっけい)に処され、無惨(むざん)な骸(むくろ)を衆目(しゅうもく)にさらしたあとで、満を持して刑場に立つことになる。

公主の処刑を見物に来た群衆の前で、彼女がどんな演説をするか、わが耳で聞くことができないのは不幸にちがいないが、黄泉路に先回りして彼女を待つことができるのは、なによりの幸いといえよう。

「……奇妙なこともあるものだな」

暗がりに響いた獄吏の声が朽骨の黙念を打ち破った。

「だれかが手引きしないと不可能だろう。廃皇子があのかたの獄房に侵入するなんざ」

「そりゃあ手引きしたやつがいるのさ」

「だれだい、そいつは」

「わからねえのか？　考えてみろよ。なんだってあのお二方が鬼獄から詔獄(しょうごく)に身柄を移されたのか」

「大罪を犯したとはいえ、皇家につらなる血筋だからだろ。ふたりとも洗いざらい自白しているから、せめて処刑までは皇族の一員として丁重に遇してもいいんじゃないかって、右宗正が主上に嘆願なさったんだよな?」

宗室の諸事をつかさどる宗人府では、親王の身分を持つ皇族が上級職を占める。長官は宗人令といい、次官は左宗正、右宗正、左宗人、右宗人という。

当代の宗人令は先帝――睿宗皇帝の皇五子、示験王・高透雅。左宗正はおなじく先帝の皇六子、巴享王・高秀麒。両名は宗室の重鎮だが、七十の声を聞く老齢ゆえ病がちで、宗人府の役目からは遠ざかってひさしく、こたびの一件にはかかわっていない。

代わりに右宗正をつとめる皇長子、松月王・高仁徽が宗人府をとりしきり、本件の審理にも金枝玉葉の筆頭として参与している。

「……待てよ。ひょっとして右宗正が」

おい、ともうひとりの獄吏がたしなめた。

「うかつなことを言うなよ。褐騎に聞かれてみろ。俺たちの首が危なくなるぜ」

「しかし……おまえは、そう言いたいんだろ? 右宗正が手引きしたんじゃないかって」

「ほかにだれがいるんだよ」

「でも、詔獄は錦衣衛が守ってるんだろ」

「連中が守ってるのは詔獄の門さ。脱獄するやつがいないか、不審な輩が侵入しないか見張るのが錦衣衛のお役目だ。だがな、門の内側で囚人を監視する俺たちの同業者は宗人府の下僚だぜ。やつらに鼻薬を嗅がせりゃ、手違いが起こることもあるだろうよ」

「それにしたって突拍子もない話じゃないか。右宗正は慈悲深い君子だ。皇族にはめずらしく、兄弟姉妹のきずなを重んじていらっしゃる。そんな仁徳のあるおかたが廃皇子をけしかけて廃公主を始末するなど信じられん。第一、動機がないだろう」

「ないとは言い切れねえぜ？　あのかたが立太子されなかったのは、足の怪我が原因だが、怪我をするまでのいきさつに廃公主がからんでるんじゃねえか？　そのせいで廃公主を怨んでいたとしたら、廃皇子を使って復讐したとしても――」

「あのかたになにがあったんだ⁉」

朽骨は鉄格子に飛びついて叫んだ。獄吏たちはぎょっとしてこちらをふりかえる。

「答えろ！　和慎公主はどうなった⁉」

朽骨の剣幕に気おされたのか、獄吏たちが半歩あとずさった。

「さっき言っただろ。殺されたんだよ」

「なんだと⁉　いったいだれがそんなことを……⁉」

「廃皇子だよ」

獄吏は幾分投げやりな調子で答えた。

「廃皇子が廃公主の獄房に侵入して、廃公主を殺したんだと。しかも尋常な殺しかたじゃなかったらしいぜ。なんでも棒で滅多打ちにしたって話だ。骨という骨が砕かれちまって、返り血が天井までしぶいて真っ赤になってたってよ」

「そんなざまになる前に獄吏が止めに入りそうなものだよな。廃公主が悲鳴でもあげようものなら、だれか駆けつけてくるはずだぞ」

「だから俺はくせえって言ってんだよ。でかい声じゃ言えねえが、やっぱり右宗正がからんでるんじゃねえか？　廃公主と廃皇子が詔獄に移監されたのだって、右宗正の嘆願が発端だからな。はじめからそのつもりだったのかもしれねえよ」

「だとしたら、べつの疑問が出てくるぞ。動機は置いておくとしても、右宗正が野放しになってるのはおかしくないか？　もし疑義があるなら、主上が東廠に命じてお調べになるはずだ。右宗正が裏で手を引いてるなら、東廠が見逃さないだろ。だが、東廠は早々に捜査を打ち切ったって話じゃないか。廃皇子の暴挙だってことで片をつけたらしいが、どうも合点がいかないな」

「廃皇子は廃公主を殺した直後に詔獄の屋根から飛びおりて死んじまってるから、真相は闇のなかだな。右宗正がからんでるとしても、東廠が追及しないんなら、うやむやのまま終わるだろうぜ。天慮にそむくわけにはいかねえからな」

「天慮だって？　まさか主上が黙認なさってるっていうんじゃ……」

獄吏たちの声が遠ざかっていく。深い深い水底に沈んでいくように。

——殿下が。

どの道、処刑されることは決まっていた。死はひたひたと迫ってきていた。
しかれども、こんなかたちで終わるはずではなかった。月娘の一生が、朽骨にとって一筋の光明であった女人の命がかくも無為にかき消されてはならなかった。彼女は天子に弓を引いた大逆人として衆目の前で悲壮な死を遂げるべきだったのだ。最期に言い遺す不穏な言葉とともに、青史に名を刻むべきだったのだ。

こんな幕切れは許されない。

王朝の反逆者として華々しく死出の旅に赴くのでなければ、死ぬ意味はない。意味のない死は意味のない生と同様に、もしくはそれ以上に唾棄すべきものだ。

――あのかたは意義を求めていらっしゃった。

濁世に生まれ落ちた意義を、欠けた身体で生きる意義を、そして死ぬ意義を。

それらがすべて水泡に帰してしまうではないか。かくもあっけない終幕では。まるで徒事ではないか。月娘の生涯そのものが。

――まちがっている。

これは不正だ。鬼話だ。起こってはならないことだ。なにゆえ、かような不合理がまかりとおっているのか。この世はどこまで腐っているのか。

憤怒と失意がないまぜになった情動が四肢をわななかせ、朽骨は冷え切った鉄格子を強く握りしめた。

——ああ、そうだった。

いつの間にか忘れていた。天は朽骨を憎んでいるのだということを。朽骨の絶望こそが天の喜悦であり、朽骨が存在する限り打擲の手をゆるめないのだということを。天はなにもかもを奪っていく。この呪わしい軀に残された、ひとかけらの希望すらも。

「……お、おい！　なにやってるんだ⁉」

獄吏があわてている。何事か起こったようだ。しかし、朽骨には関係がない。月娘なき世界に心を砕くべきものなど、なにひとつないのだから。

「急いで鍵を持ってこい！　こいつ、格子に頭を打ちつけて死ぬ気だぞ！」

獄吏たちの騒がしい声も足音も、朽骨の耳には届かない。

——殿下のおそばに行かなければ。

ねばつく血でふさがれたまぶたの裏に慕わしい女のうしろ姿が浮かびあがる。けっしてふりかえらない彼女の残り香、その一端をつかもうとして、朽骨は凍える手をのばした。

どうせ届きはしないのに。

喪失（後宮戯華伝 番外編）

楽人が琵琶をかき鳴らせば、つやめかしい美声で妓女が翠曲を歌う。幇間はおどけて世辞を言い、嫖客は酔いに任せて頤を解く。

京師・煌京でもひときわにぎやかな色町――曲酔。

脂粉の風にさらされ、錫色の甍が波を打つ紅灯の巷は、秋の夜長を物ともせず、明けがたまでつづく享楽の宴に溺れている。

「おい、女状元」

うしろから声をかけられて、寿英公主・高淑鳳はゆるりとふりかえった。

交領の袍をまとった美丈夫が気だるそうに屛風にもたれて立っている。

髷衣をぞんざいに肩に引っかけ、網巾をつけずに結い髪がほつれるままにしただらしなさがかえって精悍な容貌を引き立てているが、その男ぶりのよさは賭場をわたり歩く浪子のそれだ。

逆立ちしても今上の皇三子、恵兆王・高慶全には見えない。

「明かりくらいつけろよ。辛気臭えな」

「こちらのほうが風流だろう。いい月が出ているからね、今夜は」

どうだかな、とぼやくように言って、慶全は窓辺に椅子を持ってきた。円卓をはさんで淑鳳のむかい側に座り、卓上の執壺を手にとって白磁の杯を満たす。

「水じゃねえか」

ひと息に杯を干して、慶全は顔をしかめた。

「三兄のために用意しておいたのさ」

淑鳳は煙草盆をひきよせた。煙管をかたむけて灰吹きに灰を落とす。

「ここに来ることはわかっていたからね」

秋のはじめのこの佳き日、内閣大学士三輔・李閣老が暮らす豪邸では盛大な華燭の典がもよおされた。

花婿は李閣老の六男、李子業。

花嫁は内閣大学士次輔・尹閣老の三女、尹貞娜。

尹貞娜は昨年の東宮選妃で太子妃の有力候補のひとりに数えられていたが、父帝の勅命で李家に嫁ぐことになった。

子業が貞娜を嫡妻に賜りたいと願い出たからだ。賞月の変のおり、子業の機転で命拾いした父帝は快諾した。

東宮の女主人になるはずだったのに、父親の政敵の息子に嫁ぐことになった貞娜は、自分の天命をみじんも嘆かなかった。

なんとなれば、子業こそが彼女の初恋の相手だったからだ。

かくして互いに恋い焦がれる若い男女はみなに祝福され、晴れて結ばれた。さながら巷間の人びとが喝采をおくる芝居の大団円のように。

すばらしいことだ。喜ばしいことだ。

子業が淑鳳の元学友であることを考えれば、わがことのように喜ぶべきなのだろう。明かりも灯さぬ部屋でひとり物思いにふけるのではなく。

「李府でさんざん祝い酒をふるまわれてきたんだろう。白湯を飲んで酔いをさますがいい」

李府の婚礼に出席した兄がその帰り道に淑鳳の居場所を嗅ぎつけて訪ねてくるであろうことは、端からわかっていた。

こういうとき、兄は鼻がきくのだ。

妹が気落ちしているのを見過ごさず、慰めに来てくれる。勝手気ままでいい加減な人間に見えて思いのほか情け深い同腹兄を淑鳳は気に入っているが、今宵はあまり会いたくなかった。

「おまえはすこし酔ったほうがいいぞ」

椅子にふんぞりかえり、慶全は窓外に視線を投げた。

「浴びるように飲んで、泣きわめいて、忘れちまえよ。さっぱりするぜ」

「あいにく、私は三兄のように単純な人間ではないんだ。やけ酒なんてみっともない真似、ごめんこうむるね」

「けっ、なんだよ、その態度。せっかく妹思いの優しい兄貴が慰めてやってるのに可愛くねえな」

「三兄に可愛いと思われるほうが気色悪い」

「ほら見ろ、そういうところだぞ。おまえが行き遅れてる原因は」

「べつにかまわないだろう。天下泰平のおかげで宗室は大所帯になった。なりすぎたと言ってもいいくらいだ。だれもが結婚して子を大勢もうけていれば、早晩、財政は破綻する。私みたいに独り身を貫く者がいてこそ、なんとかやりくりできるというものだ」

公主は降嫁しても公主だ。

終生、宗室の一員として遇され、身分相応の王禄を賜る。また、公主の子も皇家の血をひいているため、皇族に準じたあつかいを受ける。

帝室の血がうすくなれば特権も目減りするとはいえ、皇家の子孫繁栄が天子の懐を痛めることは明々白々である。

淑鳳のような未婚の公主は母妃とともに皇宮で暮らすから、公主府をかまえる費えがかからない。子を持つ予定もないので、余計な王禄もいらない。皇家にとっては、公主は未婚でいるほうが好都合なのだ。

「えらそうに理屈をならべてやがるが、つまるところ、好きな男が自分以外の女とあっさり結婚したんですねてるんだろ」

「なんとでも言ってくれ」

淑鳳は窓辺にもたれ、紫煙(しえん)を吐いた。

「私は死ぬまで未婚でいると決めた。それだけだ」

「たった一度、男にふられたくらいで懲(こ)りちまったのかよ？」

「ああ、懲りたよ」

「馬鹿だな、おまえは。あんなやつ、ほうっておけばいいんだよ。女を見る目がねえのさ」

「いや、そうは思わない。尹貞娜は貞淑で聡明な娘だ。廟堂(びょうどう)の若き才子、李子業の嫡妻にふさわしい」

「ふさわしい？　おまえよりもか？」

だろうね、と淑鳳は苦笑した。

「子業が自分で選んだ相手だ。もっとも望ましい花嫁にちがいないよ」

そうだ、子業は貞娜を選んだ。淑鳳ではなく。

ふたりが出会ったのは五年前。淑鳳が国子監で学友として子業にめぐり会ったとき、すでに子業と貞娜は互いに惹かれ合っていたのだ。

「李六郎は麒麟だと聞いていたが、ただの乳臭い駑馬じゃないか」

監生になって最初の大課のあと、軽口を叩いて子業をからかったとき、淑鳳は色恋とは無縁だった。単純に経学を志し、女の身にすぎない自分がどこまで学問をきわめられるか、試してみたかっただけだ。

廃公主・高徽婕のように権力への野心を燃やしていたわけではないが、公主は美しさや淑やかさしか求められず、皇子のように学業に励むことを期待されない現状への反発は大いにあった。

公主でもこれだけの学識を身につけることができるのだと証明したかった。

――われながら、愚かなことをしたな。

父帝の目を盗んでまで国子監にもぐりこんだのに、得たものは叶わぬ恋だった。はじめは単なる興味だったそれがいつの間に恋心にすりかわっていたのか、正確なところは思い出せない。

自覚したときには、子業との縁談が持ちあがっていた。

ちょうど子業が状元になったころのことだ。新進士たちが招かれる杏園の宴のあとで、淑鳳は父帝に呼び出された。

「おまえも十九だ。そろそろ人の妻となってもよいのではないか？」

子業に降嫁する気はないかと持ちかけられ、淑鳳は当惑した。

――私が、子業の妻に？

自分がだれかの妻になることなど、考えたことがなかった。

年ごろになってから降嫁の話はたびたび出ていたが、駙馬候補の青年たちにはいささかも興味が持てなかった。

彼らは由緒ある家筋の生まれで、見目麗しく、人となりや品行もよく、悪い評判は聞かなかったが、飛びぬけた欠点がない代わりに淑鳳が心惹かれる美点もなかった。

なにしろ、話が合わないのだ。

まったく学がないというわけではないが、どれほど議論をかわしても、彼らの口からは淑鳳が舌を巻くほどの見識はおろか、機知に富んだ返答さえ飛び出してこなかった。

夫とは生涯をともにするのだ。言葉をかわして退屈する相手に嫁いだら、一生が無味乾燥なものになってしまう。

その点において、子業は及第点――いや、それ以上だった。

彼と話していて退屈したことはない。

よどみない弁舌や当意即妙の諧謔、毒気をしのばせた皮肉にも興趣が感じられ、言葉をかわしているとあっという間に時が過ぎてしまう。

もし子業が自分の駙馬になったら……と淑鳳は想像した。

朝な夕な議論を闘わせ、詩作にふけり、史書をひもとき、ともに学問の道を歩み、実りある生涯を送ることができるのではないか。

ふたりのあいだに色めいた雰囲気が生じるさまは想像できなかったが、すくなくとも心地よい時間が流れることはまちがいない。

悪くない、と思った。これより好ましい縁談は後にも先にもないだろうと。

淑鳳とて親孝行はしたい。両親に孫の顔を見せることがなによりの孝行だという古式ゆかしい教えくらいは承知している。

子を産むには、まず嫁がなければならない。どうせなら花婿は好きな男がいい。子業に嫁ぐことは自分の希望と両親の希望がふたつながら叶う最良の道だ。

李家に輿入れしようといったん肚を決めてしまうと、われ知らず心が浮き立った。いつもなら憎まれ口を叩き合う慶全にさえ、いやみではなくあかるい笑顔を向けたくらいだ。

「どうしたんだよ、おまえ。なにか悪いもんでも食ったのか？」

慶全にいぶかられつつも、淑鳳は翼が生えたように舞いあがる感情をおさえられなかった。子業の妻になる。その愉快な未来が色あざやかに浮かびあがってきた。あとは両親に決心を伝えるだけだ。

どうやって切り出そうかと悩んでいたときだった。子業がこの縁談に乗り気ではないらしいと小耳にはさんだのは。

――私のことが気に入らないのだろうか？

ありえぬことだと思った。嫌われているはずはないと。

子業と淑鳳は昵懇の仲だ。杏園の宴で身分を明かしてからは学友同士の気安さが幾分薄れてしまったが、それは子業の口調や立ち居振る舞いに限った話で、ひとたび議論をはじめれば監生時代に育んだ金蘭の交わりに立ちかえる。

子業が淑鳳に抱いている感情が好悪のどちらかといえば前者にかたむくのは自明の理。にもかかわらず、にわかに不安が胸をくもらせた。自分が感じたことが正しいとは限らない。淑鳳はなにかを見誤って、子業の本心に気づいていないのかもしれない。

こうなったらひとりで悩んでいても致し方ない。

子業本人に訊いてみるのが得策だろう。とはいえ、職務中に訪ねては迷惑だろうから、休日に李府を訪問した。李閣老に見つかると仰々しく迎えられてしまう。門衛に話をつけ、人目をしのんで裏門から邸に入った。

子業は書房で書き物をしていた。

いきなり訪ねてきた淑鳳にたいそう驚いたらしく、持っていた筆を落とした。いったいなにを書いていたのかと、淑鳳は紙面に目を落とした。

「めずらしいな。君が閨怨詩を詠むとは」

常日ごろから、子業は女人の嘆(なげ)きを詠む閨怨詩が嫌いだと公言していた。なんでも、辛(しん)気(き)くさくてかなわないそうだ。淑鳳も彼と同意見だった。閨怨詩のように陰気な詩より、諧謔詩(かいぎゃくし)や擬古詩(かいこし)のほうが性(しょう)に合う。

しかし、この日に限って子業は彼らしくもなく、幼なじみの男と結婚した女人がしだいに夫の愛が冷めていくことを怨(うら)む詩を詠んでいた。

「実はこちらからお訪ねしようと思っていたんです、公主さま」

あいさつをすませたのち、子業はあらたまった口調で切り出した。

妙な感じがした。ふだんは「公主さま」とは呼ばないのだ。淑鳳が沈宇景(しんうけい)――監生時代の偽名――と呼ぶよう頼んでいるので。

「そうか。それならちょうどよいときに来たわけだ。では、君から話したまえ。私の用件はあとでよいから」

自分の用件をあとまわしにしたのは、気恥ずかしさのせいだ。

皇子にまちがわれるほど男らしい言動が板についている淑鳳だが、このときばかりはふだんの調子が出なかった。

ぎこちない沈黙をごまかすように微笑(ほほえ)んでいると、子業がだしぬけに席を立った。さっと道袍(どうほう)の裾(すそ)を払ってひざまずく。

「公主さまに伏してお願い申しあげます」

淑鳳をふりあおぎ、子業は力強くひれ伏した。

「私へのご降嫁のお話を断っていただけないでしょうか」

心の臓を殴られたかのように、淑鳳は二の句が継げなくなった。

「不敬きわまりない申し出であることは重々承知のうえですが……公主さまのご恩情におすがりするよりほかに道がございません。ですから、どうか……」

「待ってくれ」

淑鳳はつとめて冷静に子業の声をさえぎった。

「君は、私を娶りたくないのか？」

「……恐れながら」

つづく言葉はなかったが、彼の意図は伝わってくる。

「理由を尋ねてもよいか」

「私には幼少のころ言い交わした女人がいます」

短く黙し、淑鳳は「そうか」と相づちを打った。

声音に落胆の色がにじんでいたかもしれない。もしくは非難がましい響きがふくまれていたやも。得体のしれないうしろめたさを払拭しようとして、淑鳳は表情をあかるく切りかえた。

「なるほど。君にはもとより相手がいたのだな。だったら、私の降嫁など受けられるはずもない。公主である私が君に嫁いだら彼女は妾室にしかなれぬのだから。好きな女人なら嫡室に迎えたいだろう。どうりで――」

「いえ、そういう話ではないのです」

子業はきっぱりと言い切った。

「私が彼女を娶ることはありません。ありえない、と言っても過言ではないかと……。彼女はわが父の政敵の娘御なので」

「君の……李閣老の政敵？　もしや、『彼女』とは尹閣老の令嬢なのか？」

李家と尹家は廟堂を二分する名門だ。

いずれも権勢のある外戚で、高位高官を大勢輩出している。どういう遺恨があるのか知らないが、当主同士が互いを仇敵のように憎んでおり、なにかと反目し合い、謀略の限りを尽くして争うため、父帝の悩みの種だ。

「尹閣老には五人の令嬢がいたはずだが。たしか、上の二人は嫁いでいるな。君が言い交わしたのはだれだ？」

「尹閣老の嫡三女、貞娜どのです」

「尹貞娜……彼女は東宮選妃に参加するのではなかったか？」

皇太子・高礼駿に仕える東宮妃妾の序列を決める東宮選妃。太子妃選びの儀式に参加する令嬢の名簿には、尹貞娜の名もあった。

「もっとも有力な太子妃候補かと。おそらく、貞娜どのが如意を賜るでしょう」

太子妃に選ばれた者には如意が、良娣以下の妃妾に選ばれた者には手鐲が下賜される。

「他人事のように言うのだな。言い交わしている女人がほかの男に嫁ぐというのに」

「……もちろん、心中おだやかではありません。ですが、やむを得ないのです」

「勅命だからか？」

「それ以上に、貞娜どのの心が私にむいていないからです。彼女は太子妃になることを望んでいます。私と言い交わしたことなど、とうに忘れているのでしょう」

「……そこまでわかっていながら、君は想いを断ち切ることができないと？」

はい、と子業はみじんもためらわずに答えた。

「公主さまのご降嫁を賜れば、私は東宮妃になる彼女の義理の兄になってしまいます。それだけは耐えられないのです。義理とはいえ、兄妹の関係になるのは……」

どうかお許しください、と子業は首を垂れる。その慇懃な所作には金鉄の決意がみなぎっていた。

「身勝手な願いであることは百も承知ですが、どうしても御身をお迎えすることはできないのです。また、このような心持ちで公主さまをお迎えするのは御身に対して不敬であり、罪深いことです。衷心から公主さまにお仕えすることができないのに、ご降嫁を賜るわけにはまいりません」

「尹貞娜への義理立てでそこまでするのか。ほかの男に嫁ぐ女人に……」

「いえ、これは私の意地です。貞娜どのが忘れていても、私は旧情を忘れません。その証として生涯、妻妾を娶らぬつもりです」

「生涯だと？　一生未婚でいるというのか？　李家の跡取り息子が？」

「私は六男ですから、家督を継ぐ必要はありません」

「李閣老は君を跡取りにすると公言しているじゃないか」

「父がなんと言おうと、私の心は決まっています」

歯切れよく直言する表情には、迷いなど寸毫も見受けられない。

「凱室の禄を食む身でありながら不遜にもご降嫁を拝辞するのですから、この身はどうなろうともかまいません。いかなる処罰もつつしんでお受けいたします。なれど、どうか、李家には累がおよばぬよう、お計らいいただけないでしょうか。虫のいい願いだとお怒りになるのはごもっともです。かさねがさねの無礼、万死に値しますが――」

「もうよい、やめよ」

淑鳳は扇子をはらりとひらいて、からりと笑った。

「君の気持ちは十分わかった。それほどの事情があるのなら、降嫁の話は私から断っておこう。父皇は私の意向を重んじてくださるゆえ、私がいやだと言えば無理強いはなさるまい。なにかしら理由をつけねばならぬから、君の顔が気に入らぬとでも言っておくか。それでよいな？」

「ご恩情に衷心より感謝いたします」

　子業は深々と首を垂れる。幾たびも幾たびも、まるで九死に一生を得たかのように。そうかしこまるなと笑いかけ、淑鳳はかつての学友の肩を扇子の先で軽く叩いた。

「これは提案だが、そこまで尹貞娜を想っているのなら、嫡妻として賜りたいと父皇に願い出てはどうだ？」

「とんでもない。逆鱗にふれます」

「私が知る限り、父皇は李家や尹家から太子妃を出すことを望んでいらっしゃらない。むしろ尹家と李家を通婚させて姻戚にしてしまおうとお考えになっているのではないかとさえ思う。両家が娘を嫁がせ合って縁続きになれば、いまのように対立することも難しくなる。また、両家を一蓮托生にすることで、双方の増長がおのずとおさえられ、廟堂に安寧が訪れる。一挙両得とはこのことであろう」

「……それは私も考えましたが」

「ならば、思い切って申し出てみよ。勝算は大いにあるぞ」

　いいえ、と子業は首を横にふる。

「貞娜どのの心が東宮にむいている以上、私の出る幕はありません」

「いさぎよく身を引くと？　口説きもせずに？　君らしくもない。簡単にあきらめずに、もうすこし粘ってみればいいじゃないか。まだ入宮前なのだから、口説く機会はあるはずだ。まあ、相手は深窓の令嬢だから、坊肆を歩いているところをつかまえて言い寄るというわけにもいくまいな。では、私が手をまわそうか。ふたりきりになれるよう、お膳立てをしてやるから――」

「ご厚意、痛み入ります。ですがもう、よいのです。終わったことですから」

「そうは言っても……君はあきらめきれるのか？　ここで思い切った行動をしておかねば未練が残るぞ。後悔を引きずって暮らすつもりか？」

生涯、彼女以外の妻を娶らないと決めこむほどに赤心を捧げる女人。きっと忘れられはしない。いついつまでも彼の胸中で燠火がくすぶりつづけるだろう。

「悔恨の情は消えないでしょうね。なぜ彼女をさらわなかったのかと」

「子業……」

「わかっています。自棄は起こしません。これでも自分の立場はわきまえています。私は李家の人間で、それ以外の者にはなれない。馬鹿な真似をして家名に泥を塗るつもりは毛頭ないのです。そんなことをすれば私だけでなく李氏一門も破滅しますから」

長いような、短いような間を置き、子業は顔をあげた。

「あきらめると、いまここで断言することはできません。確信がないのです。ただ、そうするよりほかに道がないことは動かしがたい事実です。李家が存在する限り、私は人倫にもとることをしてはならない。なにより貞娜どのが望まない道にはけっして踏み入ってはならない。それが私に課せられた責務だと思っています」

「もし、尹貞娜が自分をさらって逃げてほしいと言ったら……どうする？」

「そんなたとえ話に意味はありません。彼女はみずから望んで入宮したんですから。私にできるのは貞娜どのの幸福を祈ることだけです」

ふしぎなほどすがすがしい面持ちで確言して、子業はふっと相好をくずした。

「どうぞお笑いください、公主さま。浪子を気取っているくせに、好いた女ひとりふりむかせることもできぬのかと。笑い飛ばしていただければ、いっそ痛快です」

一笑にふすことができればどんなによかったか。愉快な笑い話として忘れてしまえたらどんなによかったか。そんな芸当はできるはずもなく、急ごしらえの笑顔の仮面でやり過ごすのが精いっぱいだった。

それでもこのときはまだよかったのだ。いつか子業が心変わりするかもしれないという一縷の望みがあったので。

――恥ずべき行いだ。金蘭の友が立てた誓いを疑うなど。

うしろ暗い希望は今宵の婚礼で断ち切られた。子業は清らかな誓言にたがわず、数々の誘惑を退けて、幼き日の恋人と結ばれた。

めでたいことだ。

知音の門出を祝ってやるべきだろう。古聖ならば迷わずそうしただろう。それが人の道なのだから。

淑鳳は子業と貞娜の婚礼に出席する予定だった。

いつものように男物の袍をまとい、青年のように髪を結って冠をつけ、おしろいを塗らないおもてにほがらかな微笑を貼りつけて「末永く幸せに」と寿ぐつもりでいたのだ。

すくなくとも今朝までは。

それがどうしたことか、淑鳳はなぜか妓楼の窓にもたれかかり、これが今生最後の宴とでもいうように浮かれ騒ぐ紅灯の巷をわけもなく眺めおろしている。

「人生においては――」

慶全は酒のように水をあおって円卓に頬杖をついた。

「望んで手に入るものより、望んでも手に入らぬもののほうが多い。理不尽だと嘆いたところでどうにもならぬ。忘れるしかない。望んだことさえも、きれいさっぱり」

「三兄もそうしたのか」

「俺には望んで手に入らぬものはない。天女にも勝る美姫、千金の緑酒、陽気な遊び仲間。みな、この手のなかだ。これ以上、欲しいものなんざ思いつかねえよ」

それが兄の本心でないことを淑鳳はよく知っている。

慶全は東宮の主の座を欲していた。

父帝の期待を一身に背負い、王朝の行く末を担う大役に挑みたいと願っていた。その野心は宗室に生まれた男子ならだれもが一度は抱くものだが、慶全は野望を実現する才量にも十分すぎるほど恵まれていた。

幼いころ、慶全は皇子たちのなかでも抜きんでて明敏で、先帝・睿宗皇帝の幼少期に似ていると称賛されていた。天資英明であるだけではない。経書が謳う徳性もかねそなえ、冠礼前から君子の風格をただよわせていた。

玉座へつづく道を邁進していくと思われた兄がいつしか正道から外れ、皇家一の遊蕩児とあだ名されるまで享楽にふけるようになったのには理由がある。

李家の増長を憂える李太后が李氏一門ゆかりの皇子の立太子を望まなかったからだ。李家と無縁の皇子を東宮の主に据えると決まっているのなら、慶全が優秀であってはならない。未来の皇太子がその地位を脅かされないように、慶全は後継者として不適格でなければならないのだ。

――三兄があきらめたものにくらべれば、私の煩悶など取るに足らないものだ。

満々たる才徳を持って生まれながら、慶全は掃いて捨てるほどいる道楽者の皇族のひとりとして青史に名を刻む道を選んだ。

すべては流血をともなわぬ穏便な皇位継承と、三百六十年ものあいだ生きつづけてきた王朝の延命のため。

兄の英断を誇らしく思うかたわらで、兄に王業（おうぎょう）をなす機会さえ与えてくれなかった大凱（このくに）を恨めしく思う。

いつの日か、この老いた国は後悔するかもしれない。

いただくべき主をまちがえたと――むろん、そんな日は永遠に来ないほうがよいのだけれども。

「能天気な三兄がうらやましいよ」

「おまえも能天気になりゃいいだろ。しょせん、この世は一場（いちじょう）の春夢（しゅんむ）だ。くそ真面目（まじめ）に生きる値打ちはねえよ。その場限りで面白おかしく生きたもん勝ちさ」

そうだね、と淑鳳は吐息まじりに応じる。

――なにもかもを手に入れられるわけじゃない。

後宮一の寵妃（ちょうひ）の子として生まれ、父母に愛され、何不自由なく豊かに暮らしている。餓えたこともなければ、蔑（さげす）まれたことも足蹴（あしげ）にされたことも、嘲笑（あざわら）われて辛酸（しんさん）をなめたこともなく、他人を怨（うら）まずにはいられないほどなにかを失ったこともない。

恵まれすぎていると自分でも思う。

これ以上のものを望めば、盈満（えいまん）の咎（とが）めをまぬかれまい。

人生は満月のように完全な円ではない。どこかが欠けている。なにかが足りない。そしてそれがほんとうの意味での完全な姿なのだ。

　不完全こそが生きとし生ける者のあるべき姿である。

　月満つれば則ち虧くという。

　国も人も、長らえたければ満ちてはならない。のぼりつめた先にあるのは下り坂。それは火を見るよりもあきらかなのに、だれもがのぼり坂がとこしえにつづくと思いこんで頂を求めつづけ、気づいたときにはすでに下り坂に足を踏み入れている。

　人がそうなのだから、人の集まりである国が同様の過ちを犯すのも道理だ。

「適度な喪失が必要なんだよ」

「喪失？」

　訊きかえしたとき、慶全は億劫そうに窓外を見ていた。

「坂道を転げ落ちる速度をすこしでも遅くするためさ。あれもこれもと背負いこんで歩いていれば、あっという間に奈落の底まで落っこちるからな。途中で適宜、荷物を捨てて身軽にならねえといけねえんだよ」

「なるほど。一理あるな」

　兄の卓識に感心するとともに、にわかに背筋が寒くなった。

　――私はこれからなにを失うのだろう？

　得ることがあるのなら、失うこともある。世の理に疑義をさしはさみたくはないけれども、ある種の恐れが胸に芽吹くのを止められない。

「安心しろよ、女状元」

　慶全はひとりごとのようにつぶやいた。

「たとえ坂道を転げ落ちることになっても、俺は同胞を捨てはしねえよ」

　そっけない言葉のなかに兄らしい不器用なやさしさがにじんでいて、淑鳳は思わず相好をくずした。

「そういうときは早い段階で捨ててくれ。三兄の道連れにされたのではたまらない」

「可愛げのない妹だな、おまえは」

　慶全のぼやきを笑い飛ばして、淑鳳は窓辺を離れた。

「帰るのか？」

「酒を頼んでこようと思ってね。今夜は酔いたい気分だ。三兄も付き合うかい」

「愚問だな。酒を勧められて断ったことはねえよ」

「胸を張って言うことじゃないだろう。恵兆王妃の気苦労が察せられるな」

「小言はいいから、さっさと燗酒を持ってこさせろよ。こっちは水を飲まされてすっかり冷え切っちまったんだぞ。俺が感冒をひいたら、おまえのせいだからな」

　はいはい、とおざなりな返事をして走廊に出、下婢を呼ぶ。注文を受けてぱたぱたとせわしなく去っていく下婢のうしろ姿を見送り、部屋に戻った。

　――私は、大丈夫だ。

窓辺の椅子にふんぞりかえっている同腹兄が視界に入ると、燗酒をあおったときのような熱い安堵が胸にひろがった。

たとえなにかを失っても、淑鳳は道を踏みはずさない。なぜなら孤独ではないからだ。この世にはわが身ひとりではない。

ただそれだけの事実が淑鳳をこちら側にひきとめてくれる。

「……気色悪いな。人の顔をしげしげと見るなよ」

慶全が胡乱げに渋面を作った。

「これは失敬。見れば見るほど間の抜けた面構えだなあと感心していたものでね」

いっそうしかめっ面になった兄に笑って、淑鳳はむかい側の席に腰かけた。

――礼は言わぬぞ、三兄。

傷心の妹を慰めに来てくれた兄に感謝の言葉を述べることはしない。言葉とは、心が通じないときに用いる道具だから。

技巧を凝らした口説ではなく、こざっぱりとした笑顔をかえそう。兄が守ってくれたものはたしかにここにあると示すには、それで十分だ。

禁色の閨（後宮染華伝　番外編）

　大凱帝国第十八代皇帝、宣祐帝。沈みゆく王朝を懸命に支えた天子は慧粛皇貴妃李氏をもっとも愛したという。

　染坊の娘として生まれた彼女は本姓を共といい、李太后に召されて宮中にあがった際、宣祐帝に見初められた。

　『凱史』后妃伝によれば、李氏がはじめて寵幸を賜ったのは、九陽城の中朝、暁和殿に隣接する泰青殿であった。宣祐帝が後宮の外で后妃侍妾以外の女人を龍床に召したのは、あとにもさきにもこれだけである。

「……いい年をしてみっともないと思うけど、生娘みたいに緊張してるわ」

　鏡台の前で黒髪をくしけずってもらいながら、共紫蓮はせわしなく両手を握ったり離したりしていた。

　ぼんやりと銀燭が灯る室内には大きな火鉢が置かれ、汗ばむほどにあたたかい。にもかかわらず、紫蓮は吹雪にさらされているかのように肩をすぼめて縮こまっている。

「無理もありませんわ。なんといっても龍床に召されたのですから」

　髪をくしけずってくれている婦人が訳知り顔で笑った。彼女は名を恵惜香という。李太后が信頼する女官で、紫蓮の入宮後、側仕えになることが決まっている。

「天子さまの閨に侍るときは、どんな気丈夫な女子でも緊張するものです」

「后妃たちもそうなの？」

「ええ、そうですとも。ほとんどの場合は」

「例外もあるのね」

「まあ……後宮には変わり者もおりますから」

　惜香が言葉を濁したのが気にならないわけではなかったが、いまの紫蓮にはいちいち詮索している余裕がない。

　皇貴妃になって後宮を治めてほしい、と李太后から依頼されたのは、ほんの半月前のことである。

　自分のような出戻り女が妃嬪の筆頭になるなんて、恐ろしい話だと丁重に断ろうとしたが、やむにやまれぬ事情で結局は引き受けることになってしまった。

皇貴妃になるには、まず皇帝の寵愛を受けなければならない。

一度でも龍床に侍った女人は入宮する決まりだ。

さりとて、李太后の命令でいきなり龍床に侍るのは、あまりに露骨すぎる。すべて李太后が采配したことだということは、できるだけふせたほうがよい。さもなければ、紫蓮は李太后の手先と見なされ、妃嬪に警戒されてしまう。

――実際は皇太后さまの手先にちがいないのだけれど。

事実は極力おもてに出さないのが後宮の流儀らしい。

紫蓮は李太后のお供で園林を散策していたときに今上に見初められた。何度か今上に謁見する機会があり、ついには龍床に召された。

それが青史に記される共紫蓮入宮の経緯だ。

「敬事房太監がまいりました」

屏風の陰から姿を見せたのは武人のような体躯の男――否、宦官なので男ではない。名を削虚獣という。紫蓮の入宮後、皇貴妃付き首席宦官になることが内定している。

「共淑女にごあいさついたします」

入室してきた敬事房太監がうやうやしく首を垂れた。入宮前に夜伽を命じられた女人は淑女と呼ばれ、皇帝の閨房をつかさどる敬事房の管理下に置かれる。

「湯浴みはいかがでしたか?」

「とても快適でしたわ。女官たちがこまやかに世話をしてくれました」

「共淑女に粗相があってはならぬと優秀な女官だけを厳選したのです。お気に召していただけたようで安堵いたしました」

敬事房太監は絵に描いたような追従笑いをする。

「今後、ご希望やご不満がおありの際は遠慮なくおっしゃってくださいませ。寵妃さまに尽くすのが、わたくしめのつとめですので」

紫蓮が寵妃になると踏んで、いまのうちにご機嫌取りをしておこうという腹だろう。不気味なほど愛想のいい敬事房太監に気おくれしつつ、紫蓮は微笑をかえした。

「ありがとうございます。あなたのご親切は忘れませんわ」

「いけません、共淑女。わたくしめのような取るに足らぬ騾馬に礼などおっしゃっては」

「ごめんなさい。宮中の儀礼にはうといものだから、なにか失言してしまったのかしら」

「いかなる位階を賜っていようとも、われわれはおしなべて奴婢です。奴婢が主にお仕えするのは当然のことですから、感謝なさる必要はございません」

淡々と述べたのは虚獣だった。

「ええ、まったく、そのとおりで。わたくしめのことは御身に忠実な狗とでも思し召しくださいませ。狗ごときにお気遣いは不要でございます。ご用の際は、いつでもかまいません、お召しくだされば飛んでまいります」

さんざんお追従をならべたあとで、敬事房太監は話題を変えた。

「さて、夜伽の手順はご存じでしょうか」

「大まかな流れは惜香に聞きましたわ。閨に入る前に別室で身体をあらためられるとか」

「さようです。別室でお召し物を脱いでいただき、検査を受けていただきます」

「検査とは、具体的にどのようなことを？」

「女官たちがお身体をくまなく調べます」

「くまなく……というと？」

「額面どおりの意味でございます。御髪のなか、お口のなか、お耳のなか、それから……」

敬事房太監は言葉を濁したが、言わんとするところはわかった。

「なるほど、たしかにくまなくね」

龍床に侍る女人が武器を隠し持っていてはいけないので、すみずみまで調べるのだ。

「検査がつつがなく終われば、裸身のまま緋金錦の衾褥でおつつみし、龍床までお連れいたします。寝間には夜着が用意されています。彤史がお世話いたしますので、夜着をお召しになって、主上をお待ちください」

「彤史というのは敬事房の女官でしたわね？」

「はい。夜伽のあいだじゅう、牀榻のそばにひかえております」

「閨中の会話を記録すると聞きましたが」

「会話はもとより、秘戯の手法もつぶさに記録いたします」

「手法……つまり、見ているということね」

「ご安心くださいませ。落地罩のむこうからですので」

原則として、夜伽が終わるまで牀榻の床帷はひらいたままにしておくのだという。

「冬場など寒気が強い場合は、薄手の床帷をおろすことになっております」

床帷からは閨中が透けて見えるので、記録をとることはできるそうだ。

「夜伽の時間は一個時辰です」

「まあ、時間まで決まっているの」

「侍妾や淑女の場合のみです。皇后さまは主上と朝寝することが許されておりますし、妃嬪のかたがたは最長で夜半まで主上のおそばに侍ることが許されております」

まるでそれが天から賦与された希少な特権であるかのように敬事房太監は言った。

「刻限になりましたら、臥室の外にひかえているわたくしめの配下がお声かけをいたします。三度お声かけをいたしましたら、お返事がなくても入室いたしまして御身をふたたび緋金錦の衾褥でおつつみし、こちらへお連れいたします。ご質問があればどうぞ」

「帰るときは寝間で着た夜着をまとったままでよいのかしら？」

「いえ、裸身のままでお待ちください。龍床からはなにひとつ持ちだしてはなりません」

「なにひとつ……」

「はい。皇胤以外は」

夜着は彤史が片づけるから、そのままにしておけばよいということだ。

ほかに質問はないかと尋ねられ、紫蓮は首を横にふった。

「では、別室にお連れいたします」

惜香と別れ、敬事房太監に先導されて耳房に移動する。あいさつをすませるなり、待ちかまえていた女官たちに夜着をはぎとられた。

話に聞いていたとおり、髪のなか、口のなか、耳のなか……身体のありとあらゆるところを調べあげられる。

検査が終わると一糸まとわぬ姿で緋金錦の衾褥にくるまれ、大柄な宦官たちに担ぎあげられて天子の寝間まで運ばれていく。

――龍床に侍るというのも、想像していたほどいいものではないわね。

丸裸にされて女官や宦官にじろじろ見られるのはひどく心もとないし、衾褥にくるまれて運ばれるのも気分のいいことではない。

これなら別れた夫と迎えた初夜のほうが幾分ましだった。

すくなくとも家畜のように身体を検査されることはなかったし、厄介な荷物のように担ぎあげられて運ばれることもなかった。

寝間に入ると、宦官たちは衾褥にくるまれたままの紫蓮を牀榻におろして退室した。落地罩のそばにひかえていた彤史が艶紅の夜着をまとうのを手伝ってくれる。着替えがすむと、絨毯の上にひざまずいて皇帝を待つ。

やがて今上のものらしき足音が近づいてきた。

危ういほどに張りつめた心が弾けそうになるが、なんとか持ちこたえる。扉がひらく音が聞こえたので、作法に従ってその場にひれ伏した。

「おもてをあげよ」

玉音が降るまで身じろぎせず、口を閉じていなければならないと惜香に教えられた。皇上の御前では、皇上のお許しがなければなにもできないのだ。

今上を先導してきた宦官たちは御前を辞した。美しくととのえられた寝間には、今上と紫蓮、そして彤史が残される。

「まったく、気疲れするな」

ため息まじりに言い、今上――高隆青は牀榻に腰をおろした。

「宮中には作法が多すぎる。ただ顔を合わせるだけなのにいちいち無駄な手順を踏まねばならない。ほとほと疲れ果てる。そうは思わぬか、共淑女」

気のきいた返答が思いつかず、紫蓮はあいまいに微笑んだ。

「いつまでもそんなところにひざまずいていないで、こちらに座れ」

となりに腰をおろすよう命じられ、おとなしく従った。天子の意向にそむいてはならない。これもまた、宮中のおきてのひとつだ。

「すこしは気を楽にしてくれ。……と言っても難しいだろうが」

小さな苦笑が閨の暗がりに響く。

「君にとってははじめての夜伽だ。肩に力が入るのも無理はない」

「……主上は慣れていらっしゃいますわね」

「そうでもない。何度、経験しても慣れないものだ。なんというか、相手の緊張がうつってしまうんだ。つい一緒になって緊張してしまい、ぎこちなくなる」

「申し訳ございません」

「君が謝る必要はない。余が天子として未熟なんだ。いまだって、気のきいた話でもして君の気持ちをほぐしてやるべきなのに、これといったことを思いつかぬ。われながら情けないな。君が想像していた皇帝とはずいぶんちがうだろう。落胆させてすまない」

いかにも気安げに謝られて、紫蓮は当惑してしまった。

「落胆なんてしていませんわ。ただ……少々面食らっているのです。丸裸にされて検査されたり、衾褥でくるまれて運ばれたりしたので……」

「妙な規則だ。弑逆を防ぐためという理屈はわかるが、妙なものは妙だ」

隆青が笑うので、紫蓮もつられて笑った。

「皇太子時代、東宮であれを――衾褥でくるまれて運ばれる妃妾をはじめて見たときは面食らった。なぜ自分で歩かせないのかと、真顔で尋ねたくらいだ」

　東宮でも同様の方法で夜伽をさせるらしい。

「丸裸の女人を歩かせるのがご趣味ですかと側仕えが言うので仰天した。まさか裸のまま衾褥にくるまれているとは思いもしなかったんだ」

　隆青は後宮育ちではないので、皇宮の夜伽の作法には不慣れなのだろう。

「洪列王府では、夜伽に面倒な手順はなかった。父王――洪列王には側妃がいないから。洪列王と洪列王妃はとても仲睦まじいんだ。親王と王妃の臥室がわかれている意味がないほど、いつもおなじ臥所でおやすみになって、朝まで一緒に過ごしていらっしゃった」

「素敵だわ。理想のご夫婦ですわね」

　にわかに洪列王妃がうらやましくなった。夫に愛される唯一の妻の位は、いったいどれほどの陰徳を積めば手に入るのだろうか。

「残念ながら余と君は、『理想の夫婦』にはなれない。余には大勢の后妃侍妾がいる。君が入宮しても、君以外の女人にかわるがわる伽を命じる。余がほかの女人と夜を過ごしているとき、君は独り寝しなければならない」

　淡々とした言葉が重石のようにずっしりと胸に響いた。

「後宮は女たちを飼い殺しにする黄金の獄だ。永遠の安息はない。真摯な愛情も、不変の友情もない。やさしさと信頼ほど儚いものはなく、猜疑と嫉妬と怨憎が大蛇のようにとぐろを巻いて、じりじりと首を絞めあげてくる。そんな世界に……余は君を引きずりこもうとしている。なお悪いことに、君にはそれを拒む手立てがない」

自嘲気味の苦笑が落ちた。

「いまなら引きかえすこともできると言ってやりたいが、あいにく不可能だ。あきらめてくれ、共淑女。君が少女時代に思い描いていた未来を捨て、余の妃嬪になれ」

しおらしく膝の上にかさねていた手を、男らしい大きな手のひらにつつまれる。

「君だけの夫になれない代わりに、贅沢をさせてやろう。むろん、皇貴妃の身分を越えぬ範囲内で、だが。後宮でしか味わえぬ贅を尽くした暮らしを存分に楽しむがよい。それが……君の生涯に対する見返りだ」

掌から感じるぬくもりはたしかにあたたかいのに、どこか空疎なものを感じさせた。

――なんて正直な人。

心地よい言葉を吐くのはたやすい。彼の低く甘美な声で睦言をささやかれれば、どんな女人もたちまち心の衣を脱いでしまうだろう。

さりながら、天人が爪弾く琴のような声音は苦い言葉ばかりつむぐ。彼は実直すぎるのだ。ほんとうのことしか口にできないほどに。

「うれしいわ」

紫蓮は隆青の手に自分のそれをかさねた。

「私、贅沢が大好きですの」

そうか、と隆青がこちらを見る。

「一口に贅沢といっても、いろんなものがあるぞ。手はじめにどんなことをしたい？」

「まずは美食を堪能いたしますわ。いやというほど山海の珍味をいただきます。甜食房が腕によりをかけた百種の甜点心も味わってみたいわ。それから日替わりで豪華な衣装をまといましょう。髪結いが得意な女官に流行りの髻を結わせて、金銀の簪で飾らせるのもよいですわね。もちろん、ありったけの宝飾品をかわるがわる身につけますわ。西域の香を焚いて、千金の美酒を楽しみながら芝居を観て、一流の楽師が奏でる音色に聴き惚れて、すこし疲れたら錦の褥でやすんで……」

天上のものかと疑われる、贅をきわめた后妃たちの日常。そこにはほんのひとかけらでも真実の喜びというものが在るのだろうか。

「君は皇貴妃になるんだ。側仕えに一言命じさえすれば、どんな贅沢も思いのままだ」

皇貴妃になった紫蓮が望めば、皇后の鳳冠以外はすべて手に入る。夫を独占できないことを差し引いても、この身に余る僥倖といえるだろう。

「夢を見ているようですわ」

寝言のような吐息をもらして、紫蓮は隆青の肩にもたれた。

「前世の私はずいぶん善行を積んだのでしょうね。天下一尊(とうと)い殿方(とのがた)が私の最後の夫になってくださるのですから」

隆青はかすかに笑った。鍛えあげられた逞(たくま)しい腕で紫蓮を抱きよせる。

「君の最後の夫になる記念に祈ろう。君の来世が今世よりもよいものになるように」

けっして今生で幸せにするとは言わない誠実さが好ましくもあり、恨めしくもある。

――忘れられない夜になるわ。

とうの昔に生娘(きむすめ)ではなくなっている紫蓮が二人目の――最後の夫と結ばれる夜。絢爛華麗(けんらんかれい)な明黄色(きんじき)の閨で、甘くて苦い夢を見るのだ。

君を怨み君を恨み君が愛を恃む（後宮茶華伝 番外編）

敬事房の女官・爪香琴が皇帝付き次席宦官・独囚蠅邸の門前に立ったとき、晩冬の日輪は中天に達しようとしていた。

「あの人はいる?」

香琴が問うと、取り次ぎに出てきた老僕は苦笑いした。

「いらっしゃいます。昨夜はお疲れだったようで、まだ臥室からお出ましになりません」

「そんなことだろうと思ったわ。いまから叩き起こすから、朝餉……いえ、昼餉の支度をお願いできるかしら?　簡単なものでかまわないわ」

かしこまりました、と老僕は如才なく首を垂れる。

彼も家主の囚蠅とおなじく宦官だ。老齢になって第一線で働けなくなった宦官は浄軍に落とされるのが通例。老身に浄軍のつとめは過酷すぎるから、数年もしないうちに寿命が尽きるのが落ちだ。三監と呼ばれる上級宦官の邸に仕えるのはある種の救済といえるが、三監のなかには同類を酷虐することを好む残忍な輩もいるので、どのような人物に拾われるかで彼らの晩年が穏当なものになるか、悲惨なものになるか決まってしまう。

　この老僕はあきらかに前者だった。

　囚蝿は九陽城では用をなさなくなった老宦官を邸に引き取り、終の棲家と軽易な仕事を与えている。囚蝿の彼らへの態度は骨肉に対するもののように情味にあふれており、ここに仕える老宦官たちはみなおだやかな余生を送っている。

　正房は静まりかえっていた。それもそのはず、囚蝿は九陽城で今上の御前に侍っている時分なのである。

　――こんなにすれちがっているのに契兄弟疑惑がささやかれるなんて、女官たちはよほど噂話に餓えているのね。

　破思英の奸計により住まいを失った皇后付き次席宦官・同淫芥が囚蝿の邸に転がりこんでから早三月。

　後宮では暇を持て余した女官たちがひとつ屋根の下で暮らす彼らの熱愛ぶりを絵や小説にあらわして楽しんでいるが、彼女たちは囚蝿と淫芥が邸で食卓を囲む機会さえないことを知らない。片や皇帝の、片や皇后の側仕えであるばかりでなく、褐騎として秘密の任務にも追われているのだから、断袖の癖にふけっている暇などない。

　――それにしても、あの人の寝穢さはどうにかならないのかしら。

　客房の閨に入り、香琴は小さく息をついた。窓かけの隙間から愛日がそろりと顔を出しているのに、寝間の主はなおもすやすやと夢を貪っている。

淫芥はひどく寝つきが悪いが、いったん寝入るとなかなか目覚めない。このありさまでは刺客に襲われたらひとたまりもなかろうと案じたこともあるが、熟睡中でも殺気には敏感らしく、寝首を掻こうと侵入してきた刺客を幾度か撃退している。しかし、香琴が牀榻に近づいてもいっかな反応がないところを見ると、香琴からは殺気が発せられていないのだろう。たとえ右手に皮鞭を握っているとしても。

――こうでもしないと起きないあなたが悪いのよ。

牀榻のそばに立ち、香琴は勢いよく衾褥を引きはがして皮鞭をふりおろした。

「うわっ、なんだっ!?」

淫芥が仰天して飛び起きる。せわしない視線で香琴をとらえ、渋面になった。

「……んだよ、おまえかよ。朝っぱらからなんの用だ」

「いつまで朝のつもり？　もう昼よ」

「真っ昼間になんの用だよ」

「あなたを起こしに来てあげたのよ」

「起こしてくれと頼んだおぼえはねーよ。だいたいなんだよ、その鞭は。なんだってそんなもんを持ち歩いてるんだよ」

「護身用よ。京師はすっかり物騒になったわ。か弱い女の身じゃ、武器のひとつやふたつ持っていないと外も歩けないのよ」

「鞭を持ち歩いてる女のほうが怖えーよ」

黒い清水のような髪をかきあげ、淫芥は恨みがましい目つきでこちらを睨んだ。

「なんの用だか知らねえが、今日はせっかくの休みなんだ。ゆっくり寝かせてくれ」

衾褥をつかもうとのばされた手を皮鞭でぴしゃりと打ち据える。

「休みだから起こしに来たんじゃない」

「おまえの相手をしろっていうのかよ？　冗談じゃねえぜ。寝床で鞭をふりまわす暴力女にはこれっぽっちも食指が動かねえよ」

淫芥は叩かれた手を痛そうにさすっている。

「くだらないことを言っていないでさっさと着替えて。あなたの家に行くわよ」

「俺の家はここだ」

「ここは独内監の家でしょう」

「俺の家でもあんの」

「そう思ってるのはあなただけよ。独内監がぼやいていたわ。あなたがここにいると女官たちの噂がひどくなる一方だから、一日も早く出ていってほしいって」

淫芥がいっこうに出ていかないと囚蠅に相談を受けた。

「例の噂にはほとほと参っているんです。このまま居座られたらますます醜聞が飛び交いますよ。いまですら、女官たちに妙な目つきで見られてうんざりしているのに……」

なんとかしてくれないか、と泣きつかれたのが約半月前。

「独内監がかわいそうだから、あなたに代わって家探しをしてあげたわ。費用は支払ってきたし、調度はひととおりそろえたから、すぐに家移りできるわよ」

「いくら払ったんだよ？」

香琴が金額を言うと、淫芥はおどけたふうに口笛を吹いた。

「へえ、おまえもけっこう貯めこんでるんだな。一女官にしてはなかなかやるじゃねえか。よほどいい金づるを見つけたな。うまい話を知ってるなら俺にも教えろよ」

「なに言ってるの。あなたのお金で払ったのよ」

「……は？」

「あなたの家を買うのに私の手持ちを使うわけないでしょ。私は一文も出してないわよ」

「俺の金ってどういうことだよ？　そんな金、出したおぼえはねえぜ」

「でしょうね。あなたが知らないうちにすませておいたから」

「知らないうちにって……おい、まさか……!?」

淫芥は血相を変えて布製の枕をつかんだ。なかから方形の小箱を取り出す。

「……ない！　俺の、宝鈔が、一枚も！」

小箱をひっくりかえしたが、なにも出てこない。匣中におさめられていた宝鈔（紙幣）

のぶ厚い束はそっくりそのまま新居購入の費えに消えたのである。

「枕の分だけじゃ足りなかったから、ほかの隠し場所からも回収しておいたわ」

「『回収しておいたわ』じゃねえよ！　他人の金を無断で持ち出すな！　そういうのはな、盗みっていうんだぞ！」

「ご高説ね。独内監の銭包から銀子をくすねてる騾馬に言われたくないわ」

「俺のは小銭、おまえのは大金！　金高がちがいすぎるだろうが！　同列に語るな！」

「あなたのために使ったのよ。着服したかのように非難されるのは心外だわ」

「そういう問題じゃないだろ！」

「うるさいわね。この程度の額で大騒ぎしないで。皇后付き次席宦官なんだから、いくらでも稼げるでしょ。そんなことより顔を洗ってきて。そのあいだに着替えを用意しておくから。細かい荷物は後日、取りに戻るとして、今日のうちに家移りをすませてしまいましょう。じき荷運びの人が来るわ。それまでに支度をしておかなきゃ」

「荷運びだと⁉　なんでおまえがそんなものを手配してるんだ⁉」

「さっきも言ったでしょ。独内監に頼まれたからよ。これは決定事項なの。ぐだぐだと言い訳しても無駄。今日中に立ちのくと独内監に約束してるんだから。抵抗するなら、縄で縛りあげて軒車にほうりこむわよ」

「横暴だ！　おまえに家移りを強要される筋合いはねえぜ！」

「ふーん。あくまで抗戦するってわけ。じゃあ、鞭に物を言わせるしかないわね？」

香琴が右手をふりあげると、淫芥はびくりとして首をすくめた。

「……わ、わかったよ……！　おまえの言うとおりにするから、鞭はやめてくれ！」

「自分の立場を理解したなら、とっとと顔を洗ってきなさい」

「行くよ、行ってくるから……鞭はかんべんしてくれよ！」

おっかなびっくり牀榻からおりて、脱兎のごとく駆け出す。途中で香几に蹴躓きつつ、ふりかえりもせずに部屋を出ていった。

その情けない背中を見送り、香琴は衣橱から外套と冬物の道袍を出して衣桁にかけた。着替えの支度をするのに淫芥付きの奴僕を呼ぶ必要はない。どこになにがしまってあるのか、わが家のように承知しているのだ。

「まるで菜戸のようね」と同僚の女官たちはからかう。彼女たちの笑い声に皮肉の棘がひそんでいることには、香琴も気づいている。

――どれほど深い仲になっても、私は義妹どまり。

宦官の恋人を義妹、妻を菜戸と呼ぶ。

建国間もないころは祖法によって宦官の私通が禁じられており、妻帯はおろか、情人を持つことさえ厳禁であった。禁を破った者は親族ともども棄市（さらし首）に処されたが、それもいまや古くさい昔語り。

当節では菜戸を持たない宦官のほうがすくなく、九陽城の底辺で苦役に従事する浄軍の宦官でさえ、素肌をあたため合う相手がいるという。

廟堂(びょうどう)の大官たちと渡り合う三監(さんかん)ともなれば、十指にあまる妾をたくわえているのがふつうだ。なかには皇族よりも多く美女を侍らせる者さえいて、三監の猟色(りょうしょく)は彼らの欠けた肉体に宿る野心と同様にすさまじい。

弟弟子の囚蠅をして色魔と言わしめる淫芥もあちこちで浮名を流しているが、同時に複数の義妹を持つことはあっても、なぜか菜戸を持ったことはない。

「菜戸なんざ、わずらわしいだけだ」

当人は面倒くさそうに言うが、本心だろうか。

ほんとうの理由は「わずらわしさ」以外のものだという気がする。たとえば、過去に言い交わした女人がいた、というような。彼女はもう亡くなっている、あるいはほかの男に嫁(とつ)いでいるのではないか。淫芥は旧情を忘れられず、独り身を貫いているのでは。

――あの人がそんなに純情なはずないじゃない。

ひとりの女人に赤心(せきしん)を捧げるなど、淫芥に限ってありえない。菜戸を持てば彼女の妬心(としん)に漁色(ぎょしょく)を制限されるので、気楽に生きていたいというだけのことだろう。

きっとそうだ。……そうであってほしい。ほんのすこしでも考えたくないのだ。彼の心に住みついて離れない女人が存在するなどとは。

――どうかしているわ。あんな人に本気になるなんて。

はじまりは打算だった。

手ごろな三監を出世の足がかりに利用しようとしただけのこと。香琴には野心があった。いつか権力を手に入れ、傲慢で非情な主を圧倒し、わが足下にひざまずかせるという切なる願いが。野望を果たすために必要だったから淫芥と慇懃を通じた。野心がなければ宦官に近づきはしない。

香琴だって娘時分にはまっとうな男と結ばれて子をもうける未来を夢見ていた。世間から騾馬と呼ばれて蔑まれる宦官に肌を許すことは、賤しい家婢にとっても恥辱にほかならない。なぜならその行為は、禽獣に辱められることと変わりないからである。ゆえに宦官と情交を結んだ女は騾妾と呼ばれ、親族ともども白眼視されるのだ。

なにもかも覚悟のうえで、目的のために貞操を捨てた。世人に嘲弄されることさえ受け入れた。非望が実を結びさえすれば、水火も辞さない覚悟だった。

それなのにどうだ、このありさまは。

――あの夜がなければ、こんな気持ちは知らずにすんだでしょうね。

十年前、淫芥とはじめて言葉をかわした日のことをいまでもときおり思い出す。

たおやかな風が頬を撫でる春の夜だった。

香琴は――当時は嬉児と名乗っていた――東宮のはずれにある廃園をさまよっていた。

主に蠟梅を一枝、手折ってくるよう命じられたからだ。

実家でそうしていたように、主は退屈しのぎに嬉児を虐げた。

それは粗末な食事をぬくことであったり、女官に命じて体罰を与えることであったりもしたが、もっとも頻繁に行われたのは理不尽な用命だった。

「明日の朝までに綬帯鳥の刺繡を仕上げてちょうだい」

「風筝が屋根に引っかかったわ。のぼってとってきなさい」

「池の水が汚いわね。いますぐきれいにして。ただし、水を取り替えずに」

一睡もせずに刺繡を仕上げても、出来が悪いと難癖をつけられて打擲された。屋根にのぼってやっとの思いで風筝をつかめば、梯子をはずされておりられなくなった。池のほとりで必死に藻をすくい取っていると、背中を蹴りつけられて水中に落とされた。

口答えなどできるはずもない。

嬉児は婢女。主の持ち物なのだ。使い古しの梳き櫛や縫い取りがほころびた手巾のように、主の気分しだいで生かされ、殺される。

それでも捨て身になれば抵抗することもできただろう。

一生虫けらのように踏みにじられるのなら一思いに死んだほうがましだとすべてをあきらめれば、一矢報いることもできただろう。

さりとて嬉児には弟がいる。嬉児が主に反逆すれば、主家で奴僕としてこき使われている弟の身が危険にさらされてしまう。酷虐に拍車がかかるだけですめばいいほうで、最悪の場合、嬲り殺しにされかねない。

　両親亡きあと、弟は唯一の肉親だ。弟を守ってやれるのは嬉児しかいない。だから耐えるしかないのだ。血も涙もない主にどれほど虐用されても、怨みを押し殺して耐え忍ぶよりほかに道がない。

　真冬ではない。車軸を流すような雨が降っているわけでもない。心地よい春の晩に一枝の蠟梅を手折ってくるよう命じられただけだ。ふだんの無理難題とくらべれば、はるかに楽な仕事であるはずだった。指定された廃園が曰く付きの場所だとしても。

「あの廃園には幽鬼が出るんですって。婢女が何人も襲われているらしいわよ」

　主は嬉々としてそんなことを言ったが、嬉児は真に受けなかった。ほんとうに存在するか否かわからない怪異より、確実に存在する冷血な主のほうがはるかに恐ろしい。

　廃園で蠟梅を探しているときもうしろをふりかえりはしなかったし、臆病風に吹かれて足がすくむこともなかった。

　道に迷ったのは、足もとを照らしてくれるはずの月光が弱すぎたからだ。主は「おまえに彩灯なんてもったいないわ」と言い捨て、嬉児に明かりを持たせなかった。

　墨を流したような視界のなか、香りを頼りに蠟梅の木を探していると、近くで物音がした。嬉児は反射的に身をかたくした。幽鬼を恐れたわけではないが、耳をそばだて様子をうかがう。するとなにかが夜闇を微妙に震わせた。それが媚びもあらわな女の甘い吐息だと気づくまで、寸刻とかからない。

「だめよ。すぐに戻らなきゃ」

「すこしくらい遅れてもいいだろ」

「このあいだも主の目を盗んで抜け出してきたのよ。怪しまれるわ」

「大丈夫だって」

「もう、だめって言ってるでしょ。主は病的な宦官嫌いなの。側仕えの私があなたとこういうことをしてるって知ったら、きっと激怒して……」

抗う女の声が途切れ途切れの嬌声に取って代わられる。どうやら宦官と女官の情事の現場に居合わせてしまったようだ。めずらしいことではない。皇宮で夜歩きしていれば、ひと晩に数回はこのような場面に出くわしてしまう。

――こんなところで情事にふけるなんて不潔だわ。

胸にきざした不快感には無視できないほどの嫉妬がまじっていた。女官だけでなく、婢女にも宦官とねんごろになる者は多い。彼女たちの年齢はさまざまだが、共通しているのは器量がよいということだ。

――私みたいな醜女には騾馬でさえ言い寄らない。

かつて、嬉児は容姿に恵まれていた。けっしてうぬぼれではない。主の父親――薄氏一門の当主――に「おまえがわが娘であったなら」と惜しまれたほどだ。

身に余る賛辞が災いを招いてしまった。十人並みの容色しか持たない薄家の令嬢は自分よりも器量のよい家婢を妬み、嬉児の顔に烙鉄で醜い傷痕を刻みつけたのだ。

爾来、嬉児を美人だと褒めそやす者はいなくなった。しつこく嬉児に言い寄っていた奴僕たちでさえ見向きもしなくなった。

ただでさえ食うや食わずの生活と苛酷な労働を強いられていれば、娘らしい瑞々しさはどんどん削り取られていく。髪は艶を失い、頬はこけ、肌は干からびて、唇はひび割れてしまう。そのうえ片側の頬がおぞましく焼け爛れているのだから、だれもが嬉児を見るなり目をそむけるのも道理であろう。

女色に餓えているはずの下級宦官でさえそうなのだから、三監は言うまでもない。三監を籠絡して主を凌駕する権力を手に入れようともくろんでいた嬉児は、主の悪意によって野心を叩きつぶされ、絶望の淵に立たされた。

――私は死ぬまで小姐に飼い殺しにされるんだわ。

主の憂さ晴らしの道具として使いつぶされる一生。

だれにも相手にされず、ひとかけらの慰めにすらありつけずに、この身に課せられた非運を嘆きながら年老いていく。多情な女官たちのように色恋に胸をときめかせることもなく、みなに足蹴にされ、侮蔑され、呪わしいほどの悔しさが満身を打ち震わせているうちに老婆になってしまうのだ。

どうして、と思わずにはいられなかった。あんな主の持ち物にさえならなければ、嬉児はべつの人生を歩むことができたはずだ。それはいまよりずっとましなものだったにちがいない。だれかに求められ、愛されていたにちがいない。

いつの間にか、嬉児はその場にうずくまっていた。立っていられなかったのだ。空腹で、疲労困憊していて、なにより孤独だった。

——ひとりでいい、たったひとりでいいから、だれかが私のそばにいてくれたら。

嬉児にやさしいまなざしを向けてくれ、そっと肩を抱いてくれて、女として愛してくれる人がたったひとりでもいてくれたら。彼がだれであれ、どんな身分であれ、嬉児は彼を愛すだろう。餓えた猫が食べ物を与えてくれる人間になつくように。

声を押し殺してひとしきり泣き、そうしたことを悔やんだ。無益な行為だ。いくら嗚咽したところで、この渇いた身体がいっそう干上がるだけ。

涙をのみこんで立ちあがろうとしたが、力が入らない。蓄積した疲れとひもじさが四肢を萎えさせていた。いつまでもうずくまっているわけにはいかないのに。早く蠟梅を手折って主に届けなければ。主は帰りが遅すぎると苛立っているだろう。嬉児にどんな罰を与えようかと、冷酷な目をぎらつかせているだろう。

両手を地面について足に力をこめたときだった。その声が降ってきたのは。

「おまえ、怪我でもしてるのか？」

それが自分に向けた問いだと気づくのにしばし時間を要する。先ほどまで女官と情事にふけっていた宦官だ。女官もまだそばにいるのだろうか。もう帰ったのだろうか。

いずれにせよ、視線をあげなかったのは賢明だった。嬉児のおもてが視界に入れば、だれもが顔をしかめる。汚らわしいものを見たせいで嘔気をもよおしたと言いたげに。

嬉児は首を横にふった。言葉を発しなかったのは視界の端に蟒服の裾が映りこんだからだ。三監は蟒蛇が縫いとられた官服をまとうが、位階によって色がちがう。太監は紫紺、内監は紅緋、少監は群青。嬉児の視界に入ったのは群青の蟒服だった。

――こんなときに少監と出くわすなんて。

三監は市井で暴君のごとくふるまっていると聞くが、皇宮内でも似たようなものだ。彼らの大半が虫こなしに目下の者を横虐する。

その対象にはもちろん婢女もふくまれている。容姿が美しければ慰みものにされ、醜ければ笑いものにされる。彼らの目にとまることは災厄にほかならない。一刻も早く彼らが自分に興味をなくして立ち去ってくれることを祈るばかりである。

だから声を発しなかった。声を聞かれれば若い女だと悟られて勝手に期待されてしまう。気まぐれに頤をすくいあげれば、花も恥じらう麗しいかんばせがあらわれると。

「怪我じゃないなら、なんでそんなところに座りこんでるんだよ?」

少監が地面にかがみこんだので、嬉児は身を縮めた。

――また唾を吐きかけられるかもしれない。

体調が悪かったのに、主の命令で遠出する羽目になったときのことだ。仕事をすませて帰る途中、ふらついて転んだ。

たまたま通りかかった少監が親切そうに声をかけてきて、手をさしのべてくれた。うかつにも嬉児は彼の手につかまって立ちあがろうとし、おもてをあげてしまった。嬉児の顔を見るや否や、少監は糞土にでもさわったかのようにぎゃっと叫んで手をふりはらい、「鬼怪め」と罵るついでに唾を吐きつけた。

これは最悪の出来事ではない。桶いっぱいの屎尿を浴びせられ、恭桶のなかに押しこめられ、吐瀉物を食べさせられることにくらべればはるかにましな部類だ。

嬉児が三監のなかでも少監をもっとも恐れているのは、主付きの少監が事あるごとに嬉児を責めさいなむからだ。

主の歓心を買うためにそうしているのだろうが――汚物まみれになった嬉児を見ると主は上機嫌になるのだ――あきらかに少監自身もその行為を楽しんでいた。

度重なる辱めに恐怖心を植えつけられ、嬉児は少監に出くわすと逃げ出すようになった。

彼らの視線が怖い。声が、しぐさが、足音が、嬉児を震えあがらせる。

逃げたい。少監の視界から消えてしまいたい。さもなければまた汚辱を与えられてしまう。罵倒され、唾を吐きかけられる。彼の機嫌が悪ければ蹴り飛ばされるかもしれない。怪我はしたくないのに。先日受けた杖刑の傷がまだ癒えていないのに……。

「ほんとに具合が悪そうだな。どこの殿舎に仕えてるんだ？　送ってやろうか」

嬉児が首を横にふると、少監が焦れたように肩をつかんできた。

「黙ってないでなんとか言えよ。まさかしゃべれないってわけじゃねえだろ？　おい、どうなんだ？　しゃべれないなら――」

少監がつづきを打ち切る。雲間からもれた月明かりが嬉児の面輪を照らしたからだ。

身がまえた。突き飛ばされ、罵言を浴びせられるだろう。だからといって抗う力もなければ、抗うという選択肢もない。どれほど非道なあつかいを受けても、婢女にはささやかな抵抗さえ許されない。

浄軍が全宦官の底辺なら、婢女は皇宮で暮らす女の最底辺。

尊厳などない。意思など持ってはいけない。蹴りあげられた石ころがなすすべもなく溝に落ちるように、されるままになっていなければ。嬉児に許された自衛の手段はあらゆる害意にそなえて心身を強張らせることだけ。

たったひとつの武器で自分を守ろうとしたが、予想していたことは起こらなかった。

「ああ、そうか。薄秀女の婢女なんだな、おまえ」

少監はこともなげに言って、嬉児のひたいに覆いかぶさっていた髪をそっとはらった。驚愕が全身を駆けめぐった。なぜならそのやさしいしぐさは、嬉児が毎日受けている仕打ちとは似ても似つかないものだったので。

「噂じゃ、薄秀女はとんだ鬼女らしいな。その傷も主につけられたんだろ。ひどい仕打ちに耐えかねて逃げてきたのかい？　それとも用事を言いつけられてここに来る羽目になっちまったのか？　逃げてきたんなら悪いことは言わねえから戻ったほうがいい。宮正司が逃亡奴婢の取り締まりを強化してる。やつらに捕まっちまうと、主の癇癪のほうがましだってくらいの罰を食らうぞ。用事を言いつけられたんなら、さっさとすませて帰れ。ここは浄軍どもの溜まり場だ。俺が追い払ったんでいまはいねえが、じきに戻ってくる。やつらも身の程はわきまえてるから女官には手を出さねえが、婢女相手なら見境なく取って食おうとするぜ。おまえみたいないい女がひとりでふらついてると危ねえよ。狼の巣穴に兎が迷いこんでくるようなもんだぜ」

いい女、という言葉が胸に刺さる。嬉児にそんなことを言う者はいない。

「あー……ひょっとしてあれか？　世を儚んで死に場所を探しに来たってわけか？　やめとけやめとけ。こんなところで死んだってつまらねえよ。そこらで首でもくくって死んでみろ。おまえの骸を最初に見つけるのは浄軍どもだぞ。連中が婢女の死体になにをすると思う？　およそ口には出せねえことさ。やつらは四六時中、女に餓えていやがるからな、女体がそこらに落ちていれば生きていようが死んでいようが関係ねえ、食えるものは食えるうちにいただくってわけだ。苦労して死んでまでそんな日に遭うんなら、死んだかいがねえだろ。ま、そもそも死ぬ価値もねえんだけどな、この濁世には」

少監はいかにも大儀そうに地面にあぐらをかいた。

「なにがあったのか知らねえが、そう思いつめるなよ。生きていればろくなことはねえさ。かといって死んでも変わらねえよ。どうせ地獄に落ちて獄卒どもに責め立てられる毎日だろ。いまとなにがちがう？　畢竟、生きるも死ぬもおなじことだ。どっちが楽か、なんてくだらねえことを考えてる暇があったら、とりあえず生きてみろよ。あと一日、あと三日、あと十日って具合に。どうしても我慢ならなくなったら、そのときはしょうがねえな。俺を訪ねてこいよ。俺がおまえを殺してやるから」

膝の上に頬杖をつき、少監はこちらに視線を投げてよこした。

「自分で自分を殺すより、他人に殺されるほうがいくらか気が楽だぞ。浄軍どもの玩具にならねえように骸の始末もつけてやる。安心しな。俺はこういうことに慣れてるんだ。つまり、女を殺して死体を片づけるのにな。おまえがもう我慢ならねえ、いますぐ死にたいって気持ちになったら、俺が助けてやるよ。だからそれまで生きてみな。生きてりゃいいこともあるなんて嘘八百は言わねえが、この世で幸せになれねえやつはあの世でも福運とは無縁だ。死んだらいい思いができるなんて甘い考えは捨てろ。今生から逃れても地獄に囚われるだけだ。どっちに転んでも囚人に変わりねえのさ、俺たちは」

言下にごそごそと懐を探って包みを取り出し、なかから小さなひし形のものを出す。

口をあけろよ、と少監が言うので、嬉児は怖気立った。言われたとおりにすれば、なにかを口腔に押しこめられる。きっとそれは汚物か、それに準じた代物だ。思わず吐き出すと、横面をしたたかに殴りつけられる。いままでの悲惨な経験が走馬灯のように脳裏に浮かび、嬉児は歯を食いしばって震えをおさえこもうとした。

「心配するなって、妙なものを食わせようってんじゃねえから。ほら、ただの薄荷飴だ。先に俺が食ってみせるぜ。見てろよ」

少監はさわやかな翠色の飴を月光にかざし、自分の口にほうりこんだ。

「小腹がすいたときのために持ち歩いてるんだ。宮仕えをしてりゃ、飯を食う機会を逃しちまうことはざらにあるからな。こんなもんでもないよりはましさ」

おまえにもやるよ、ともうひとつの飴を嬉児の鼻面につきつける。

つやつやと光る翠色のかたまりからは甘ったるい水飴のにおいがした。おそるおそる唇をひらくと、思いのほか丁寧に飴を口に入れられる。舌の上にぽとりと落ちたひし形の粒の甘みをじんわりと感じたとたん、視界が涙でゆがんだ。

——あのときの月餅みたいに甘いわ。

まだ両親が生きていたころ、父が薄家当主からさげわたされた甜点心を家族四人で分け合って食べた。それはたったひとつの小ぶりな月餅で、四等分するとほんのひと口分になってしまったが、甘露のような味わいだった。生まれの賤しさも、肌身に染みついた侮言も、蓄積した疲労も、なにもかもを吹き飛ばしてくれた。

あのころは幸せだった。

慕わしい父がいて母がいて、可愛い弟がいた。どんなに忙しくても一日に一度は家族の顔を見ることができた。嬉児はひとりではなかった。

それなのに当時は不満でいっぱいだった。両親にもっといいものを食べさせたかったし、弟にもっとあたたかい衣を着せてやりたかった。

だから薄家当主に色目を使った。枕席に侍って妾室に迎えられれば、家族の暮らしを楽にしてあげられる。若く美しい家婢が生まれながらのさだめに抗おうとすれば、色香を武器にするしかない。

そのもくろみは失敗に終わったばかりか、夫人と令嬢の反感を買う結果につながった。嬉児は以前にも増して酷使され、両親への酷虐も輪をかけてひどくなった。やがて父と母が相次いで病に斃れ、弟は孤児になってしまった。

生前、両親は嬉児の愚挙を責めなかったが、嬉児のせいでふたりが横死したことはまぎれもない事実だ。償わなければならない。せめてもの罪滅ぼしに弟を守らなければ。

死にたいなんて考えてはいけない。これは罰なのだから。主がどれほど嬉児をむごくあつかっても耐えなければ。汚泥にまみれても生きぬかなければ。

恥辱がなんだ。孤独がなんだ。

その程度の苦難も乗り越えられずに贖罪の道を歩めると思っているのか。

前進するしかない。弟を守るために、罪を償うために――。

「下を向くな」

ふいに肩を抱き寄せられ、嬉児は目をしばたたかせた。

「どん底にいるときこそ上を向くんだ。見てみろよ、あの月を。あんな真っ暗な天の果てで磨いた鏡みたいに輝いていやがる。あいつを見ているとむしゃくしゃしてくるだろ」

「……むしゃくしゃ？」

尋ねかえすと、少監は嬉児を抱いていないほうの手でこぶしを作って夜空にかかげた。

「お高くとまっていやがるからさ。俺たちが牛馬よろしくこき使われて死にそうになってるときも、ああやってすました顔でこっちを見おろして悦に入ってるんだぜ。腹が立つだろ。童宦時代は毎晩のようにあいつを睨んで悪態をついたもんさ。『いまに見てろよ、そのうちこの俺が天まで届く梯子をかけて貴様の横面をぶん殴ってやる』ってな」

ぶん殴って、の箇所で月を殴りつける動作をする。そのしぐさが本気で憎らしそうなので、嬉児はわれにもなく口もとをゆるめた。

「変な人だわ、あなた」

こんな台詞は、平生はけっして口にしない。声に出したが最後、相手から酷烈な報復を受けるとわかっているからだ。けれどこのときは自然に言葉が滑り出た。奇妙な安心感につつまれていたせいだろう。彼の腕のなかでは、なにを言っても許されるという――。

「そいつは誉め言葉だな」

少監は軽やかに笑い飛ばした。

「殴られれば痛え、蔑まれれば気落ちする。それがふつうさ。濁世を生きるのはたいそう難儀だ。生きていれば生きているほどくさくさしちまう。たいていのやつはうんざりして死にたくなる。しかし俺みたいな変人は殴られれば殴られるほど、蔑まれれば蔑まれるほど奮起するんだ。月にむかって唾を吐き、地面を踏みつけて長い夜をやり過ごす」

指先で月を弾き、まぶしそうに目を細める。

「現世では生きているやつが勝者だ。どん底にいても、生きてさえいれば逆転の目がある。それを自分から捨てちまうやつは馬鹿だよ。みんないつかは死ぬ。だれもが忘れがちだが、永遠には生きられない。いまこの瞬間の苦痛も屈辱も、過ぎてしまえば一炊の夢だ。だったらうなだれてねえで、月の野郎をぶん殴って憂さを晴らして、明日に立ち向かえよ。明日もどうせろくな一日じゃねえが、力尽きて今日死んじまったやつを追い越して前に進んだ分、そいつには勝ってるってことさ。どんな勝ちでも勝ちは勝ちだ。胸を張っていろよ。自分は汚泥まみれの現世にのまれちまうような敗犬じゃねえって」

薄荷の香りが胸にすっとしみていく。

「おまえもやってみろよ」

少監は嬉児の手をつかんで夜空に突き出した。

「月の横面を殴ってみろ。すっきりするぞ」

言われるままにこぶしを作り、春の夜空にかかった朧月を殴りつける。なんの手ごたえもないのに、少監は「いいぞ」と膝を打った。

「その調子だ。もっと殴ってやれ。あいつがおまえのいちばん憎いやつだと思って」

おだてられて何度か月にこぶしを叩きこみ、香琴は爆ぜるような笑みをこぼした。

「もうできません。腕が疲れてしまいました」

「じゃあ今夜はこれくらいにして、残りは明日にするか。また俺が付き合ってやるよ」

「……あなたが？」

どういう意味なのか、はかりかねて戸惑う。これでは会う約束をしているみたいだ。嬉児のような醜い婢女に、少監が会いたがる理由はないはずなのに。

「会う約束をすれば、おまえは明日まで生きているだろう？」

「……どうして」

私なんかにそこまで、と言おうとして言えない。ついうっかり頭をあげてしまったからだ。このときはじめてまともに少監の顔を見た。すみずみまで精緻な線でかたちづくられたその面輪は月の絵筆で彩られ、天の御物かと疑われるほど美しかった。

「理由は秘密にしておくよ。今夜のところは」

いたずらっぽく笑い、少監は立ちあがって嬉児に手をさしのべた。

「そろそろ帰ったほうがいい。さもないと明日まで命がもたないぞ。いまごろ、おまえの主はかっかしてるだろうからな」

なんのためらいもなく、嬉児は男のそれほど無骨ではなく女のそれほど頼りなげでもない手につかまる。知っていたのだ。彼が自分の手をふりはらうことはないと。

「あっ、あの……私、まだ用事がすんでいないんです」

送っていこうと促され、嬉児はあわてて言った。

「主の言いつけで、蠟梅を一枝、手折って帰らないといけなくて……」

用事を片づけるまで待っていてくれるだろうか。先に帰ってしまうだろうか。言いよんでいるうちに、少監は手を離して立ち去った。暗がりにひとり残され、嬉児はうなだれる。舌に残った薄荷の香りが苦く感じられたが、失望は長続きしなかった。

「これでいいかい？」

おぼろな月が照らす視界に黒い長靴が戻ってきた。弾かれたように顔をあげると、一朶の蠟梅がさしだされた。

「きれいなのを選んで手折ってきたんだが、おまえの主は気に入るかな」

「ええ、きっと喜んでくださいます」

嘘だ。主は満足しないにちがいない。嬉児がすることはなんでも癇に障るのだから。主の反応は予想できたが、嬉児は宝物をおしいただくように蠟梅を受け取った。それはまるで少監が嬉児に贈るために手折ってきてくれた花のようだった。

「ありがとうございます、少監さま」

「『少監さま』はやめてくれ」

彼が苦笑するので、嬉児はあわてて謝った。

「ごめんなさい。宦官のかたは『公公』とお呼びするのが作法でしたね」

「公公と呼ばれるほど上等な騾馬じゃねえよ。淫芥でいい。品性のかけらもない名だが、俺はけっこう気に入ってる」

淫芥さま、と嬉児は彼を見つめたままつぶやいた。

——あの邂逅がなければ、私はとうに死んでいたかもしれない。

いや、そんなことはないともうひとりの自分が言う。淫芥はかねてより嬉児に目をつけていた。女としてではなく、褐騎候補として。のちに彼自身が打ちあけてくれた。あの晩、偶然出会わなくても、べつの機会を見つけて嬉児に声をかけたと。

「おまえみたいに餓えた目をしてるやつは褐騎に向いてるんだよ。いずれこの道に引きずりこもうと思って様子をうかがってたのさ。あの日、会えてよかったよ。いちいち手はずをととのえて『出会い』を演出する面倒がはぶけた」

乱れた褥に寝転がり、億劫そうに煙管をくわえながら淫芥はたわいない噂話をするように語った。

「おまえほど落としやすい女は久方ぶりだったな。帯を解くまで十日とかからなかったからなあ。やっぱりそのご面相のせいで色に餓えていたのかい。それとも生まれついての淫婦なのかい」

故意に嬉児を――このころには香琴と名乗っていた――傷つける言葉を選んでいると直感した。なぜならこれは、淫芥の習性だから。

情を交わしてから数年も経つと、淫芥はあからさまに香琴を疎んじるようになった。甘い口説が減り、愛撫がぞんざいになり、逢瀬の間隔がどんどんひらいていく。もっとも香琴に限った話ではない。すべての女に対して、淫芥は同様の態度をとった。

熱っぽく睦言をささやき、柔肌をもてあそび、嬌声の雨を浴びても、彼はけっして女を愛さなかった。あの手この手で女たちを誘惑するくせに、彼女たちが本気になって心を捧げはじめると、うっとうしそうに背を向けて立ち去ってしまう。彼にとってはどの女もひと晩の褥にすぎず、だれもみな、遠からず捨てられるさだめなのだ。

とうとうこの日がやってきたのだと、香琴は鏡台の前で髪をくしけずりながら肩を強張らせた。つい先刻まで彼に抱かれて熱を帯びていた身体が雪風にさらされたかのように冷え冷えとしている。

別れ話を切り出すとき、淫芥は決まって女を侮辱する。これまでの付き合いは彼にとって退屈しのぎにすぎなかったこと、彼女を味わい尽くしてとっくに飽きが来ていることをあけすけに話したうえ、彼女の欠点をあげつらって嘲弄し、刃物じみた言葉で心を引き裂く。女が紅涙を絞ってすがりつき、旧情に訴えて引きとめようとすれば、淫芥は彼女のみじめな姿を尻目にかけて、あたらしい義妹を抱きに行くのだ。

――私がどれほど愛しても、この人は私を愛してくれない。

いつか突き放されるとわかっていた。淫芥が見限った女にどのような仕打ちをするか、いちばん近くで見てきたのだから。予想どおりの展開になっただけで、驚くことはなにもないはずなのに、これまでほかの女に向けられてきた冷ややかな悪意が自分に向けられたとたん、髪をくしけずる手が止まった。

知らず知らずのうちに慢心していたのだ。自分は彼に使い捨てられてきた女たちとはちがうと。そしてその思い上がりを粉みじんに打ち砕かれ、愕然としている。

淫芥は香琴を求めていない。香琴が彼を求めているようには。

女としての香琴はもういらないのだ。彼の配下として十分な働きをすれば、肌をあたため合う必要はない。もとより淫芥にとって情事は女を操る手段にすぎない。色欲を満たす行為ですらないのだ。

彼自身はなにも言わないけれど、幾度も枕を交わしているうちに気づいてしまった。密か事の最中ですら淫芥はどこか冷めている。その行為を軽蔑しきっているようですらある。春を売るふしだらな道姑と、獣欲のはけ口として彼女を使った男とのあいだに生まれ、物心つくころには色を売っていたという生い立ちがそうさせるのだろうか。

彼は過去を語りたがらないので浄身前の生活についてくわしいことは知らないが、幼少時代に口を糊するため色事を強いられた経験が彼の骨身に本質的な嫌悪感を刻みつけたのかもしれない。

香琴に手をつけたのはそうする必要があったからだ。香琴を思いどおりに動かすにはそれがもっとも手っ取り早い方法だったからだ。はじめからとくべつな情などなかった。香琴もまた、彼の人生を彩ってきた花のなかの一輪にすぎなかった。たとえばそう、彼が手折ってきてくれた、一朶の蠟梅のような。

容赦なく現実を突きつけられ、かすかな夢を叩き壊されてもなお、香琴は泣きわめいたりしなかった。そんなことをすれば、彼は完全に自分を見限ってしまうから。

「なにがおかしいんだ？」

香琴が肩を揺らして大笑いしたので、淫芥はふしぎそうにこちらを見やった。

「あなたがおめでたいからよ」

くしけずった髪を簡単にまとめ、香琴は刷毛を手に取った。面脂でととのえた肌に、水で溶いた翡翠粉のおしろいを塗っていく。

「女を利用したつもりで、逆に利用されているんだもの」

「どういう意味だ？」

「わからない？　あの晩、あなたに会ったのはたしかに偶然だった。でも、私にとっては千載一遇の好機だったわ。同淫芥という宦官が婢女にも見境なく手を出すことは噂で聞いていた。だから廃園で女官と情事にふけるあなたに出くわして、渡りに船だと思ったの。あなたが女官と別れるまで待って、地面にうずくまった。あなたなら声をかけてくると踏んだわ。主に虐げられて弱っているふりをすれば、甘い言葉をささやいてくるってね。結果はどうだった？　私の読みが的中したわ」

「俺はおまえを口説いているつもりで、その実、口説かれていたってことかい？」

「いまごろ気づいても遅いわよ。私は婢女で一生終わりたくなかった。出世したかったのよ。皇宮の底辺から這いあがるため、手づるとして三監を使おうと考えていた。もし私が傷物じゃなかったら、あなたよりもっと有望な驃馬を狙ったわ。太監や内監に近づいたでしょうね。あいにく私の容色には傷があるから、あなたみたいな下手物食いの少監に狙いをさだめるしかなかったの。ただそれだけのことなのに、あなたったら一方的に私をもてあそんだ気になって悦に入ってるんだもの。とんだ笑い話だわ」

おしろいで素肌を隠すように、きらびやかな嘘の衣で本心を覆い隠す。真実を語ってはいけない。胸の奥からあふれてくる裸の言葉は彼を遠ざけるだけだ。

「まあ、それくらい許してあげてもいいけど。あなたを使ったおかげで私は女官になれたし、敬事房に役職をもらえた。ほかの三監にも顔をつないでいるから将来は安泰ね」

おしろいを塗り終え、桃花粉をうっすらと肌にのせる。

「褐騎として独り立ちしたら、もうあなたに用はないわ。そろそろ潮時なのかもしれないわね、私たち。これ以上つづけていても、お互いに得るものがないから――」

螺子黛で眉を描いていると、淫芥が香琴のうしろに立った。

だらしなく夜着をまとい、腰の低い位置で縄帯を締めたその姿は、網巾をつけずにほつれるままにした髻とあいまって、巫山の夢の残り香を色濃く感じさせた。

「臙脂をさしてやろうか」

「けっこうよ。自分でやったほうが早いわ」

「遠慮するなって。美人にしてやるから」

「このあいだもそんな大口を叩いていたけど、ふざけて変なさしかたをしたじゃない。おしろいを塗るところからやりなおさなきゃいけなくなって迷惑したわ」

「今日はちゃんとやるよ。ほら、こっちを向け」

勝手に紅筆をつかみ、筆先で合子の臙脂を取って、空いた手で香琴の頤をとらえる。彼がいつになく真摯なまなざしを注いでくるので、抵抗せずにされるままになっていた。

「できたぞ。どうだ、うまいだろ」

「そうかしら。色をかさねすぎたんじゃない？」

手柄顔の淫芥に一瞥を投げ、香琴は鏡をのぞきこんだ。

「やっぱり濃すぎるわよ。これじゃ宣祐年間の化粧だわ。もっと淡くないと……」

「嬉児」

名を呼ばれる。思わずふりかえったときには唇を奪われていた。

「当世風になっただろう？」

昨夜の記憶をよみがえらせる口づけのあとで、淫芥は臙脂が移った唇に笑みを刻んだ。そこでようやく悟る。こうするために、わざと濃く臙脂をさしたのだと。

「なんだよ、この手は」

香琴がたなうらを上にして手を突き出すと、淫芥は怪訝そうに眉をひそめた。

「銀十両払って」

「銀十両⁉　たかが口づけにそんな金高をとるのかよ」

「口づけじゃなくて臙脂の料金よ。この臙脂はね、西域からの輸入品で、とっても高価なの。小さな合子ひとつ分で銀十両は下らないのよ。もったいないからすこしずつ使っていたのに、よくもまあ湯水のように使ってくれたわね。あなたが無駄遣いしたせいで合子の底が見えているわよ。弁償してもらわなきゃいけないわね」

「もともと残りすくなかっただろ」

「上手に使えばあと四、五回はゆうにもったのよ。でも、これじゃ、せいぜいあと一、二回しかもたないわ。あなたのせいよ。責任をとって銀十両出してちょうだい」

香琴がしつこく手を突き出すので、淫芥は舌打ちした。

「この状況で金勘定かよ。色気のねえ女」

「色気だって銀子とおなじよ。無尽蔵じゃないの。出す相手は選ばなきゃ」

高慢な笑みを浮かべて挑むように淫芥を見あげながら、香琴は内心震えていた。

——お願いだから私を捨てないで。

そんな台詞を口に出したが最後、淫芥は冷めた目で香琴を射貫き、うっとうしい羽虫から逃れるようにきびすをかえすだろう。香琴が追いすがっても、彼は立ちどまってくれないだろう。ひとたび去ってしまえば、二度とふたたび戻ってこないだろう。

淫芥は香琴なしでも生きていけるが、その逆はありえない。彼がいない人生に戻りたくない。それは自分の爪先さえ見えない漆黒の闇だ。

あの場所にまた突き落とされたと思うだけで悪寒がする。一日だって乗り越えられない。絶望の淵に引きずりこまれて月をあおぐこともできない。彼は香琴を現世につなぎとめる唯一無二の存在なのだ。

にもかかわらず、その事実を伝えることさえできない。ほんとうは泣き叫びたいのに。

あなたなしでは生きられないと。

——私は病におかされているんだわ。どんな神医も癒すことができない、春怨の病に。なにもかもがまちがっている。本心さえ打ちあけられない相手に、身を千々に引き裂かれるほど恋い焦がれているなんて。

「わかったよ」

淫芥はふっと口もとをゆるめ、香琴を抱きあげた。

「銀十両分、寝床で働いてやるからそれで手を打て」

「馬鹿なことを言わないで。もう朝よ。身じまいをすませて家に帰らないといけないの。弟が私塾から帰ってくるんだから、食事の支度を……」

褥におろされると、自分が頼りない生き物になったような心地がする。宦官らしからぬ彼の上背のせいかもしれないし、閨中で翻弄されてきた経験のせいかもしれない。

「嬉児……」

口づけと口づけのあわいで淫芥がものくるおしげにつぶやくのを聞いた。

「……すまない」

それがなんに対する謝罪だったのか、いまでもわからない。けれど香琴はほとんど間を置かずに「いいのよ」と答えていた。

「赦してあげるわ」

夢中で彼にしがみつきながら、溺れているのは淫芥のほうだという感じがした。なぜか彼が泣いているように思えたのだ。香琴に抱かれて、嗚咽しているような——。

「いつまでそこに隠れているつもり？」

香琴が鋭い視線を投げると、落地罩の向こうからこちらの様子をうかがっていた淫芥が大げさにびくりとした。

「いやあ、機嫌はなおったかなぁと思ってさ」

「見てのとおり、とってもご機嫌よ」

「おいやめろって、鞭をふりまわすな！　床に傷がついたら囚蝿が怒るぞ！」

「独内監の許可はとってあるわ。『先輩をとっちめてくださるなら部屋のひとつやふたつ、どうなろうとかまいません』ですって」

「……あいつ、他人事だと思って余計なことを……」

「ぶつぶつ文句を言っていないで、さっさとこっちに来て着替えて。髪も結わなきゃいけないんだから、もたもたしてる暇はないわよ」

「もたもたしてるんじゃなくてびくびくしてるんだよ。おまえがそんなもんを持ってるからだぞ！　頼むからそいつをしまってくれよ」

はいはい、と香琴が皮鞭を長裙の隠しにしまうと、淫芥はようやく寝間に入ってきた。

大あくびをしながら、だらだらと囲屏のむこうに行く。衣擦れの音で彼が夜着を脱いでいるのがわかるが、手伝いには行かない。

宦官は同類以外に裸体を見せることを嫌う。閨事の最中でも絶対に裸体をあらわにせず、湯浴みや着替えの際は老宦官や弟子に世話をさせる。彼らは病的なほどに己の肉体を恥じ、同類以外の者の視線を恐れているからだ。

少数ではあるが、女人に湯浴みや着替えの世話をさせる者もいる。彼らのほとんどは自他ともに認める愛妻家で、菜戸に全幅の信頼を置いているがゆえに、彼女に己が恥をさらすことをいとわないという。

香琴は淫芥の着替えを手伝わない。なぜなら彼の愛妻ではないから。自分の役割はわきまえている。香琴は彼の配下で、義妹で、友人。配役のなかに菜戸の二文字はない。

――ああ、怨めしい。

夜ごと淫芥の菜戸になれたらと夢想する。生涯をともにしたいと乞われ、彼のために婚礼衣装をまとうことができたら……。

三十路にもなって少女じみた希望を持つ自分にいやけがさす。褐騎としていろんな男や宦官に身を任せてきたくせに、愛しい人の唯一の女になる夢をあきらめられないなんて、みじめすぎて笑い話にもならない。

やり場のない怨めしさを抱えつつも、望みを捨てきれないのだ。心のどこかで期待してしまうのだ。いつの日か、淫芥が香琴の夢を叶えてくれるのではないかと――。

「香琴、来てくれ」

囲屏の陰から淫芥がしきりに呼ぶので、香琴はそちらに足を向けた。

「縄帯がからまった。ほどいてくれ」

「あきれた。皇后さまの側仕えが縄帯ひとつ満足に結べないなんて」

「寝不足でぼんやりしてるんだよ。おまえが叩き起こすからだ」

「朝起きられないのは夜遊びが過ぎるからでしょ。あなたもいい年なんだから、生活をあらためたほうがいいわよ。いつまでも若いころみたいに無茶をしてると――」

道袍の上でからまった縄帯をほどいて結びなおしていると、だしぬけに腰から抱き寄せられた。視線がぶつかり、どちらからともなく唇がかさなる。

――こんなことしなくていいのに。

淫芥は女を嫌悪している。女の色香も柔肌も嬌声も、女を構成するすべてのものが彼にとっては嘔気をもよおす代物だ。なればこそ彼は女を口説き、さまざまな手段でもてあそび、その気にさせたあとで弊履のごとく打ち捨てるのだ。

本気で愛しているかのようにやさしく口づけするのは、香琴がそれを望んでいるから。適当に餌を与えて女を操るのが彼のやり口だ。そのたくみな策略が功を奏さないことはないけれど、香琴には不必要な詐術といえるだろう。たとえどんなに手ひどくあつかわれても、香琴は彼にすがりついて離れないのだから。

「新居にはおまえの部屋もあるのか？」

思いがけない問いに、香琴は目をしばたたかせた。

「どうせ宿代わりに使うんだろ。だったらはじめからおまえの部屋をつくっておけよ」

「……いいの？」

おそるおそる尋ねると、淫芥は甘ったるい目もとに微笑をにじませた。

「いいもなにもおまえが買った邸だろ」

「あなたの銀子で買ったのよ。私のものじゃないわ」

――言えたらいいのに。あなたは私のものよ、と。

「いいや、おまえのものさ。というか、そうしてくれたほうが好都合なんだよなあ」

「どういう意味？」

「棘太監の件で主上が激怒なさってるのは聞いてるだろ？　三監の蓄財が度を越えているって。今後は取り締まりが厳重になるらしくてさ、邸を俺の名義にしておくと、いろいろまずいことになりそうなんだ」

破思英の夫だった棘灰塵は震怒をこうむり、罷免されたうえで九陽城から追放された。怨天教に入信した事実は認められなかったので命までは奪われなかったものの、長年の宮仕えにより築いた財産は一文残らず没収されることになった。その金高が歳入の五年分をゆうに超えていたため、今上は「宦官の瀆職は目に余る」と憤り、内廷の綱紀粛正のため、貪婪な三監を摘発するよう勅を下した。

勅命を奉じたのが宦官組織である東廠だったので、日ごろから蛇蝎のごとく宦官を忌み嫌っている官僚たちは「東廠に同類を厳正に裁くことなどできるはずがない」と苦言を呈したが、「宦官の罪は宦官に始末をつけさせる」と今上は譲らなかった。

今上の狙いは宦官たちの団結力を削ぐことだろう。

〝兄弟牆に鬩げども外その務りを禦ぐ〟とはよくいったもので、年がら年じゅう権力争いに明け暮れていても、密接な師弟関係で結ばれた彼らの紐帯は非常に強い。

都察院などの官僚組織が宦官の瀆職摘発に乗り出せば、宦官たちは一致団結して立ち向かう。廟堂は官僚率いる清流派と宦官率いる濁流派にわかれ、熾烈な闘争がくりひろげられて政道は混乱をきわめるであろう。

一方、東廠が「悪役」になれば、宦官同士の結束はもろくも崩れ去る。疑心暗鬼になった彼らは保身のために師弟や朋輩を密告し、あるいは讒訴して互いにつぶし合う。

泥仕合になるとわかっていても、今上から直々に勅命を受けている以上、東廠は一定の成果をあげなければならない。官僚たちが危惧するように手心をくわえれば、督主をはじめとした東廠幹部の首が飛ぶだけだ。

「破思英の件でもたついてるからまだ表立った動きはないが、じきに東廠が本腰を入れて貪婪な三監の摘発とやらに動き出すんで、どいつもこいつも財産隠しに奔走してる。だから俺もここに居座ってたんだぜ。囚蠅のねぐらにいれば俺は家屋敷を持たない居候だろ？これほど手ごろな隠れ蓑はねえよ」

「弟弟子を矢面に立たせて嵐をやり過ごそうとしてたのね。見さげ果てた人」

香琴が胸を小突くと、淫芥はその手をつかんでにやりとした。

「囚蠅はたいして溜めこんでねえから、どうせ追及されねえよ。それより俺のほうが苦しい立場なんだぜ。おまえが買った邸のせいで鬼獄にぶちこまれちまうかもしれねえよ。かといっていまから売却しようにも買い手はつかねえだろうな。三監どもは綱紀粛正に震えあがってる。こんなときに下手な買い物をする馬鹿はいねえぜ」

「馬鹿で悪かったわね。私は独内監のために一肌脱ごうと――」

「いやいやいや、おまえを非難してるわけじゃねえって。おまえは女官だからな」

「……なるほど、そういうこと」

邸の名義を香琴にしてほしいというのだ。東廠が摘発するのはあくまで三監だから。

「悪い話じゃないだろ？　おまえは自分の邸を持てるし、俺が居候としてそばにいるから思う存分〝充実した夜〟を過ごせるぞ」

「なにが充実した夜よ。あなた、夜な夜な外をほっつき歩いてろくに帰ってこないじゃない。たまに帰ってきたと思えばみっともなく泥酔して、その辺に転がって寝入るんだもの。

寝床に引っ張っていくのにどれだけ苦労しているか」

「今後は心を入れかえるよ。朝な夕な、まめまめしくおまえに奉仕するからさぁ」

猫なで声で嘘をつく淫芥の手をつねり、香琴はするりと彼の腕のなかから逃れた。

「あなたの改心なんてあてにしてないけど、居候させてあげてもいいわよ。私の邸に」

ただし、とふりかえって淫芥を睨みあげる。

「だらしない生活は許さないわよ。朝寝していたら叩き起こす……あら？　ないわ」

長裙の隠しに手を入れたものの、そこにあるはずの皮鞭がない。

「さては盗んだわね⁉　かえしなさい！」

「やだね。こんなものをおまえに持たせてたんじゃ、命がいくつあっても足りねえや。身の安全のために俺があずかっておくぜ」

かえしなさいよ、とつかみかかろうとしたが、ひょいとかわされる。追いかけては逃げられ、ぎりぎりまで距離をつめて手をのばしても、すんでのところでつかみそこねてしまう。そのうち馬鹿馬鹿しくなって背を向けると、淫芥がそろりと近づいてきた。

「むくれるなよ、香琴。鞭なんかなくてもおまえの可愛い手でぴしゃりと叩いてくれれば一発で目を覚ますぜ。なんなら口づけで起こしてくれても――あ」

「油断したわね」

一瞬の隙をついて皮鞭を奪いかえし、香琴はにんまりとした。

「さて、遊びは終わりよ。髪を結ってあげる。そこに座りなさい。さもないと」

「す、座るよ！　座ればいいんだろ。ほら、これでいいかい？」

淫芥はびくつきながら繡墩（こしかけ）に座り、軽く両手をあげて降参の意を示した。香琴は彼のうしろに立ち、女のもののようにつややかな黒髪をくしけずる。

——居候じゃなくて、夫になってほしいの。

喉（のど）まで出かかった言葉を胸の奥にしまいこむ。怨（うら）んでも怨み足りないけれど、無いものねだりで時間を浪費したくない。人生が一炊（いっすい）の夢なら、最高の夢を見なければ。どうせいつかは覚めるのなら、夢のなかだけでも幸せにひたらなければ。

紛（まが）い物でいい。真実など要らない。嘘に嘘をかさねて、自分自身すら騙（だま）して、偽物の果報を貪（むさぼ）る。現世では生きている者が勝者だと淫芥は言った。香琴ならこう言うだろう。

「女の世界では愛されている者が勝者よ」と。その自覚が空想の産物だとしても、愛されている女はだれよりも美しくきらめく。

言うなれば、愛は紅おしろいだ。女の醜（みに）さを覆（おお）い隠す極上（ごくじょう）の粉黛（ふんたい）なのだ。

かるがゆえに香琴は淫芥を愛する。彼に愛されているつもりで。この愚かな夢が叩きつけられた玻璃（はり）細工のように粉々に砕け散ってしまうまで。

比目の魚（後宮染華伝　番外編）

今日は夫の機嫌がすこぶる悪い。

その証拠に、彼は黙々と拷問具の手入れをしている。ふだんなら鼻歌を歌いながら作業するのに、気味が悪いほど無言だ。

夫を呼んでくるよう遣わした童宦が勾魂鬼にでも出遭ったかのような蒼白な顔で戻ってきたのも無理からぬこと。無言で拷問具の手入れをする夫は人の魂を奪おうとして鋭い爪を研ぐ勾魂鬼のように近寄りがたいのだ。

「夕餉の支度ができたわ。仕事を切りあげて食堂へいらっしゃい」

つとめてあかるく声をかけたが、返事はない。灯火が照らす暗がりに、金属を布で拭きあげる音が不穏に響いている。

「早く来ないと料理が冷めるわよ」

またしても沈黙。

「あなたの好きな孜然をきかせた羊肉の煮込みを作ったのよ。蚕豆の羹と抓飯もあるわ」

かすかに灯火が揺らいだ。憎々しいほどに整った夫の横顔を光が彩ったが、やはり返答は聞こえない。

「あなたのために作ったんだから早く食べて。冷めたら味が落ちるわ」

さらなる沈黙がすべてを物語る。

「まだ怒ってるのね。あのことなら何度も謝ったでしょう。そろそろ赦してちょうだい」

「赦しを乞う者の口ぶりか、それが」

宦官にしては低い声が薄闇を不穏に打ち震わせる。その剣呑な響きにひやりとせずにはいられない。

さすがは官民の心胆を寒からしめる東廠の長だ。わずかな言葉にも有無を言わさぬ威圧感がみなぎっている。

もし、ここに童宦や下吏がいたら、骨という骨が砕けんばかりに激しく震えながらあることないこと謝罪し、必死に命乞いするだろう。

あいにく、ここにいるのは童宦や下吏ではない。

東廠督主・色亡炎の最愛にして——これは夫がいつも言っていることだ——ただひとりの菜戸である。

「悪かったと思ってるわ」

皇貴妃付き首席女官・恵惜香は亡炎の足もとにひざまずいた。

「あなたとの約束を忘れていたわけじゃないのよ。あたしだって、ずっと前から楽しみにしていたんだもの」

毎年、乞巧節の夜には、盛大にもよおされる御宴のあとで夫と忍び会う。互いに宮仕えでいそがしい身の上だから、毎日会うことはできない。だからせめて、七夕くらいはささやかな逢瀬を楽しもうと決めていた。

ところが、今年の七夕は例年どおりにはいかなかった。

李太后が急に体調をくずしたため、惜香は看病していたのだ。いまや、李皇貴妃付きの女官なので、李太后に仕えるのは惜香でなくてよいのだが、どうしても恩人を放っておけなくて、李皇貴妃に許可をもらい、翌朝まで李太后の介抱をした。

「待てど暮らせど来ないから、おまえの身になにかあったのかと心配したんだぞ」

「まだ宮仕えになれていない婢女を遣いに出したものだから、途中で道に迷って、あなたに会えなかったらしいのよ。待ちぼうけになってしまって、さぞや落胆したでしょうね」

「落胆などしていない。おまえが約束を破ったから腹を立てているんだ」

憤然と言いかえすのがおかしかったが、惜香は口もとをほころばせるのを我慢した。

「反省しています。年に一度のとくべつな日を台なしにしてしまってごめんなさい」

「前々から思っていたが、おまえは皇太后さまに入れこみ過ぎだ。いくら恩人とはいえ、限度というものがある。皇太后さまと夫、どちらが大事だと思っているんだ」

「それはもちろん……」

皇太后さまよ、と言いかけて笑顔でごまかした。

「いつも言ってるでしょ。女人のなかでは皇太后さまがいちばん大切。殿方のなかであなたがいちばん大切だって」

「俺は殿方じゃない」

「あら、あたしにとっては殿方よ。それもとびっきり素敵な」

惜香がにっこりすると、亡炎は苦虫を嚙みつぶしたような顔をした。

「腐っても元妓女だな。女官に鞍替えしても、騾馬を意のままに操る手練手管は忘れていないようだ」

「あなた相手に手練手管なんて通用しないでしょう。官民を震えあがらせる督主さまだもの。女の浅知恵で操れる相手じゃないわ」

「そうだとも。おまえの魂胆は見え見えだ。殊勝なふりをしながら言葉たくみに俺をおだてて己の過失をうやむやにしようとしているんだろう」

「だとしたら、なんだっていうの？　あたしを痛めつけるつもり？　ご自慢の拷問具で」

惜香が挑発するように片眉をはねあげれば、亡炎はますます渋面になる。

「これは大事な商売道具だ。おまえなんぞに使ってやるものか」

「まあ、残念。一度くらいは試してみたいと思っているのよ、それ」

拷問具にふれようとしてのばした手はひょいとかわされてしまう。

「素人が気安くさわるな。壊れたらどうする」

「妬けるわねえ。前々から思ってたんだけど、あなたって、あたしにかまってる時間より拷問具を撫でまわしてる時間のほうが長いんじゃないの？　休沐は食事の時間以外ずっと手入れをしてるわよ」

「あたりまえだ。拷問具のほうがおまえより付き合いが長いからな」

「癪だわぁ。こんな冷たい金属の塊より雑にあつかわれるなんて。妻として、女として、これほどの屈辱はないわよ」

「雑にあつかってはいないだろうが。何不自由ない生活をさせてやって、おまえの気まぐれに付き合ってやって、なんでもわがままをきいてやってる。宦官の菜戸のなかで、おまえほど恵まれたやつはいないぞ」

「よく言うわ。いまもあたしを床にひざまずかせてるくせに」

「おまえが勝手にひざまずいてるんだろ。いつまでそんな見え透いた猿芝居をしているつもりだ。さっさと立て」

「気がきかないひとねえ。立てと言うなら、手を貸してくれなくちゃ」

惜香が笑顔でうながすと、亡炎はいかにもしぶしぶといったふうに手をさしだした。男のものでも女のものでもない両手につかまり、惜香は勢いよく立ちあがる。

「さて。機嫌がなおったのなら、夕餉にしましょうよ」

「機嫌がなおったように見えるか？」

「見えるわよ。あたしにかまってもらって気がすんだでしょ。あなたったら、見かけによらずさびしがりやなんだから。七夕の夜に放っておかれて、すねちゃったのね。たしかに約束を破ったあたしが悪かったわ。ごめんなさいね。でも、今回のことで懲りたから大丈夫よ。今度からは物慣れない婢女に言伝を頼んだりしないわ」

「懲りるところがちがうぞ。今後は皇太后さまより夫を優先すると誓えよ」

「それは無理。だって、そんな誓いは守れるはずがないもの。守れない約束はしたくないわ。あなたに嘘をつきたくないから」

亡炎は深い光をたたえた碧眼で惜香を睨んでいたが、ふいにため息をもらした。

「はじめて会ったときのことをおぼえているか」

「ええ、もちろん」

賊龍の案が起こった紹景六年。血なまぐさい波乱の春のさなかに、惜香はのちの夫となる亡炎と出会った。

「もっとも、金髪碧眼の宦官がいるということはそれ以前から知っていたけれど」

「へえ。言葉をかわす前から俺を見初めていたってわけか？」

「単に知っていたというだけよ。后妃侍妾付き側仕えの顔と姓名と行状は全員ぶん記憶していたもの。皇太后さまのご下問があったときにそなえてね」

当時、亡炎は紹景帝の寵妃、危明儀付きの内監だった。

「あなたが東廠を率いる旅督主の元配下で、病的な拷問好きだって噂は聞いてたわ。あまりの拷問ぐるいっぷりに上官たちがそろって危機感をおぼえ、鬼獄勤めから外され妃嬪付きになったものの、本人は命乞いと断末魔の叫び声を聞けない健全な生活に耐えられず、東廠に戻してくれーって未練がましく旅督主に泣きついてうっとうしがられてるって」

「言っておくがあまりの拷問ぐるいっぷりに上官たちがそろって危機感をおぼえて東廠を追われたわけじゃない。『宦官としてさらに高みを目指すなら、後宮勤めを経験してこい』と言われて、内監に栄転しただけだ」

「おなじことでしょ。追い出されたことに変わりはないんだから。それにしても皮肉な話よねえ。笑えるわあ。三度の飯より拷問が好きなあなたが罪人として鬼獄に舞い戻ったなんて」

紹景帝とその皇子たちが毒を盛られた賊龍の案の真相を解明すべく、東廠は宮中のありとあらゆる人間を取り調べた。

紹景帝の寵愛を一身に受けていた危明儀も例外ではなく、彼女の腹心であった亡炎は鬼獄に勾留され、半月にわたるきびしい鞫訊を受けた。

むろん、額面どおりの尋問ではない。過酷な拷問を受けたということだ。

「自分で作った拷問具で拷問されるなんて。自他ともに認める拷問好きの面目躍如よねえ」

惜香は軽く噴き出して夫の肩を小突いた。いやみな女め、と亡炎は顔をしかめる。

「俺は拷問するのが好きなんだ。されるのは好きじゃない。地獄の半月間だったよ。旅督主はちっとも手加減してくれなかったからな。まあそれでも、完璧だと思っていた拷問具の改善点について考える余裕くらいは、かろうじてあったがな」

鞫訊に耐えた亡炎は鬼獄から解放されたが、療養のため自邸に帰る道すがら倒れてしまった。そこに通りかかったのが李太后の遣いで内城に出ていた惜香だ。

「あなた、襤褸切れみたいだったわよ。最初に見たとき、死体だと思ったもの」

「なんで助けたんだ？　この面構えに女心をそそられたか？」

「血まみれで人相なんか分からなかったわよ。あちこち腫れあがって、ご面相といったらひどいものだったわ。いったいだれが道端に死体を放置したのかしら、通行の邪魔だわと思って下吏を呼ぼうとしたけど、息があるみたいだから助けることにしたのよ」

惜香は彼に肩を貸して、彼の道案内で邸宅まで連れていった。

門扉を叩くと年老いた奴僕が出てきて、満身創痍の主を見るなり仰天した。奴僕と話をしているうちに、彼が三監と呼ばれる上級宦官らしいということがわかり、いやな気持ちがしてきた。惜香が知る限り、宦官――なかんずく得意げに蟒服をまとっている太監、内監、少監――にはろくな者がいないからである。

「さっさと帰りたかったんだけど、奴僕はおろおろしてどうしていいかわからないみたいだし、女手はないし、ほかには十かそこらの童宦が右往左往してるだけだから、見捨てておけなくなって、介抱してあげたのよ」

　親切心で閹医（宦官専門の医者）を呼び、なにくれと面倒を見てあげたのに、亡炎は感謝するふうもなく、ふてぶてしい態度で惜香に用事を言いつけ、粥の味が薄すぎるだの、部屋が暑すぎるだの、傷が痛むから気をまぎらわせるためになにか芸を披露しろだのと、えらそうに注文をつけてきた。

「おまえが皇太后さま付きということはわかっていたからな。主の命令で俺を探りに来たんだろうと踏んで、あえて試すような言動をしたんだよ」

「そんな深謀遠慮があったとは驚きだわ。ただの不作法なひとだと思ってた」

「いついかなるときも、俺はその場の勢いで行動したりしない。おまえとはちがってな」

「恩知らずな物言いね。あたしが勢いに任せて行動したおかげで命拾いしたくせに」

「それ自体はおまえの美点と言っていいだろう。未来の夫を助けたんだから」

「まさか、あなたの菜戸になる日が来るなんて思ってなかったわよ。というより、二度とあなたとはかかわりあいになりたくないと思ってたわ。介抱してあげたのにお礼ひとつ言わないし、朝から晩まで拷問のことしか考えてない変人だし、なにより東廠に疑われているんだもの。皇太后さまに累がおよんじゃいけないから、あなたとかかわったことはなかったことにしたかった」

なかったことにはできなかった。道端に落ちていた手負いの騾馬を拾ったせいで、東廠の捜査は惜香にまでおよんだのだ。

「あれよあれよという間に鬼獄に引っ立てられて、賊龍の案に関与してるんじゃないかって尋問されて……あなたを助けてあげたことを心の底から悔いたわ。あの日、あのまま素通りしていれば疑われずにすんだのにって」

はじめのうち尋問は言葉だけで行われたが、その舌鋒はしだいに苛烈になっていった。

「思い出すのもいやだわ。噂にたがわず、東廠には悪鬼妖怪のたぐいしかいないわね。営妓時代にもひどい目に遭ったけど、鬼獄ではそれ以上のことが起こりそうな予感がしたわ」

「実際には起こらなかっただろ？　俺が助けてやったんだから」

賊龍の案への関与をきっぱりと否定する惜香に苛立った拷問官たちは、おぞましい道具を持ち出して冷酷な笑みを浮かべた。

いよいよ一巻の終わりだと、気丈な惜香も真っ青になって震えた。まさしくそのときである。李太后付きの太監が鬼獄にやってきた。

「恵惜香は皇太后さまの側仕えです。かの女を疑うは、皇太后さまに疑心を抱くことにひとしい。恐れ多くも東廠は、天下に君臨する慈悲深き国母が主上を弑そうとしたと疑っているのですか。不敬もはなはだしい。この件は太上皇さまに奏上いたします。天子の懐刀たる東廠が己の無能をごまかすために、皇太后さまを陥れようとしていると」

李太后の――ひいては太上皇の逆鱗にふれることを恐れた東廠は、あわてて惜香を解放した。

そもそも惜香の鞫訊は、旅督主のあずかり知らぬことであった。かねてから亡炎を怨んでいた東廠の宦官が惜香を亡炎の情婦と決めつけて、賊龍の案への関与を偽証させようとしたのだ。のちに旅督主が配下の暴挙をねんごろに詫びに来たと李太后は語っていた。

このころの惜香は内幕を知らなかったが、実は、李太后は惜香が東廠に連行されたことを事前に知っていたのだ。承知のうえで静観していたのである。

それを怨みはしない。皇太后の鳳冠をいただく婦人が女官ごときをいちいちかばっていては、沽券にかかわる。

もとより婢僕は使い捨てるもの。事件が出来した際、あえて側仕えをかばわずに鞫訊を受けさせることで、わが身の潔白を証明するのは貴人の常道である。

ところが、このときに限って、李太后は常道を捨て惜香を助けた。

なぜか。

満身創痍の亡炎が五体を擲って哀願したからだ。

「恵惜香はあの日、偶然通りかかり、路傍に倒れていた私を助けただけです。慈悲心から出た行いであり、賊龍の案と無関係であるばかりか、私個人ともいっさいかかわりはございません」

どうか惜香を鬼獄から救い出してくれるよう、亡炎は床にひたいを打ちつけて李太后に懇願した。

「見返りは？」

冷ややかに亡炎を見おろし、李太后はそう問うたという。

「疑いのかかった女官を鞫訊の途中で救い出すことは、皇太后たる私にとっても危ない橋だわ。なんの得もなく、わざわざ自分に火の粉がふりかかる真似はできないわよ」

「見返りは私自身です、皇太后さま」

亡炎は叩頭したままで言った。

「賊龍の案により、九陽城には激震が走りました。今後、いたるところで処分を受ける者が続出するはずです。東廠も例外ではございません。かかる陰謀を未然に防げなかったことは、天子の目であり耳である東廠の咎といえます。真相があきらかになった暁には、旅督主はすべての責任をとって辞職するでしょう」

旅督主——旅石鼠は李太后に忠実な走狗であった。

「旅督主がいなくなれば、皇太后さまは東廠における手づるを失くしてしまわれます。むろん、後任の者が皇太后さまにおもねることはまちがいありませんが、旅督主のように赤誠を尽くしてお仕えするとは限りません。面従腹背で、御身を謀るやも……」

「もしかして、旅督主の穴埋めをするとでも言うのかしら？　妃嬪付きの一内監にすぎないあなたが？」

　李太后は挑発するように冷笑したが、亡炎はひるまなかった。

「たしかに、いまの私は非力な一介の騾馬です。さりながら、かつては東廠に籍を置き、旅督主の薫陶を受けておりました。東廠の内情は心得ております。もし嘆願を聞き入れていただけるのなら、賊龍の案が片付きしだい古巣に戻り、皇太后さまの御為に犬馬の労をとります」

「あなたに頼らなくても、東廠には角蛮述がいるわ。童宦時代、あの者は私付きだった。旅督主同様、私に忠実よ」

「角太監が皇太后さまに忠誠を誓っていることに異論はありませんが、あのかたはおそらく異動させられるでしょう。それがもっとも穏当な処分ですので」

　東廠は宦官二十四衙門の首、司礼監の下部組織である。

　その司礼監の頂に立つ掌印太監・因烈陽は――彼もまた李太后の股肱だ――子飼いの配下たる角蛮述を守るために、彼をいったん東廠の外に出すだろう。

東廠とて一枚岩ではない。因太監の旧友たる旅督主と昵懇で、東廠の次席太監をつとめている角蛍述が賊龍の案にかこつけて彼を排除しようともくろむ政敵から逃れて生き残るには、ひとまず東廠から距離を置くのが得策だ。

「頭の回転は悪くないわね」

李太后は興味深げにつぶやいた。

「でも、動機が不可解だわ。どうして義妹でもない一女官のためにそこまで必死になるのかしら？　惜香を放っておいたところで、あなたが失うものはないでしょうに」

「失うものはあります」

とっさに反駁してしまい、亡炎は後悔した。それはなにかと問われたときに、かえす言葉を用意していなかった。

「惜香を見捨てたらなにを失くすというの？」

「……義俠心です」

「義俠心？」

苦しまぎれの返答を聞くなり、李太后は大げさなほどに驚いてみせた。

「珍しいこともあるものだわ。そんな単語が宦官の口から出てくるなんて」

「……私も浄身してからはじめて口にしました」

ころころと軽やかな笑い声がふった。

「いいわ。あなたの義俠心とやらを買いましょう。ただし、覚悟なさい。私は背信を許さない。いつしかあなたが恩義を忘れ、私に二心を抱くようになれば容赦しないわよ」

「肝に銘じます」

亡炎は宝座に在る李太后をふりあおぎ、ふたたびひれ伏した。

「ご恩情に衷心より拝謝し、皇太后さまに終生忠節を尽くします」

このような経緯があったことを、惜香はしばらく知らないまま過ごした。ほかならぬ亡炎が本件を内密にしてほしいと、李太后に頼んでいたのだ。

賊龍の案がそれなりに落着したあと、亡炎は宣言どおり古巣に戻った。旅督主の出宮と角蛮述の異動により大きな穴が空いた東廠にあらたな基盤を作るため、因太監が自身とゆかりのある者を方々から呼びよせたのである。

亡炎は持ち前の奸智を駆使してのしあがり、着実に地位を築いていった。

賊龍の案から数年後には、新任の督主として返り咲いた角蛮述の右腕におさまり、五万人を超える宦官のなかでもっとも権力の中枢に近く、朝廷の高官でさえも顔色をうかがう太監にまでのぼりつめていた。

なお、亡炎の〝義俠心〟のおかげで命拾いしたとは露ほども知らない惜香は亡炎と距離を置いており、職務上の会話をする必要が生じた場合でも極力言葉を惜しみ、彼と私的な付き合いがあると勘ぐられないよう心掛けていた。

下手にかかわってまた鬼獄の佳人になるのはごめんだったのだ。

「真実を知ったときは心底がっかりしたわよ。皇太后さまがあたしを見捨てず助けてくださったんだわと思って得意になってたのに……よりにもよって、あなたなんかの嘆願のせいで助かったなんて……」

「『なんか』とはなんだ。俺はおまえの命の恩人だぞ」

「もとはといえば、あなたが道端に寝転がってたのがはじまりでしょ。自分の不始末を自分で片づけただけなんだから、えらそうに『命の恩人』なんて言える立場じゃないわよ」

憎まれ口を叩きつつも、亡炎が未来の菜戸を救い出すために李太后に直談判した話はけっこう気に入っている。

当事者はかたく口をつぐんでいたので、ふたりのうちのどちらかに聞いたわけではない。御宴で泥酔した角督主が配下相手に吐いた打ち明け話をたまたま耳にしたのである。

「亡炎のやつ、あれでなかなか可愛げがあるんだぞ。鬼獄に囚われた女官を救うために、危険をおかして皇太后さまに取引を持ちかけたらしい。当人曰く、義侠心からしたことだとさ。同僚に痛めつけられて死にかけていたところをその女官に助けられたので、借りをかえしただけだとのたまっていたが、俺に言わせりゃあ、惚れちまってるんだよ。いままで女という女を寄せつけなかった拷問ぐるいの変物が義侠心なんて下手くそな言い訳までして助けた女だ。さぞかし、いい女なんだろうよ。とうの昔に男を捨てた騾馬に男気を思い出させるくらいだからな」

思いもよらなかった真実を突きつけられ、惜香は愕然とした。すぐさま李太后に事の真偽を確かめた。李太后は亡炎との約束を破れないと言いしぶったが、どうしても知りたいと詰め寄って無理やり聞きだした。

「事実を知ったからには、色太監にきちんとお礼を言っておきなさい。あのとき、色太監が取引を持ちかけてこなければ、私はあなたを見捨てていた。受け入れがたいかもしれないけれど、私はあなたが思っているよりずっと利己的な人間なの。自分に火の粉がふりかかれば、危機を脱するためにだれであろうと切り捨てるわ。九陽城で生きる限り、この信条を変えることはないでしょう。だけど、色太監は私とはちがう生きかたをしているみたいね。彼はあなたのためにおかさなくてもいい危険をおかした。私の勘気をこうむって鬼獄に逆戻りする恐れすらあったのに、自分の命をかえりみずあなたを守ったの。その理由がなんなのか、じっくり考えてみなさい。色亡炎という人物が、ほんとうにあなたが思っているような傲慢な冷血漢なのかどうか」

李太后に強く勧められたものの、惜香はなかなか亡炎に声をかけられなかった。

太監ともなれば、つねに大勢の配下を従えている。配下たちの前でなれなれしく話しかけて、変な噂になるのも具合が悪いと思った。

業を煮やした李太后に急用を言いつけられて東廠へ送りこまれたときでさえ、取り次ぎのために出てきた宦官の前でまごまごしていた。

「あのときのおまえは傑作だったな。俺の顔を見るなり逃げ出したかと思うと、大急ぎで戻ってきてしどろもどろ。盥をひっくりかえしたような大雨が降ってるのに『今日はいい日和ですね』などと薄ら笑いを浮かべるから、正直言って不気味だったぞ」

「しょうがないでしょ。どういうふうに切りだせばいいか、考えあぐねてたんだから」

言わなければならないことはなにも言えないまま、たいして重要でもない急用をすませてあわただしく東廠から出ていこうとすると、さしてきたはずの傘が忽然と消えていた。捜してみたが、どこにも見当たらない。

雨脚は弱まる気配もなく、篠突く雨がざあざあと地面を洗っている。

しばし雨宿りしようか、ずぶ濡れになって帰ろうかと、縮こまって逡巡していると、やや間のびした角督主の声が聞こえよがしに官房からこぼれてきた。

「おい亡炎。女官どのを送ってやれ」

「……なぜ俺がそんな小間使いの仕事をしなければならないのです」

「なぜって、おまえしかいねえだろうが。手がすいているやつは」

「馬鹿なことをおっしゃらないでください。ごらんのとおり、私は山ほど仕事を抱えています。手すきの時間など、どこにも――」

「その案件は俺が直々に片づけておく。これとあれとそれは、こいつとあいつとそいつにやらせろ。太監を名乗るのなら、なんでも自分ひとりで抱えこまずに手下どもを顎で使うすべをおぼえろよ。こき使ってやらねえと、連中はすぐなまけるからな。やつらを一人前に育てるためにも、適宜、手すきの時間を作れ。いいな、これは命令だぞ」

亡炎の反論をぞんざいに突っぱね、角督主は周囲で耳をそばだてていた宦官たちを職務に戻れと急き立てる。釈然としないふうの亡炎が軒下でぽつねんと立っていた惜香のもとに姿を見せたのは、それから寸刻後のことだった。

「思いかえしてみても策謀のにおいしかしないな。おおかた、皇太后さまと角督主が示しあわせていたんだろう」

「ふしぎなことに東厰じゅうの傘が壊れていたものねえ。一本をのぞいて」

李太后はわざと土砂降りの雨のなか惜香を使いに出したのだ。ふたりして一本の傘に閉じこめられでもしなければ、いつまでたっても互いに想いを告げられないから。

「あれは七月六日で、あの雨は洗車雨だった」

七月六日の雨は、翌七日に烏鵲橋をわたるための香車を洗い清めた水が地上にふってきたものだといわれている。

「七夕は俺たちにとって大事な節目の日だというのに、おまえときたら皇太后さまにかまけて夫をほったらかしにして……」

「あーもう、それを言いたいがために長々と昔語りをしてたの？　あなたってほんとにしつこいわねえ」

惜香は苦笑して亡炎の両肩をぽんと叩いた。

「あたしを愛しく思ってくれてるなら、赦してちょうだい。後悔はさせないから」

「どういう意味だ」

「埋めあわせをするってことよ。まずはごちそうを食べさせてあげなきゃね。さあ、早く食堂に行きましょ。あなたが長話をしたせいで料理が冷めたわ。すぐに温めなおすから、そのあいだに手を洗ってきてね。ああ、そうそう、服も着替えて。邸にいながら官服で食事をするのはよくないわ。仕事と家庭はきっちり区別しなくちゃ」

「着替えを手伝ってくれるんだろうな？」

「やあねえ、子どもじゃないんだから、それくらい自分でできるでしょ」

「できない」

翡翠のようにきれいな碧眼。その一途な光で射貫かれると、たいていの要求は拒めなくなってしまう。

「お馬鹿さんよねえ、あなた」

「は？」

「なんにもわかってないわ。ほんとうは必要ないのよ。こういうごちゃごちゃした金属の奇天烈な道具なんか」

「いったいなんの話をしているんだ？」

怪訝そうに小首をかしげる亡炎の腕を引っ張り、なかば無理やり立ちあがらせる。

「いいから、いらっしゃい。今夜はあたしが老爺をうんと甘やかしてあげましょう。遠慮しないでわがままをいっぱい言っていいわよ。全部叶えてあげるから」

「全部？」

「ええ、全部よ」

「そいつは気前がいいな」

喜色満面になった夫を連れて、惜香は薄暗い部屋を出た。

ふたつの足音がかさなり合いながら走廊に響く。暗がりで弾けるふたりぶんの笑い声をともなって。

烏鳥の私情（後宮戯華伝 番外編）

「……もう十分だと思うんですが」

「いえいえ、まだまだ磨きあげなくてはいけませんわ」

うしろで冷秀女付き首席女官・胡芳雪が熱心に髪をくしけずってくれている。その単調な作業がいっこうに終わりそうにないので、独囚蝿は長いため息をついた。

――髪なんかどうでもいいだろ。

冷秀女として東宮選妃に潜入しておよそ半年。女になりすますうえでなにがいちばん苦痛かといえば身じまいだ。化粧は言わずもがな、髪結いや着替え、湯浴み、爪や肌の手入れ、なにもかもに手間暇がかかる。おもに働くのは女官たちで、囚蝿はじっとしているだけなのだが、その〝じっとしているだけ〟がたいそうな苦行なのである。

「ほんとうにきれいな御髪ですこと。どうしてこんなに美しいのかしら。まるで黒い絹糸のようだわ」

芳雪は惚れ惚れしたふうにつぶやいて櫛を動かしている。今日の仕事を終えて、やっと横になれるというときに髪の手入れで希少な睡眠時間を削られるのだからたまらない。

――きれいだの、美しいだのと……俺は女じゃないんだぞ。

浄身（去勢）してから見目を称賛されることが増えたが、はなはだ不本意である。見てくれがどれほど優れていようと、囚蝿にとってはまったく意味をなさない。容姿は努力して獲得したものではないからだ。

たまたま天から降ってきた、いわば雨のようなもので、雨に降られたことを自慢する者がいないように、囚蝿も自分の容貌を誇ることはしない。むしろ、見てくれをむやみやたらに褒められるのは不愉快だ。評価すべき点はそれだけだと言われているようで。

――いったいどういう因果でこうなってしまったのか……。

囚蝿は晟稜地方では名が通った郷紳の息子だった。三つで経籍を暗唱し、神童と呼ばれて将来を嘱望されていた。

官界の熾烈な権力争いに敗れて郷里に逃げ戻っていた父は、才気煥発な嫡男にひとかたならぬ期待をかけた。囚蝿自身も己の才幹を誇り、学業に精魂をかたむけていた。二十歳前には金榜に名を掛け、翰林院に籍を置き、ゆくゆくは内閣の一員となって華々しく功業を立て、故郷に錦を飾るつもりだった。

――彭羅生が反乱なんか起こさなければ、いまごろ俺は翰林官として出世街道を歩みはじめていたはずだ。

彭羅生。

その名を聞くたび虫唾が走る。

やつのせいで囚蠅は賤しい騾馬に身を落としてしまったのだ。

十年前、囚蠅――当時は譚昌毓という人間らしい名だった――が八つのころのことだ。

国内有数の穀倉地帯である晟稜地方にて怨天教の教主・彭羅生が蜂起した。賊軍は破竹の勢いで城肆を攻め落とし、あっという間に勢力をひろげていった。

彭羅生は攻略した城で人びとに改宗を迫った。とりわけ狙い撃ちにされたのが官僚や郷紳などの支配層である。裕福な暮らしをしている彼らは、あらゆる不運に見舞われて怨天教に帰依した信徒たちの怨みの的だった。

多くの郷紳は賊軍の圧倒的な武力に恐れをなし、改宗を迫られると簡単に宗旨変えした。危機に際して賢く立ちまわったかのように見えた彼らの末路は悲惨だった。

賊軍は改宗した郷紳一族を奴婢として酷使した。

ある者は酒席の余興で嬲り殺しにされ、ある者は死ぬまで凌辱され、ある者は官軍との戦いで捨て駒にされた。いままで自分たちの上に君臨していた者たちを踏みつけにすることで溜飲をさげようとしたのだろう。

なかにはかたくなに改宗を拒む者もいた。彼らは市中で凌遅に処され、その無惨な亡骸は賊兵の辱めを受けたのち、獣の餌にされた。

昌毓の父は前者だった。満身から返り血を滴らせる賊兵の足もとにひざまずき、無様に命乞いをした。聖明天尊への信仰心の証として宗室を罵倒しろと命じられ、聞くに堪えない罵詈雑言を吐いて賊兵を喜ばせた。

——まさか父上があのような醜態をさらすとは。

昌毓は父が士大夫の誇りを守って刑場で高潔な死を遂げるものと思っていた。虐殺するしか能のない野蛮な賊兵の前に這いつくばって、なんでもしますから命だけはお助けくださいと哀願する姿など想像もできなかった。

父に従って死ぬ覚悟を決めていた昌毓は愕然とした。心から失望した。

改宗したところで奴婢に落とされて殺される。どの道、命が助からないなら、せめて尊厳だけは守るべきだ。

賊軍の勢いはかならず衰える。

そのうち官軍がなだれこんできて、反乱を鎮圧するはずだ。賊兵が一掃されたのち、叛徒に屈さず、誇り高く大義に殉じた官族は顕彰されるだろう。ましてや、譚家は内閣大学士を輩出したこともある名族。ここ数代は廟堂の高みから遠ざかっているとはいえ、仁啓年間からつづく由緒正しき官族なのだ。

大難に襲われても節義をかたく守り、忠君をつらぬいて命を捨てれば、一族の芳名は百年後まで残るというのに、ほんの一時、生きながらえるために天子を裏切り、進んで賊軍に下るとは、やつらの奴婢になり下がるとは、わが父とも思えぬ醜行だ。

昌毓は父を軽蔑した。自分だけでも大義に殉じようとした。怨天教なる淫祀には殺されても帰依しないと、賊兵の前で宣言しようとした。

勇み立つ義心に身を任せなかったのは、姉に止められたからだ。

「短慮を起こさないで。生きてさえいれば、活路はひらける。どこかに抜け道を見つけられる。だけど、ここで死んだら、この先にはなにもない。真っ暗な闇があるだけよ」

後世に名誉を遺せるではないかと、昌毓は言いかえした。

「死んでしまったら、名誉が遺ったかどうか調べようがないでしょう。名誉を遺して死んだつもりが、単なる犬死にで終わるかもしれない。一族の芳声を後世に伝えたいなら、生きのびなければならないわ。生きて自分の目で見届けるのよ。自分の命がこの世になにを遺すのか」

姉は十五だった。婚約がまとまったばかりで、嫁ぐ日を楽しみにしていた。そんなときに起こった邪教徒の反乱は姉の名節を踏みにじり、やがては命を奪った。

「逃げなさい」

度重なる蛮行のせいで衰弱した姉が震える手で髪をすきながら言った。

「賊兵は昨日の戦いで快勝して箍がゆるんでいるわ。いまが好機よ。わたくしが賊兵たちの気をひいているあいだに、あなたは逃げて。水門の一部が壊れているのを知っているわね？　あそこが抜け道になっていることに、賊兵はまだ感づいていない。暗くなってからもぐっていけば城外に出られるはず。城は官軍が包囲している。外に出ることができれば、官軍に助けを求めることもできるわ」

　このころには、父は賊兵の手にかかって横死（おうし）していた。親族はむごたらしく殺され、亡骸の所在すら判然としなかった。もはや姉だけが昌毓の肉親だった。

　昌毓は「一緒に逃げよう」と言った。

　姉を置き去りにするなど、考えられないことだった。

「わたくしは行けないわ。この身体（からだ）では、足手まといになる」

　姉は身ごもっていた。だれの子なのかはわからない。

　数人の賊兵が姉を共有していたのだ。

　もっとも姉のような女人は大勢いた。彼女たちは叛徒（はんと）どもにもてあそばれ、父親のわからない子を孕（はら）んだまま、夜となく昼となく汚らわしい行為を強（し）いられていた。

「ふたり一緒には逃げられない。でも、あなただけならなんとかなるわ」

　いやだと言って泣きつく昌毓を、姉はきつく叱りつけた。

「めそめそしないで。あなたは嫡男なのよ。もっと堂々としていなければならないわ。泣いてもわめいても状況は変わらないの。感情を殺しなさい。冷徹に現状を見て、自分にできる最善の選択をするのよ。ここで逃げなければ姉弟ともに犬死にする未来しかない。譚家には名誉どころか、汚名が遺るわ。天子さまを裏切って賊軍に下り、奴婢としてみじめに死んだ一族……あなたは譚氏一門をそこまで貶めたいの？」

姉に頬を叩かれ、昌鯍は歯を食いしばって涙を噛み殺した。

「行きなさい、昌鯍。けっしてふりかえらずに。なんとしても生き残るのよ。あなたが生きている限り、譚家も生きつづける。どんなかたちでもいい、あなたが生きてさえいればわたくしたち譚一族の勝利よ」

姉の意志は固かった。むげにするわけにはいかなかった。昌鯍は逃げ出した。姉が醜業婦のような顔で賊兵たちの注意をひいている隙に。

この行動が正しかったのかどうか、いまだ判じかねている。

城外へ脱出するため壊れた水門を目指す途上で、昌鯍は賊兵どもに捕らえられてしまった。彼らは昌鯍を少女と勘違いして乱暴しようとした。衣服を剝ぎ取ってはじめて少年であると知り、賊兵のひとりがこう言った。

「皇宮では器量のいい餓鬼を宦官にして皇上に仕えさせるんだろ。こいつも見てくれがいいから、宦官にして素王さまに仕えさせよう」

素王とは彭羅生の自称である。

当時の彭羅生は美女よりも童子を好み、身のまわりの世話は見目麗しい孌童にさせているといわれていた。好色な彭羅生なら真っ先に目をつけていたであろう昌毓が孌童に身を落とさずにすんだのは、姉の指示で顔や身体を汚物まみれにし、生まれつき愚鈍なふりをして、賊徒どもの目を欺いていたからだ。

昌毓は仰向けにされ、手足をつかまれた。助けを求めて叫ぶ自分の声が夜陰の口腔に吸いこまれて消えた。墨染の衣に金泥を散らしたような星空が呪わしいほど美しかったのをおぼえている。

昌毓が彭羅生のもとに連れていかれる前に、膠着していた戦局が一気に動き出した。奇計を用いて城内にもぐりこんだ官兵が内側から城門をひらき、官軍を招き入れたのだ。

激しい戦闘のさなか、昌毓は心ある官兵に保護された。

手当てを受けて幾日か寝込んだ。意識が戻るなり部屋を飛び出して姉を捜しに行った。尋ね人はすぐに見つかった。

姉は――黴臭い部屋のなかで縊死していた。

昌毓を送り出した晩に、みずから命を絶ったらしかった。

「生きてさえいれば」と姉は昌毓を叱ったが、姉自身はこのうえない恥辱を受けながら生きつづけることに耐えられなかったのだ。

昌毓は慟哭した。姉のあとを追おうとした。

唯一の肉親を亡くし、身体まで破壊された以上、生きてはいられない。せめて姉とともに黄泉路を下って、この生き地獄から解放されたい。切にそう願った。

「おまえは生きなければならない」

その若い官兵は自死しようとする昌毓を懸命になだめた。

「姉君はおまえを逃がすために自分を犠牲にしたのだろう。おまえが衝動のままにあとを追ったら、姉君はどう思うか考えてみろ。喜んで受け入れてくれるのか？　よく追ってきてくれたと抱きしめてくれるのか？　なぜついてきたのかとおまえを突き放すのではないか？　よくも私の死を無駄にしてくれたなと憤るのではないか？」

昌毓はなにも言いかえせなかった。

「おまえは生きろ。生き残って姉君の供養をしてやれ。それが弟のつとめだ」

ここで死んでも姉にはなにもしてやれない。

だが生き残れば、姉の冥福を祈ることができる。毎年、追福することができる。弟として姉を慕わしく思うなら、生き恥をさらせ。名誉など捨てろ。

命にしがみついて、一日でも長く生きのびろ。

そうすれば、一度でも多く姉を供養することができるのだ。

官兵の言葉に抗えず、昌毓は握りしめていた短刀から手を離した。

官兵は昌毓の身柄を監軍にひきわたした。監軍は軍務を監督するために中央から派遣される官員だが、当世では宦官がつとめることになっている。監軍は昌毓を皇宮へ連れ帰り、宦官の学問所である内書堂に入れた。

　内書堂の門をくぐった童宦は内廷規則を筆頭に、史籍や経籍などの知識をつめこまれるかたわら、上級宦官と師弟の契りを結び、師父の下で働く。

　師父となった皇帝付き首席宦官の易太監は昌毓に独囚蝿という奇妙な名をつけた。これは宦官が最初に与えられる名で、嘲名と呼ばれる蔑称だ。

「宦官は〝欠けた者〟だ。欠けた者は人間じゃねえ。どんな理由であれ、浄身した時点で俺たちは人間未満の生き物になったわけだ。だから宦官は嘲名を持つ。てめえが人間じゃねえことを骨身に刻みつけるために」

　忘れるな、と易太監は囚蝿ら、新入りの弟子たちを見まわした。

「俺たちは騾馬だ。人間らしい生きかたができると思うな。そんなものは望むだけ無駄だ。しかし、騾馬だからこそ得られるものもある。金、美姫、権力。欲しければ這いあがってこい。待っていても天からはなにも降ってこねえぞ。嘆いていても腹が減るだけだ。欲しいものは奪え。てめえの手でつかみ取れ。九陽城はな、野心を持たねえやつが安穏と生きていられる場所じゃねえんだ。死にたくねえやつは死にものぐるいでのしあがれ。気概のねえやつはどこまでも落ちていけ。てめえらの師父になったとはいえ、俺は実の親父じゃねえ。てめえらが好き好んで落ちていくのをひきとめてはやらねえぞ。俺はただ眺めているだけだ。敗犬の骸が禁城から運び出されていくのを」

震えあがる弟子たちに、師父は底抜けにあかるい笑顔をむけた。

「まあ、せいぜい励め。てめえらの稼ぎが俺の稼ぎだ。しっかり働いて師父の懐をあたためてくれよ」

易太監の下でさんざんこき使われたすえ、囚蝿は十五文で棘督主に売り払われた。それが十三のとき。爾来、東廠で褐騎として牛馬のごとく酷使されている。

生まれついての女顔が災いしてか、囚蝿に下される任務は女装必須のものばかり。今回もそうだ。どうせ下級宦官の扮装で各殿舎を探ってまわるのだから、わざわざ秀女になりすまさなくてもよいのに、棘督主は冷家令嬢という体裁までととのえて囚蝿を秀女たちのなかにほうりこんだ。おまけに相棒としてあてがわれたのが……。

「うわー、すっげえさらさら。このさわり心地なら一日じゅうさわってても飽きねえわ。そこらの女のよりいいな、おまえの髪」

背後から耳になじんだ軽薄な声が降ってきて、囚蝿はふりかえった。

「……先輩」

芳雪がいつの間にか群青の蟒服姿の宦官とすりかわっている。

女好きのしそうな甘ったるい美貌に浮かぶ薄っぺらな笑み。軽佻浮薄に衣を着せたようなこの宦官は汪秀女付き首席宦官にして、囚蝿の兄弟子にあたる同淫芥だ。

「三日ぶりだな、囚蝿。俺に会えなくてさびしかったか？」

いいえ、と囚蠅は即答した。

「なにしに来たんですか、こんな時間に」

「こんな時間じゃねえと会えねえだろ。昼間は人目があるからな。俺たちの秘密の関係がバレちまう」

「語弊のある言いかたはやめてください」

「語弊なんかねえだろ？　俺たちはこうして忍びあう仲なんだからさ」

「髪にべたべたさわるのもやめてください。気持ち悪いので」

「あ、わかった。三日も会いに来なかったんですねてるんだろ。可愛いやつだなあ。よし、これからたっぷり埋め合わせを」

「いい加減にしないと、しまいには蹴りますよ」

囚蠅が冷え冷えとした目で睨むと、淫芥はへらへらと笑った。

「あいかわらずノリ悪りぃなあ。すこしは冗談につきあえよ」

「くだらない冗談を言うために来たのなら、やはり蹴ります」

「ちょっ、ま、待てって。おまえ、短気すぎるぜ。まずは先輩の話を聞けよ」

「どうせろくな話じゃないんでしょう」

野暮用でさ、と淫芥は声を落とした。

「東宮の外にいるおまえの手下に言伝してくんねえ？」

「なんと言えばいいんです」

「汪秀女が半金烏を持ってるって」

「えっ……半金烏⁉　汪秀女が⁉」

「うん。と言っても、嘘なんだけど」

「は？」

囚蠅は眉間に深い皺を刻んだ。

「なんの悪ふざけですか」

「悪ふざけじゃねえよ。ついさっき、汪秀女が内乱の罪を着せられちまってな。もちろん濡れ衣だぜ。どうも春正司が一枚噛んでるみたいなんだが。流霞宮は春正司の監視下に置かれちまってな、もうしばらくすりゃ、坐太監が殿下のご命令を盾にして汪秀女に二度目の秘瑩を受けさせる。そんで内乱の罪を成立させちまうんだ。こいつは困ったことになったなあーってなわけで、おまえにお使いを頼みに来たんだよ」

「内乱疑惑と半金烏になんの関係が……」

言いさして、兄弟子の意図に気づいた。

――春正司よりも先に東廠に秘瑩を行わせて、汪秀女の潔白を証明するつもりか。

兄弟子らしい荒っぽいやりかただが、疑惑を払拭するには最善の策かもしれない。

「内乱疑惑とやらはほんとうに濡れ衣なんでしょうね？」

「ほんとだって。俺が保証する」

「先輩の保証はあてにならないんですが……」

「そりゃね、ほかのことならな。でもよ、こと色の道にかけては俺、第一人者だろ。あの黄花女丸出しの汪秀女が兄貴の汪副千戸と夜ごと濃厚な桃色遊戯に励んでたーなんて閑話が事実無根だってことは直感でわかるんだよ」

「たしかに……。もし事実ならとうに褐騎が督主に報告しているでしょう」

ありえない話だ。謹厳実直を絵に描いたような汪副千戸が嫁入り前の異母妹と情交を結んでいたなど。

「半金烏のほうはどうなんです？」

「嘘八百に決まってるだろ。汪秀女は怨天教とはこれっぽっちも関係ねえよ」

そうですか、と囚蠅はひそかに胸をなでおろした。

「しかし、半金烏とは剣呑ですね。いくら東廠を引っ張り出すためとはいえ」

「しょうがねえだろ。こっちの事情を説明したって督主は動いてくれねえんだから」

秀女の内乱疑惑など、棘督主にとってはどうでもいい案件だ。そして淫芥にとっても。

「どうしてそこまで汪秀女に肩入れするんですか？　なんの利益もないでしょう」

「ないよー。汪秀女が東宮を追放されたって俺は全然困んないもんね。秀女付きから外されたら、よその官府にもぐりこむだけだし」

淫芥もまた褐騎である。

東宮選妃の内情を探るために秀女の側仕えになっているが、本来の所属は東廠。汪秀女が姦婦の烙印を押されて追放されれば、べつの任務を与えられるだけだ。

「だったら、どうして……。まさか、不埒な私情を交えているのではないでしょうね？」

囚蝿が胡乱な視線を投げると、淫芥は「ないない」と言って手をふった。

「俺、汪秀女の裸見てもなんも感じねえもん。あ、なんもってことはねえか。見ちゃいけないもんを見ちゃった感ならあるなぁ」

「なんですか、それ」

暇さえあれば美女と淫楽にふけっている兄弟子がまるきり興味を示さないなんて、汪秀女の裸体はよほど味気ないのだろうか。

「おまえが考えてるような色っぽい理由じゃねえけど、ちょっとした誼ってやつでさ」

「誼？」

「汪秀女な、古なじみに似てるんだよ。見た目がってわけじゃねえんだけど、なんとなく雰囲気がな。で、妙に親近感持っちまって放っておけねえの」

「そんなぼやーっとした理由で東廠に嘘の報告をするつもりなんですか？　大目玉を食らうに決まっているのに」

「大目玉ですめばいいけどな。ひょっとしたら殺されちまうかもな、俺たち」

「なにが〝俺たち〟ですか。勝手に仲間にしないでください」

「つれないこと言うなよ。おまえも協力するだろ？」

な、と淫芥はなれなれしく肩を叩いてくる。

「汪副千戸といやあ、おまえの命の恩人じゃねえか。恩義ある相手が濡れ衣を着せられてるんだ、協力しないわけにはいかねえよな？」

囚蝿は思わず言葉に詰まった。

十年前、姉の骸の前で囚蝿は――昌毓は自分の喉もとに短刀を突きつけた。ひと思いに死ぬ気だった。悲運に打ちひしがれ、絶望と汚辱にまみれて、生きる希望など、なにひとつ見出せなかった。死んで楽になりたかった。一瞬で終わる死の苦しみのほうが、生きている限りつづく辛酸よりもはるかに魅力的だった。

姉のあとを追おうとする昌毓を必死でひきとめたのが、そのかみの汪家の主・汪所鎮撫とともに従軍していた汪成達である。

「生き残ったおまえが姉君を忘れなければ、姉君は生きつづける。姉君の無念を思うなら、おまえはここで死んではいけない。だれしもいずれ死ぬときが来るが、おまえの場合はいまじゃない。生きろ。生きて後悔しろ。死んでしまえば、悔やむこともできぬぞ」

汪成達にそそのかされて、昌毓は――独囚蝿なる騾馬に身を落としてまで生き残った。

それを幸福と解釈する気にはなれない。すくなくとも、いまは。

したがって、汪成達に恩義があると断言することもできない。ほんとうはあのとき死んでおけばよかったのかもしれない。汪成達さえいなければ、囚蠅は現世のありとあらゆる苦患から解放され、九泉で安らぎを得られたのかもしれない。

汪成達に借りなどない。

内乱疑惑をかけられようが知ったことか。

捏造された証拠で疑惑が事実だと裏付けられれば、汪秀女のみならず汪家が凶事に見舞われるが、囚蠅の関知するところではない。

汪成達のお節介のせいで囚蠅は死ぬ機会すらも失った。恨めしいとさえ思っているのだ。助けてやる義理など――。

「頼むよ。こないだも廃皇子から汪秀女を助けてくれただろ？　あのときみたいにさあ」

「……あれはなりゆきです。べつに深い意味はありませんから」

粛戒郡王・高爽植が東宮に侵入し、汪秀女を襲った。

たまたま近くを通りかかった囚蠅は悲鳴を聞いて現場に駆けつけ、爽植を取り押さえ、汪秀女を助けた。襲われていたのが汪秀女だったから助けに入ったのではない。とっさのことで、考えるよりも先に身体が動いていたのだ。

「じゃ、今回もなりゆきで」

「なりゆきで督主に殺される理由を作りたくありませんよ」

「らしくねえぜ、囚蠅」

淫芥は口もとに底意地の悪い笑みを浮かべた。

「おまえ十年前、怨天教徒どもに浄身させられちまって死のうとしたんだろ。駙馬になっちまったことで腹の底から絶望したんだよな。なのに、いまごろになって命が惜しくなったのかよ？　〝欠けた者〟の身体がそんなに捨てがたいか？」

「……そういう意味では」

「言い訳すんなよ、美少年。保身に走るってことは、命にしがみついてるってことだろ。人間の頭数にも入れてもらえねえ、賤しい生き物になっちまったってのにな。みっともねえよな、生きたがりの駙馬なんざ。十年前のおまえは人間の尊厳ってものを持ってたのに、宦官として地べたを這いつくばって生きてるうちに、いつの間にかなくしちまったみたいだな。ま、仕方ねえよなー。駙馬ってのはそういう生き物さ。だから蔑まれるんだよ。世間のやつらに閹奴って呼ばれるのも理由あってのことだ。どんなに長く生きても奴婢は奴婢のままだってのに、いざ死にそうになると死にものぐるいで抵抗しやがる。ふだんは自分のみじめな生きざまを嘆いてるやつが、悲惨な一生を終わらせる好機をふいにしてまで恥辱まみれの命を死守しようとする姿なんざ、見られたもんじゃねえよなあ」

かっと腸が熱くなる。囚蠅は弾かれたように立ちあがって、淫芥につかみかかりそうになった。

「どうした？　俺の言ってること、そんなに図星だったか？」

こちらの動揺を嘲笑うように、兄弟子はおどけて口笛を吹く。

「殴りたきゃ殴れよ。それでおまえが高潔な郷紳どののご令息に戻った気分になれるんなら。ただし、わかってるんだよな？　淫乱道姑の息子をぶん殴ったくらいで慰められる気位なんざ、そこらの野良犬ですら食わねえ代物だってことは」

淫芥はふしだらな道姑が春をひさいだすえに産み落とした子だという。父親の名はだれも知らない。淫芥自身は言うまでもなく、生みの母さえも。おそらくは父親本人も道姑に産ませた息子がいることを知らないのだろう。

道観で生まれ、世話好きの道姑に育てられ、物心ついたころには母親に命じられて色を売っていたと、いつだったか酔っぱらった兄弟子が笑い話のように語っていた。

「客には男も女もいた。若いやつから年寄りまで。うちの道観はその道で名が売れていてな、連日連夜、客が途絶えたことがねえ。にしてもこの天下には変人が多いんだなあ。四つ五つの餓鬼相手によくもまあ欲情できるもんだ。色事はひととおり経験してきたが、あの性癖だけはさすがの俺にも理解できねえよ」

そう言って苦笑した淫芥は浄身を決意した理由も話してくれた。

「十四のとき、道観から逃げ出した。妹が死んじまって、あそこにとどまる理由がなくなったからな。しばらくは破落戸の腰巾着になってその日暮らしをしてたが、あるとき、蟒服を着た宦官を見かけたんだ。そいつは皇帝みたいに威張っていやがってな、腹が立ったんでひとつぶん殴ってやろうと思ったら、兄貴分に止められた」

三監（さんかん）に殴りかかったら、淫芥だけでなく、彼の面倒を見ている者たちもひとり残らず殺される。

　破落戸にも分別はあった。それほどに三監が恐れられているという証左でもある。

「三監ってなんだよって訊くと、位の高い宦官だって言うだろ。そいつらになるにはどうすればいいんだって訊いたら、浄身すりゃいいんだって言われてな。今度は浄身がわからねえ。兄貴分はなかなか学があってな。『身を浄めると書いて浄身だ。一物を切り取って騾馬になることだよ』って教えてくれた」

　身を浄める、という表現が気に入ったのだという。

「陽物（ようぶつ）を切り落としちまえば、俺も身ぎれいになれるかもしれねえと思ったのさ。餓鬼のころから淫をひさいできたこの垢（あか）じみた身体がこざっぱりするんじゃねえかって。……とんだ勘違いだったよ。一物があろうとなかろうと、なんにも変わりはしねえ。俺は俺さ。嘲名をつけられても、中身はおんなじだ。たぶん、とれねえんだよ。一度ついちまった汚れは。死ぬまでな」

　おまえは逆な、と兄弟子は笑った。

「騾馬になっても品のよさが抜けきれねえのは、おまえが郷紳の息子だからだろ。俺は浄身したおかげで子ども時代よりましな暮らしができるようになったんで、驃馬に身を落とした、なんてことは思わねえけど、おまえは見事な転落人生だよな。郷紳どののご嫡男で、将来は翰林官になるはずだったんだもんな。上から下に落っこちるのはさぞかし屈辱なんだろう。でもさ、どこまで落ちても過去はずっとおまえのもんだぜ。ともすると未来はなくすことがあるが、過去まではなくせねえ。要は自分しだいさ。おまえが郷紳の息子だったころの心持ちを忘れねえ限り、おまえは譚家の嫡男のままだ。だれに蔑まれようが知ったことじゃねえよ。おまえ自身がおまえを蔑まなけりゃ、おまえは落ちやしねえんだ」

　矜持を捨てるな、と兄弟子は囚蝿の肩を小突いた。

「譚家嫡男の矜持を捨てたとき、おまえは驃馬になり下がる。一物もろとも尊厳をなくした、みじめったらしい生き物になっちまうぞ。どんな姿になってもおまえはおまえだ。そのことをおぼえておけ。肝でも骨身でも魂でもなんでもいいから、刻みつけておけ。そうすれば自分の原点を見失わずにすむ。俺みたいな忘れちまったほうがいい原点ならともかく、おまえのそれは捨てちまうには惜しいぜ」

　兄弟子の教えを実践できているだろうかと考えると、うしろめたさにさいなまれる。

　ついさっきもそうだ。汪成達を見捨てようとした。自分には関係ないと切り捨てようとした。たしかに囚蝿にはかかわりのないことだ。

　しかし、譚昌毓にとってはどうだ？　姉や父母にとっては？

昌毓が囚蠅となって生きのびたから、家族の供養ができたのではないのか。三監の一員となったから、手厚く追福できているのではないのか。

十年前のあの日、衝動のままに喉を掻き切っていたら、自分が楽になりたい一心で命を捨てていたら、姉は、父母は、譚氏一門はどれだけの苦患を九泉で味わっただろうか。

汪成達が昌毓を生かしたことで、昌毓はいまだに現世の苦しみを味わっている。だが、その結果、譚一族のために紙銭を焚く者が存在することもゆるぎない事実。

これは恩義にほかならないと認めるのはいささか癪だ。つまらない自己憐憫が邪魔をしている。それでも、事実は事実として受け入れなければならないだろう。現実から目をそむける愚を犯したくない。この身は男でなくなっても、忘恩の徒にはなりたくないものだ。

――野良犬でさえ食わない……か。

淫芥の言うことはいちいち的を射ている。宦官である自分をだれよりも卑しんでいるくせに、恩人のためにわが身を危険にさらすのには二の足を踏む。

こんな弟を見たら、姉は激怒するにちがいない。

強烈な平手打ちを食らわせるだろう。姉には矜持があった。譚家の娘としての誇りが。囚蠅だって――昌毓だっておなじものを持てるはずだ。

「……先輩」

囚蠅は恨めしさをこめて淫芥を睨んだ。

「あなたはやりかたが汚い」

囚蠅を奮起させるためにわざと攻撃的な言葉で挑発した。

いかにも世故に長けた兄弟子がやりそうなことだ。淫芥の手口は熟知していたにもかかわらず、あっさり罠にかかってしまったのは、囚蠅が半人前だからだろう。実に口惜しいが、これもまた現実だ。

「なんだよ、それ。素直に『まいりました―』って言えねえのか」

緊迫した表情をゆるめ、淫芥は能天気に笑う。

「で、どうするよ？　乗るのか、乗らねえのか」

「仕方ありませんね。ひとつ貸しですよ」

ため息をついて、屛風の陰に隠れている芳雪を見やる。

「とはいえ……このやりとりもほどなく督主に筒抜けになるでしょう。督主がこちらの意図に気づいて汪秀女の捜査に乗り出さないいんじゃないですか」

「そこは心配いらねえよ。報告はちょっと待ってくれるみたいだから」

淫芥が手招きすると、芳雪がちょこちょこと小走りで出てきた。彼女も褐騎であり、なお悪いことに棘督主の実妹である。囚蠅の働きぶりを細大漏らさず棘督主に報告しているので、今回の件もすぐさま兄の耳に入れてしまうと思ったが。

「兄を出し抜くなんて、わくわくしますね！」

　意外に乗り気だった。

「あなたがた……いつの間に共謀していたんですか」

「香油が足りなくなったので取りに行ったところ、同少監とばったり会いましたの。そこで事情をうかがったのですわ」

　ふふふ、と芳雪は福々しい顔をほころばせた。

「たいへんよいものを見せていただきましたし、元は取れましたわ。これなら、あとで兄に叱られても悔いはありません」

「よいもの？　なんのことです」

「おふたりの寸劇ですわ。見目麗しいおふたりによる起伏に富んだ虚々実々の駆け引き、たっぷり堪能いたしました。ただならんで立っていらっしゃるだけでも素晴らしく絵になるのに、あのような刺激的なやりとりまで見せていただけるなんて！　はあ、眼福でした。今夜は素敵な夢を見られそうですわ」

　きゃっきゃと小躍りしている芳雪は自他ともに認める面食いである。容姿が端麗であれば男でも女でも駙馬でもなんでもいいらしい。

　一風変わっているのは、自分が美しい者と深い仲になることには露ほども興味がないという点だ。自分はあくまで傍観者であり、美しい者と美しい者が戯れているさまを盗み見ることに至上の喜びを感じるという。

かくも奇天烈かつ病じみた性癖を持ちながら、平均的な容姿の温厚な夫と三人の息子に恵まれ、まっとうな家庭の主婦としての顔も持っているのだから、ふしぎである。

「……先輩」

うっとりと頰を染めた芳雪のかたわらで、淫芥はしたり顔をしている。先ほどのやりとりははじめから、芳雪を口止めするための餌だったわけだ。まんまと引っかかって、見世物になっているとも知らず真面目に相手をしてしまった。

「やはりあなたは、やりかたが汚い」

意趣返しに蹴りつけてやりたいが、任務中はいろいろと障りがある。任務が終わるまで怨念を温存しておくよりほかあるまい。

「おまえがご清潔すぎるんだよ。すこしは俺を見習って、手練手管を身につけるんだな」

にやりと笑う兄弟子が憎たらしい。

「ご忠告、痛み入ります」

「よしよし。ちゃんと反省するとは殊勝なやつだ。その調子で俺から学んで――うわっ、なにしやがるんだ⁉」

「くそっ、あとちょっとだったのに」

顔を蹴りつけてやろうとしたが、惜しいところでよけられて舌打ちする。

「なに悔しがってるんだよ！　先輩の面を蹴りつけるやつがあるか。おまえなあ、すぐかっかする悪い癖をどうにかしろよ。そんなざまだからいつまで経っても餓鬼なんだぞ。俺みたいに大人の余裕ってもんを――お、おい、やめろって！」

逃げる兄弟子を追いかけまわして次々に蹴りを繰り出しながら、囚蠅は憤懣やるかたない気持ちでいっぱいだった。

こともあろうに、淫芥に借りを作ってしまった。これで向こう一年はからかわれる羽目になるだろう。俺のおかげで忘恩の徒にならずにすんでよかったな、感謝しろよと恩着せがましくむしかえす兄弟子の顔が目に浮かぶ。

――ああ、まったく気が滅入る。

同淫芥。その名は生涯忘れえぬものになるだろう。

騾馬になり下がろうとした囚蠅をひきとめてくれた、相棒の記憶とともに。

殷雷(いんらい)（後宮茶華伝　番外編）

「客庁(きゃくま)にはお通しできないんですよ」

正房(おもや)へとつづく遊廊(わたりろうか)を歩きながら、皇帝付き次席宦官(かんがん)・独囚蠅(どくしゅうよう)は申し訳なさそうに口を切った。

「雨漏りしているので」

「雨漏り？」

「古い邸ですから。修繕(しゅうぜん)させているところなのですが、どうものんびり者を雇ってしまったようで、遅々(ちち)として作業が進まず……」

話の接ぎ穂を見失ったように囚蠅が黙る。気詰まりな沈黙を引きずりながら、玉梅観(ぎょくまいかん)の道姑(どうこ)・宰曼鈴(さいまんれい)は彼のうしろをついていく。

――日をあらためるべきだったかしら……。

囚蠅の邸を訪ねようと思い立ったのは数日前のこと。彼が読みたいと言っていた経典を手に入れたので、届けようと思ったのだ。もちろん、わざわざ届けに行く必要はない。火急の用ではないので、囚蠅が玉梅観を訪ねてきたときに手渡せばいい。邸を訪ねなければならないほどの用事でもないのに、こうして訪ねてきてしまった。

やみくもに門扉を叩いたわけではない。事前に囚蠅の休沐を調べてきたのだ。彼が不在なら、邸を訪ねる意味がなくなるから。

――わたくしは、なんてあさましいの。

道籍に身を置きながら、個人的に宦官を訪うなんて道姑としてあるまじき愚挙だ。昨今は風紀紊乱がはなはだしく、道士や道姑でも情人を持たない者のほうがすくないとはいえ、けっして褒められたことではない。

ましてや曼鈴は賞月の変の首謀者、高徽婕の娘。王朝に弓を引いた大罪人の血を受け継いでいるのだから、だれよりも身をつつしむべきだ。なにも望まず、なにも思わず、他人とは交わらず、言葉は最小限に、心はかたく閉ざして、上辺だけの笑顔でその場その場をやり過ごし、孤独の檻のなかでひっそりと命を費やしていかなければならない。

必死で自分を戒めて生きてきたのに、こんなかたちでみずからこしらえた戒律を破ってしまうときが来るなんて夢にも思わなかった。

――これが最初で最後よ。

覚悟を決めてきた。薄化粧をして、結い髪に歩揺をさして。以前、永恩長公主・高夏瑶から贈られたが、衣橱にしまいこんだままにしていた襦裙に袖を通して。

経典を届けるというのは口実。ほんとうは想いを告げに来たのだ。

――いけないことだとは、わかっているけれど。

いったいいつから囚蝿に惹かれるようになったのだろう。記憶をたどってみても、どこが恋情の起点だったのか判然としない。

はっきりおぼえているのは、はじめて出会ったときのことだ。

いや、あれが最初の邂逅だったとは断言できない。幼時から曼鈴は母に連れられて九陽城に出入りしていた。九陽城には幾万の宦官が仕えているのだから、紅牆の路のどこかで囚蝿とすれちがったことがあったかもしれない。

ただ、あのころは知らなかったのだ。彼の名も、声も、顔立ちも、生きかたも、曼鈴の視界の外に存在していた。賞月の変が起こらなければ、母があんな罪を犯さなければ、曼鈴は一生、独囚蝿という宦官を知らずにいただろう。

十一年前、宣祐二十九年八月、賞月の変が起こった。

そのかみの皇太子であった叔父、高礼駿の命令で母は投獄された。母の罪状は謀反。怨天教徒と通じて父親である宣祐帝を亡き者にしようとした嫌疑をかけられていた。

当時十歳だった曼鈴は事件の顛末を聞くなり反射的に「これは陰謀よ！」と叫んだ。確信していたのだ。母が天子弑逆をもくろむはずがない、何者かが母を陥れようとして奸計をめぐらせたのだと。

父をはじめとした宰家の大人たちに母の無実を訴え、母に濡れ衣を着せた悪人を見つけてほしいと懇願した。曼鈴は母を潔白だと信じて疑わなかったが、大人たちはそうではなかった。彼らは母を謀反人と決めつけ、母の罪科が宰氏一門の族滅につながることを恐れ、東廠や錦衣衛に責め立てられる前にかねてから母を疎んじていたこと、最低限の付き合いしかしていないことをつらつらと語り、宰家は一切関与していないので寛大な沙汰を賜りたいと滑稽なほど取り乱して哀願していた。

その言説とは裏腹に、彼らは母と親しい間柄だった。公主であり、皇太子の同腹姉である母のご機嫌取りに余念がなく、便宜を図ってもらおうと袖の下を渡し、権勢のおこぼれにあずかろうとして曼鈴にまでもあからさまに媚びを売った。

あれほど母におもねっていた者たちがおなじ口で母を悪しざまに罵り、恥ずかしげもなく讒訴する。人というものの俗悪さ、冷酷さが身に染みた。

叔父や祖父に母の助命を嘆願したこともあった。母の姉妹たちに泣きついたこともあった。だれもかれもが痛ましげに眉をひそめて首を横にふるだけだった。

孤立無援となってもなお、曼鈴は幾度となく鬼獄を訪ねて母との面会を願い出た。

天下に悪名を轟かせる東廠への恐怖を押し殺して毎日のように通ったのに、懇願が聞き届けられたのは母の身柄が詔獄——宗人府の監獄——に移されたあとだった。貴人のためにとくべつにしつらえられた豪奢な監獄で、曼鈴は母に再会した。

「お母さま！」

飛ぶように駆け寄り、抱きつこうとした曼鈴を、母はうるさい蠅に出くわしたかのようにはらいのけた。思い切り弾き飛ばされ、尻もちをついた曼鈴はなにが起こったのか判じかけて目をしばたたかせた。

母にこんな仕打ちをされるのは生まれてはじめてだった。

記憶のなかで、母はいつもやさしく微笑んでいた。たおやかな腕で曼鈴を抱き、白魚のような手で頰を撫でてくれた。曼鈴は母のぬくもりが大好きだった。母のおだやかな香りが、やわらかい胸が、愛しげなまなざしが曼鈴をつつんでくれるとき、繭のなかにいるような安らぎを感じた。十年間、絶えず与えられてきた安心感をふたたび味わおうとしてのばした両手は、氷のように冷えきった床をむなしくつかんでいた。

「おまえなど欲しくなかった」

床にうずくまった曼鈴を見おろし、母は吐き捨てるように言った。

「おまえを身ごもったと知ったとき、文字どおり胃の腑のものを吐き出したよ。おまえの父は悪阻だと言ったが、悪阻などではなかった。単に気味が悪かったのだ。おまえのような生きものが、わが身に宿ったことが」

お母さま、と曼鈴がうわ言のようにくりかえすと、母は足もとに落ちた吐瀉物でも見たかのように不快そうに顔をしかめた。

「お母さまだって？　反吐が出る。私は望んでおまえの母親になったわけではない。おまえを孕んでいるとき、何度おろそうと思ったことか。産みの苦しみなど味わいたくなかった。降嫁した以上はひとりくらい子を産まなければ妻として面目が立たぬので、仕方なく産んだだけだ」

夢を見ているようだった。とびきり残酷で、おぞましい悪夢を。

「おまえは知らぬだろうな。おまえの母親役を演じるのに私がどれほど苦労していたか。かような仕儀になって、やっと猿芝居から解放されたとひと息ついていたところだったのに、よくもまあ私の安息を破ってくれたものだ。ああ、うっとうしい」

羽虫でも追いはらうように母はぞんざいに手をふった。

「出ていけ。目障りだ」

気づけば、叩き割られた玻璃越しの光景のように母の姿がゆがんでいた。渾身の力をふりしぼって曼鈴は立ちあがった。母の——母に似た女のほうへ半歩踏み出した。聞いたこともない無慈悲な言葉だった。聞いたこともない冷ややかな声だった。母と瓜二つの姿かたちをしているのに、その女のなにもかもが母とは異なっていた。

それでも曼鈴は自分の目や耳を信じなかった。なにかの間違いにちがいない。幻を見ているのだ。幻聴に惑わされているのだ。母は曼鈴を受け入れてくれる。会いたかったと抱きしめてくれる。けっして突き放しはしない。おまえなど欲しくなかったと刃物じみた言葉を吐くことはない。汚物を見るような目で見おろすこともない。

　そうだ、母の腕のなかに飛びこめばいいのだ。思い切り抱きつけば、邪悪な幻影は粉みじんに砕け散り、記憶のなかの母があらわれるだろう。

「出ていけと言っている」

　一本の糸のようなかすかな希望は情味のない声に断ち切られた。再度、拒絶されてもなお母に近づく勇気は曼鈴にはなかった。

　詔獄から飛び出し、随行していた側仕えたちの手をふりきって宗人府の外に駆け出した。逃げたかった。慕っていた母に弊履のごとく打ち捨てられたという現実から。

　やみくもに逃げているうちに、曼鈴は自分がどこにいるのかもわからなくなってしまった。疲れ果てて一歩も動けなくなり、紅牆に寄りかかってうずくまった。膝を抱えて縮こまっていると、陰鬱な冬空が鵞毛のような雪片を吐きはじめた。凍てつく風にさらされながら、曼鈴は膝頭のあいだにひたいをうずめて嗚咽した。

　あんな仕打ちをされても母が恋しくてたまらない。あたたかく迎え入れて、ひしと抱きしめてほしかった。愛おしげに見つめて、よく来てくれたわねとねぎらってほしかった。そうすれば、すべてがうまくいくという気がした。もう一度、訪ねようかとさえ思った。先ほどの出来事はたちの悪い夢だと自分に言い聞かせて——。

「感冒をひきますよ」

ふいに中性的な声が降って、曼鈴はびくりとした。おそるおそる頭をあげると、涙に濡れた視界に年のころ十七、八の蟒服姿の青年が映りこんだ。

否、青年ではない。蟒蛇が縫い取られた貼里をまとうことが許されるのは、三監――太監、内監、少監――と呼ばれる上級宦官だけだ。

蟒服の色は位階によってちがう。上から紫紺、紅緋、群青。曼鈴に油紙傘をさしかけてくれている者は群青の蟒服を着ていた。

「これをどうぞ。すこしは寒さがやわらぎますよ」

少監は懐から荷包を出して曼鈴に持たせた。ずっしりと重い荷包からじんわりと熱が伝わる。中身は温石であろう。

「どちらからいらっしゃったのですか？　送りましょう」

少監が親切そうにさしのべてくれた手を、曼鈴は視界の外に追い出した。

「どこへも行かない。どうせわたくしを待っている人なんかいないもの」

邸に帰れば針の筵だ。父は曼鈴を鬼怪のように忌避し、庶母や異母弟妹も嫡女を見ると足早に立ち去る。長年、曼鈴に仕えてきた女官や宦官ですら、大罪人の係累になった主を見限ってあたらしい主人探しに奔走している。だれもかれもが曼鈴を疎んじる。いままで曼鈴に親しげな笑顔しか見せなかった人びとが一転して忌まわしげに眉をひそめ、耐えがたい悪臭から逃れるように顔をそむけるのだ。

もはや曼鈴は宰家の鼻つまみ者だった。居場所などない。帰ったところで迎えてくれる母はいない。だれも曼鈴の帰りを待ちわびていない。曼鈴など戻ってこなければいいとさえ思っている。だれにも必要とされない。実の母にすら――。

「待っている人がいなくても帰らなければなりませんよ」

少監は蟒服の裾を払って曼鈴のそばに片膝をついた。

「どのような事情を抱えていらっしゃるのか存じませんが、自棄を起こしてはいけません。あなたには生きなければならない理由があるはずです」

「そんなものないわ」

「いいえ、あります」

思いがけず力強い返答が曼鈴の胸に雷鳴のごとく轟いた。

「ないと言い切ることができるのはあなたが無知だからです。自分の命にどんな意味があるのか、ご存じないのです」

「どんな意味があるというの」

「他人に尋ねてはいけません。答えは自分で探してください。あなた以外には見つけられないのですから」

「無責任だわ、あなた。わたくしに自棄を起こすなと言うくせに、生きなければならない理由は自分で探せと突き放すなんて」

きっと睨みつけて言いかえすと、少監はあるかなきかの笑みをもらした。

「存じあげないことを知っていると言えば嘘になります。私は嘘をつくのが下手なんです。慣れないことをして恥をかきたくありませんから、率直に申したまで」

「自分は嘘をつかない善人だと言いたいの？」

「とんでもない。私は善人ではありませんよ。悪い騾馬ですから」

騾馬とは宦官の蔑称である。宦官は騾馬と呼ばれることを毛嫌いしているくせに、ときどき自虐的にわが身をそう呼ぶことがある。

「ひと目でわかりましたよ。あなたは良家のご令嬢だとね。仕立てのいい襖裙をお召しになっていますし、水仕事をしたことのない手をお持ちだ。それにここは外朝です。こんなところに庶民の娘は出入りできません。あなたは身分のあるかたの御息女で、なんらかの用件で参内なさり……訪問先で胸が張り裂けそうになる事態に見舞われ、衝動的に逃げていらっしゃったのでしょう。あてもなく歩きまわったせいで道に迷い、途方に暮れてここにうずくまっていらっしゃった。そうですね？」

一部始終を見ていたかのように、少監は正確に状況を言いあてた。

「あなたは家に帰りたくないとおっしゃった。自分を待つ人はいないと。暮らしぶりは裕福でも周囲から孤立しており、心もとなくてつらいのでしょう。たいへんけっこう」

「けっこう？　どういうこと？」

「好都合だと言っているんですよ。あなたをさらうにはね」

　絵筆で描いたようなかたちのよい唇が由ありげにゆがんだ。

「良家の子女は高く売れます。私のような人買いにとってはありがたい代物だ」

「……人買い？」

　人買いがどんなものなのか、少監はかいつまんで説明した。

「わたくしを売るの？　飾り櫛や書物みたいに？」

「あなたのように若く美しいご令嬢には千金の値打ちがあります。その道の好事家が言い値で買うでしょう」

「……売られたらわたくしはどうなるの」

「買主の胸三寸です。子猫のように愛玩されるかもしれないし、野犬のように痛めつけられるかもしれない。買ったものをどうあつかおうがその人の自由です。私たち人買いは品物を売るまでが仕事。買われた者が生きようが死のうが知ったことではありません」

「非道だわ！　わたくしは物じゃないのよ！」

　曼鈴は思わず非難の声をあげたが、少監は一笑にふした。

「もとより善行だとは思っていませんよ。単なる金儲けですから。でも、あなたには関係ないでしょう。どうせあなたを待つ人はいない。生きる理由もないと断言されたじゃないですか。あなたが命を捨てるというなら、私はそれを拾って一儲けさせてもらいますよ」

さあ、と少監がこちらに手をのばす。曼鈴は反射的にその手をふりはらった。弾かれたように立ちあがって駆け出す。だがしかし、寒さのせいか、足がしびれていたせいか、十歩も進まないうちに転んでしまう。

「だから言ったでしょう」

少監は曼鈴の前に来て、ふたたびかがみこんだ。

「あなたには生きなければ理由がある。さもなければ逃げはしないはずだ」

さしだされた手と少監の顔を何度も見比べているうちに、担がれたのだと気づいた。

「嘘をついたのね！　わたくしをさらうなんて」

「嘘ではありません。さらおうと思えばすぐにでもできます。私以外の人買いにもね」

「……あなた以外にも人買いがいるの？　皇宮のなかに？」

「たくさんいますよ。そこらじゅうに。さらわれて売り物にされたくなければ、安全な場所へお帰りなさい。たとえそこが居心地のいいところではなくても、売り飛ばされてもっと悲惨な目に遭うよりはましです」

さあお手をどうぞ、と少監が促すも、曼鈴は彼の真意をはかりかねて躊躇する。

「……手を取ったらわたくしをさらうのでしょう？」

「いいえ、さらいません。今日は休みですから」

「休み？」

「人買いだって年中働いているわけではないんですよ。ときには休むこともあります」

「信じられないわ。あなたは嘘つきだもの」

用心深いですね、と少監は苦笑した。

「では策を授けましょう。もし私があなたをさらおうとしたら大声をあげてください。子どもの甲高い声で助けを呼べば、周辺にいる者が気づいて駆けつけてくれます」

いまならそんな口車に乗ってはいけないとわかる。されど、世間知らずの少女にすぎなかった曼鈴にはこの窮地を乗り切る唯一の打開策だと思えた。

いざとなった悲鳴をあげればいいのだとうろたえる鼓動をなだめ、少監の手に自分の手をゆだねる。そっとかさなったぬくもりは予想していた以上にあたたかくてどきりとした。

少監は曼鈴を立ちあがらせ、襖裙についた雪を丁寧にはらってくれた。

その後、どの路を通って帰ったのか思い出せない。気づけば宗人府のそばまで来ていて、曼鈴を捜しまわる側仕えたちの心配そうな声が耳朶を打った。

「わたくしはここよ！」

はやる心をおさえきれず駆け出した拍子に、ここに来るまですがるように握っていた少監の手を離してしまった。はっとしてふりかえったときには、少監の姿はなかった。彼が立っていた場所には雪化粧された小宮門がぽつねんとたたずんでいた。

その晩、邸に帰った曼鈴は温石が入った荷包を枕もとに置いて床に入った。温石はとっくに冷えていたはずだが、ふれればじんわりとあたたかく感じられた。

　彼に再会したのは、入道して玉梅観の道姑になってから数年後のことだ。

　曼鈴は今上に呼び出された。叔父は曼鈴の近況を問い、不便なことはないか、つらいことはないかと肉親らしい情け深い口調で尋ねた。

　失言しないよう注意しながら答えていると、年のころ二十二、三の宦官が茶を持ってきた。群青の蟒服を着こんだ、どこか浮世離れした美貌の宦官こそ、母に捨てられた曼鈴を助けてくれた〝人買い〟の宦官だった。

　独囚蠅。それが彼の名だと知った。

「ほんとうにあれでよかったのですか？」

　曼鈴を玉梅観まで送り届ける道すがら、囚蠅は「差し出がましいようですが、私から一言申しあげれば」と前置きして問うた。

「御身は花の盛りでいらっしゃる。一生を道観に捧げる決意をなさるには時期尚早では？」

　叔父の用件は縁談だった。嫁入り時になった曼鈴のために良縁を見つけてくれたのだ。善意から勧めてくれていることだとわかっていたが、曼鈴は丁重に辞退した。

「わたくしは母の罪を償うために生きています。贖罪の道はひとりで歩むもの。世間の無垢な娘のように人の妻になることはできません」

だれかに嫁ぐことは、十三で入道したときにあきらめた。あれほど無邪気に信じていた母の潔白が真実ではなかったと知って、未来に希望を見出せなくなった。

希望を失うと同時に、母が王朝に弓を引いた大罪人であるという事実が五体に重くのしかかってきた。この身体に流れる血は罪業に汚染されている。世人は曼鈴が母親の轍を踏むのではないかと戦々恐々としている。だれもが曼鈴と関わりたくないと思っている。謀反人の娘を娶って禍を招きたくはないと。

賞月の変——九陽城を震撼させたあの忌まわしい事件がすべてを変えた。

もはや曼鈴はふつうの娘のように生きられない。すくなくとも他人がそうするように幸せを求めることは許されない。いつ暴れ出すかわからない罪の血脈を受け継いでいる限り、罪のない人が望むものに手をのばしてはいけない。なぜならそのなにげない行為は、罪に罪をかさねる醜行にほかならないから。

「これでよいのですわ」

曼鈴はうつむき加減に答えた。

「もう決めたことですから」

あれから何度も叔父は曼鈴に縁談を勧めてきた。勅命であれば従うしかないが、内々の打診というかたちだったので断ることができた。

打診されて辞退するという儀式めいたやりとりをくりかえすうちに、いつしか縁談を心待ちにするようになった。叔父の使いとしてやってくるのが決まって囚蝿だったからだ。彼の足音が聞こえるたびに心が浮き立った。もうじき会えると思うと自分の身なりが気になって仕方なくなった。彼の姿が視界に入れれば、怖いくらいに胸が高鳴った。

縁談を介してだけ、囚蝿とつながることができた。

——この想いは罪だわ。

囚蝿を慕ってはいけない。恋などしてはいけない。

謀反人の娘に恋慕されることは、囚蝿にとって災厄にほかならない。曼鈴の想いを受け入れて得をすることなど、ひとつもないのだ。彼に迷惑をかけないためにも恋心を捨てなければならないのに、恋しさは日を追うごとにつのっていく。

誦経の最中にも彼の足音が聞こえてこないかと耳をそばだててしまう。寸刻でも長く彼を引きとめるにはどうすればいいかと考えをめぐらせてしまう。用件をすませて帰っていくうしろ姿をいつまでも見つめてしまう。彼の影が見えなくなってからも、なにかの手違いで戻ってきてくれないかと愚かしい期待に囚われてしまう。

——獄房のなかでも独公公のことで頭がいっぱいだったわ。

昨年秋、曼鈴は皇后付き次席宦官・同淫芥殺害容疑で東廠に連行された。

まったく身に覚えのない罪状だったが、出自ゆえにあらぬ疑いをかけられるのは致しかたないことだ。激しい拷問を受けながら、ここで死ぬのだろうと曼鈴は無力感にさいなまれていた。遅かれ早かれ、こんな結末になるだろうとは予想していた。罪の血脈がいつか曼鈴を陥れるだろうと。

驚きはなかったが、心残りはあった。どうせこうなるなら、囚蠅に想いを打ちあけるべきだったのだ。面と向かって拒絶されれば、きっと思いきれる。叶わぬ恋と決別して、贖罪の道を進んでいくことができる。道半ばで斃れるとしても、悔いはない。

しかし中途半端に想いを持て余していたから、未練を抱えたまま黄泉路をくだらなければならない。現世に怨みを置いていくことになる。怨念を残して死ぬことで、この身は怨鬼となるかもしれない。いくらでも機会はあったはずなのに、なぜ無為に日々を過ごしてしまったのかと臍を噬まずにはいられなかった。

怨鬼にならずにすんだのは囚蠅のおかげだ。囚蠅は曼鈴を鬼獄から救い出して玉梅観に送り届けてくれたばかりか、何度も見舞ってくれた。病床で彼の顔を見ているうちに決心した。傷が癒えたら、彼に想いを打ちあけようと。もとより受け入れられるとは思っていない。きっぱりと引導を渡してもらうために行動を起こすのだ。

あれほどかたく決意したにもかかわらず、いざとなれば怖気づいてしまって、なかなか行動に移せなかった。しかしあるいは、最初で最後の恋と決別する日として春の盛りを選んだのは、最良の選択だったかもしれない。恋を失うなら春がいい。失意に引き裂かれた胸を庭院に咲き誇る花たちが慰めてくれるだろうから。

「散らかっていて申し訳ない」

曼鈴を書房に案内し、囚蝿は書案の上にひろげていた文書をあわただしく片づけた。

書棚には古籍が整頓され、陶器の香炉がかぐわしい吐息をもらしている。派手な挿花や盆景はなく、高価な古玩も見当たらない。主人の実直な人柄を反映した、落ちついた書房だ。三監のなかには財力にあかせて部屋を飾り立てる者が多いと聞くが、囚蝿は彼らの仲間ではないらしい。しつらえだけを見れば、清廉な文人の部屋だと思っただろう。

「よいお部屋ですわね」

勧められるまま榻に座り、曼鈴は心の目に刻みつけるように室内を見まわした。

「清閑なたたずまいですわ。竹林に隠された亭のよう」

「竹亭のように風流ならよいのですが、仕事に追われるだけの部屋ですよ」

手早く筆墨を片づけ、囚蝿は榻に腰をおろす。

そのときちょうど、小太りの老僕が茶菓を持ってきた。好々爺然とした老僕に曼鈴が礼を言うと、茶化すような笑みがかえってくる。

「いえいえ、お礼を申したいのはこちらのほうで。お美しいかたにお仕えするのはわれわれ下僕の喜びですからの。昨年の暮れまでは爪老太がたびたびお見えになっていましたので眼福にあずかっておりましたが、同公公が家移りなさってからはとんといらっしゃいませんので、来る日も来る日も老爺のお顔しか見られず、怏々として楽しまずといったふうでして。いやはや、妙齢のご婦人がいらっしゃるだけで殺風景な書房でさえ華やぎますなあ。味気ないお邸にもようよう春がやってきてくれたような心地ですよ」

「駄弁はひかえよといつも言っているはずだぞ」

囚蠅に睨まれても、老僕はのんびり肩を揺らしている。

「なあに、ちょいと老爺の胸中を代弁しただけですよ」

「私の胸中だと?」

「老爺は不器用なおかたですので、麗しいお客人をお褒めになりたくてもうまく舌が回らないでしょう。そこで代わりにわたくしめが賛辞をお贈りしたんですよ」

余計なことを、と囚蠅は眉間に皺を寄せる。

「無駄口を叩いていないで庭院の掃除でもしてこい。落花まみれでみっともないぞ」

「なるほど、早くふたりきりにしろということですね。これは気が回りませんで」

「そういう意味じゃない。私は――」

「わかっておりますとも、老爺。お邪魔はいたしません。では、ごゆっくり」

老僕はおどけたしぐさで揖礼して退室する。

「おしゃべりな老僕で申し訳ない。働き者ではあるのですが、口数が多くて……」

おもに家政を切り盛りしているもう一人の老僕が又甥を訪ねるため休暇を取っているので、お調子者の老僕が邸を取りしきっているという。

「なんでも色事に結び付けて茶化すので困ったものですよ。先輩が年を取ったら、あんな老人になるんだろうな」

囚蝿が砕けた調子で先輩と呼ぶのは兄弟子の同淫芥をおいてほかにはない。ふたりは気の置けない仲で、実の兄弟のように親しく付き合っている。一時は同居していたこともあり、契兄弟（けいきょうだい）——男色により結びついた仲——ではないかと噂（うわさ）され、彼らの〝秘密〟を主題とした絵や小説が後宮じゅうに出回っていた。

玉梅観の道姑たちまでがそれらを面白がるものだから、当然の流れとして曼鈴の視界に入ることになった。赤裸々（せきらら）な作品を目の当（ま）たりにして衝撃を受けたことは言をまたない。囚蝿にはすでに決まった相手がいるのだと心底落ちこんだ。

ところがそれはとんだ早合点（はやがてん）、いや誤解であり、ふたりは単になりゆきで同居していただけだった。くわしい事情は囚蝿本人に聞いた。本来は淫芥の新居が見つかるまでの一時しのぎの同居だったのに、淫芥はのらりくらりと言い訳をして家探しもせず、邸に居座って出ていこうとしないと囚蝿はぼやいていた。

「どんな手を使っても今年中に追い出してやりますよ」

鼻息荒く宣言する囚蝿を見ていると、根も葉もない風説に惑わされていた自分が滑稽（こっけい）で笑い出さずにはいられなくなった。

安心すると同時に、ふしぎなうしろめたさに襲われた。自分は囚蝿の恋人になりたいのだと思い知らされた。罪深い身でありながら、彼に愛されることを心の奥底で願っているのだ。かくも分不相応な願いが叶うはずはないのに。

――独公公をお慕いするのも今日で終わりにしなければ。

恥を忍んで想いを告げ、あえなく拒絶され、失恋の痛みに一晩苦しんだら、明日からは囚蠅への恋情をきっぱり捨ててしまおう。

彼のことを考えたり、彼の言動に一喜一憂したりするのはやめよう。この想いは間違いだったのだ、失うべきものを失っただけなのだと自分をなだめよう。怨むべき相手がいるとすれば、叶わぬ恋に身を焦がした曼鈴自身なのだと。

去りがたくなるから長居してはいけない。一刻も早く用件をすませてしまうべきなのに、なかなか本題に入ることができず、たわいのない会話で場をつないでしまう。

「山水画がお好きですの？」

壁にかけられている画軸を見やり、なにげなく尋ねてしまって後悔する。

琴棋書画は読書人のたしなみだ。囚蠅は晟稜地方の郷紳の息子で、幼少時代には科挙のために勉学に励んでいたのだから――囚蠅本人ではなく、淫芥から聞いた――文人趣味を好んでいてもおかしくはない。

それなのにあえて「山水画が好きなのか」と問うのは、「宦官のくせに士大夫の真似事をしているのか」と皮肉っているように聞こえかねない。

誤解されないように訂正しなければと口をひらきかけたとき、

「あいにく絵心はないのですが」

囚蠅は気を悪くしたそぶりもなく、はにかみながら蓋碗（がいわん）をかたむけた。

「あの絵にはひと目で心奪われたので強引に買い取りました。あとでなかなか名の通った画師の隠れた秀作だと聞きましたが、来歴には興味がありません。画中の風景が気に入ったんです。けぶるような墨痕で描かれたゆるやかな山と釣り舟を浮かべた茫々（ぼうぼう）たる湖水が、子ども時代に見ていた景色にそっくりで」

お話ししたことがあるかもしれませんが、と囚蠅は笑みまじりにつづけた。

「俺は兎州（としゅう）の片田舎（かたいなか）の生まれなんです。童子のころには山野に出かけて虫を追いかけたり、沢蟹（さわがに）を捕ったりして遊んだものですよ」

「まあ、独公公が野遊びを？」

神童と呼ばれ、将来を嘱望（しょくぼう）されていた少年時代の囚蠅が無邪気に野山を駆けまわって遊ぶ姿は現在の彼とあまりにかけ離れていて想像しづらい。

「父が割合に理解のあるほうで、勉学をおろそかにしなければ空き時間に遊びに行くことを許してくれていたんです。ひょっとすると、父自身が遊山（ゆさん）に出かけたかっただけかもしれませんが。父はしばしば山に入って墨絵を描いたり、湖に漕（こ）ぎ出して釣りを楽しんだりしていましたから。父の子ども時代には科挙にそなえるためにひねもす書案にかじりついていなければならなくて——厳格な祖父が見張っていたそうで——、泥んこになって遊びまわる近隣の少年たちがうらやましくてたまらなかったと話していました」

　自分では叶えられなかった夢を息子に経験させたかったのだろうと囚蠅は述懐する。

「あの絵を見ると昔を思い出します。絵を描いている父に木の上から声をかけて驚かせたり、父のとなりにならんで釣り糸を垂れたりしていたころのことを……」

　平穏な日常は断ち切られるように唐突に終わった。

　宣祐十九年、彭羅生の乱。晟稜地方にて蜂起した怨天教団は破竹の勢いで数々の城肆を攻略、占拠して住民に改宗を迫った。残虐な賊兵に恐れをなして早々に宗旨替えする者もいれば、どれほど脅迫されても節を曲げない者もいた。囚蠅の父は前者だった。

「わかっているんです。生きるためにしたことだと……。といっても、首の皮一枚でつながっただけですが。改宗したところで、ほんのしばらく奴婢として生かされるだけで、最終的には嬲り殺しにされる。どちらの道を選んでもおなじことだと知りながら、父は生き恥をさらして当座をしのぐことを選んだ」

　短い沈黙を際立たせるように、香炉の吐息が強く香った。

「一日でも長く生きのびるために忠節も名誉も捨てたのに、死にざまは目も当てられないほど無様でした。……賊兵たちは父に豚の真似をさせて嬲り者にしたんです。一度や二度ではありません。来る日も来る日も父は四つん這いになって、豚のように鼻を鳴らしながら、あちこち動きまわりました。ときには豚小屋を、ときには死体置き場を……」

賊兵たちは口汚くはやし立て、げらげらと笑い転げた。

「彼らのなかには科挙に何度も落第して親族に見放され、路頭に迷って怨天教団に入信した者も多くいました。そういう連中は官途についた経験のある人間をいたぶることで憂さ晴らしをしていたんです」

ある日、賊兵たちは松明を持って囚蠅の父を追いかけまわした。

「父は四つん這いのままで逃げ惑いました。そうするしかなかったんです。立ちあがると、賊兵たちが俺を殴ったから」

松明の火が衣服に燃え移っても、囚蠅の父は地べたを這いまわった。

「火はあっという間に燃え移りました。頭から油を浴びせられていたせいで……」

無残な亡骸の前で囚蠅は呆然と立ち尽くしたという。

「悔しくてたまらなかった。父にはもっとましな死にかたがあったはずだ。死の恐怖に負けて恥をさらしてほしくなかった。どうせなら最期まで士大夫の誇りを守ってほしかった。あんな……父の醜態は見たくなかった。一度は金榜に名を掛け、輝かしい官途を歩んだ身でありながら、賊兵どもに命じられるまま地べたを這いまわるなど……」

怒りとも悲しみともつかない情動を嚙み殺すように、囚蠅はつづきを打ち切った。

「すみません。こんな話はお耳汚しですね。忘れてください。そうだ、甜点心をいかがです？　先ほどの老僕はああ見えて菓子作りが得意で——」

「そんなことをおっしゃってはいけません」

囚蠅の言葉をさえぎり、曼鈴は彼のほうを向いた。

「無様な死にざまだったなどと、ご父君を貶めないでください。ご父君は死の恐怖に屈して賊兵の言いなりになったわけではないはずです」

確固たる証拠を握っているかのように断言する。

「忠節と名誉を守るために死ぬこともできたでしょう。でも、もしそうしていたら、独公公はどうなっていましたか？」

「……俺は死ぬ覚悟をしていましたよ。決めていたんです。父が節義に殉ずるなら、俺もいさぎよく命を捨てて家名を守ろうと」

「家名を守ってなんになるのです？　国に忠節を尽くしたと死後に顕彰されてなんになるのです？　黄泉路の向こうで皇恩を賜ってなにが救われるのです？　九泉にいる人たちに自慢するのですか？　一族が皆殺しにされたので天子さまに褒めていただいたと？」

「……もうこんな話はやめましょう、宰道姑」

「あなただって心の奥底では感づいていらっしゃるはずですわ。ご父君が忠節や名誉をかえりみず屈辱を受ける道を選んだのは、ほかならぬあなたのためだと」

節義に殉ずるなら、家名を守る代わりにわが子をあの世まで道連れにしなければならない。賊兵に命乞いをすれば、わが子の命までは奪われずにすむ。むろんそれはずさんな弥縫策にすぎないけれども、一縷の望みに賭けるにはそうするしかない。

賊軍の天下が永遠につづくわけではない。いまに勅命を受けた討伐軍が賊軍を打ち倒し、兇州の官民を救い出してくれる。救出される者たちのなかにわが子の姿があることを願い、雨あられと降りそそぐ恥辱にじっと耐えていたのだ。

「あなたの目に焼きついているのは賊兵たちにいたぶられるご父君の醜態ではなく、あなたを生かそうとして孤軍奮闘する勇姿だったのですわ」

身に寸鉄も帯びず、地位も矜持も死後の名声も擲って、一日でも一時でも長くわが子を生かそうと奮闘した。けっして見栄えのいい戦いかたではなかっただろう。巷間でもてはやされる英雄豪傑のような華々しい活躍ではなかっただろう。それでも囚蝿の父は全身全霊を捧げて戦ったのだ。彼にできる最善の方法で。

その結果、囚蝿はここにいる。

「外見に惑わされて本質を見失わないでください。人は本心とは正反対の言葉を吐くことがあります。本心とは正反対の行動をとることがあります。偽りの衣ばかり見ていては、真実の在り処を見定めることができませんわ。どうか心眼をひらいて……」

言葉が途切れたのは、囚蝿への想いとはべつの感情が喉をつまらせたからだ。

——もしかしたら、お母さまも……。

なぜ母は獄中で曼鈴を突き放したのか。なぜやさしく抱きしめてくれなかったのか。もし、あたたかく迎えてくれていたら、涙ながらにひしと抱きしめてくれていたら、曼鈴はどうなっていただろうか？

――もっと意固地になってお母さまの無実を訴えたでしょう。

母の助命を嘆願するためにどんなことでもしただろう。祖父や叔父にすがりついて泣き叫び、願いを聞き入れてくれない彼らを呪いさえしただろう。

なりふりかまわず母の潔白を主張しつづければ、幼くして謀反人の娘になってしまった曼鈴への世間の同情はどんどん目減りしていき、やがては母同様に憎まれる存在になっていただろう。そしておそらくは宰家の立場がいっそう苦しいものになり、父は親族を守るため曼鈴の口を封じただろう。

いざとなれば、父はわが子より家門を優先する。それを非情だと責め立てる資格は、曼鈴にはない。宰氏一門の命運を握る家長ならば、当然そうすべきだ。娘ひとりのために一族を滅ぼすわけにはいかないのだから。

――わたくしでさえ予測できることを、お母さまが見通せなかったはずがないわ。

おまえなど欲しくなかったと母は言った。おまえの母親役を演じるのに苦労していたと。胸が張り裂けそうになった。完膚なきまで心を叩きつぶされた。母と過ごした日々が嘘偽りだったと知って、足もとが瓦解するのを感じた。

あれは、母の本心だったのだろうか？

東廠の捜査によれば、母は皇家を憎み、凱の滅亡を望んでいたという。ならばなぜ、賞月の変が起こる前にそうしていたように、泣きながら駆け寄った曼鈴を抱き寄せ、あなたに会えなくてつらかったと甘い虚言をささやかなかったのだろうか。

慈愛深い母親の仮面をかぶっていれば、曼鈴を操ることなどたやすかったはずだ。母を助けてほしいと、母は濡れ衣を着せられたのだと、ところかまわず騒ぎたて、祖父や叔父を辟易させるよう仕向けることができたはずだ。

曼鈴が母の無実を叫びつづければ、かならずや宰家に禍がふりかかる。

父が血反吐を吐く思いで事件への関与を否定しようとも無駄骨に終わるだろう。宰家にこびりついた疑惑の残滓はなおいっそうふくれあがって、皇家に次ぐ由緒ある権門の地位を危うくするだろう。即座に族滅と結びつかなくても、長い歳月をかけて築かれてきた皇家と宰家の紐帯を弱めるには十分だ。

最終的に両家が袂を分かつことになれば、宗室の孤立は避けられない。

建国から三百六十年、宰家が逆心を抱かず、犬馬の労をいとわず、ひたむきに忠君の道を歩んできたからこそ、金枝玉葉は思うさま繁栄してきたのだ。

大凱は、高家と宰家の両輪に支えられた軒車だ。どちらかが強すぎても弱すぎてもいけない。両者の均衡が保たれていてこそ、王朝は安寧を貪ることができる。宰家という車輪がはずれてしまえば、高氏天下をのせた軒車はけたたましい悲鳴をあげてかしぎ、なすすべもなく亡国への坂道を転げ落ちていくだろう。

凱の落日を渇仰しているのなら、母は曼鈴を抱きしめるべきだったのだ。会いたかったと出まかせを言うべきだったのだ。わたくしは潔白なのよと嘘をつくべきだったのだ。母の無念を晴らしてちょうだいと曼鈴の心に怨みの種を植えつけるべきだったのだ。

さすれば、母の野望は実現に一歩近づいただろう。

あらためて思う。なぜ母は、あれほどたくみな慈母の仮面で曼鈴を手なずけておきながら、最後の最後で姦策を放棄したのだろうか。

——いいえ、たしかに謀をめぐらせたのよ。

あたたかい抱擁を求める曼鈴を突き飛ばし、幼心を叩き壊す非情な言葉を投げつけたのは……曼鈴を守るためだ。曼鈴が母への情を断ち切ってしまえるように、あえて足蹴にしたのだ。曼鈴が母の無実に固執して騒ぎを起こさないように、母の助命を嘆願して皇家に疎んじられないように、父と衝突して宰家の鼻つまみ者にならないように——曼鈴を生かすために、心を鬼にして冷酷無情な母親を演じたのだ。

「……宰道姑」

こちらを見る囚蠅の顔が不格好ににじんでいる。うっかり水滴を落としてしまった筆跡のように。

「ごめんなさい……わたくし、つい母のことを思い出してしまって」

曼鈴は手巾を取り出し、泣き顔をうずめた。とたん、後悔する。ふだんなら脂粉とは無縁だからかまわないが、今日は化粧をしている。涙で汚れたおもてを手巾で覆ってしまったら、丹精を凝らして塗ったおしろいも苦心して描いた眉も無様にくずれてしまう。

――馬鹿ね、こんなときに化粧の心配をするなんて。

母はやはり〝母〟だった。鬼女の仮面をかぶることで曼鈴を生かしてくれた。

その事実を嚙みしめながら考えることが恋しい人の目に自分の顔がどう映るかということだとは、なんと親不孝な娘であろうか。

「……そろそろお暇しますわ。長居してはご迷惑でしょうから」

逃げるように席を立つや否や、格子窓に不穏な閃光が走った。あっと思ったときには天を叩き割らんばかりの雷鳴が轟きわたる。曼鈴は小さく悲鳴をあげてうずくまった。

「どうかなさいましたか？　もしや、具合が」

「いえ、そうではなくて……」

物心ついたころから雷は苦手だ。あの青白い光が視界の端をかすめるだけで足がすくみ、大地を打擲する霹靂に耳をつんざかれると震えおののいて動けなくなる。

童女時代は雷が鳴りやむまで母の腕のなかに避難していたものだ。そこは曼鈴だけの鉄壁の城塞だった。母に抱かれていれば、どんなに雷公が怒りくるっても、落雷の震動が伝わってきても、恐怖に打ち勝つことができた。

　母亡きあと、いちばん苦労したのが雷をどうやってやり過ごすかということだと人に話せば笑われるだろう。

　けれど、ほんとうに雷の日はつらかった。母がもうこの世にはいないことをまざまざと思い知らされ、衾褥(ふとん)をかぶって寝床で震えていることしかできなかった。入道してからは同輩の道姑がそばにいてくれたのですこし気がまぎれたが、雷鳴が通りすぎたあとで疲労がどっとのしかかり、寝ついてしまうことさえあった。

　曼鈴のなかで雷と母が結びついてしまったのだろう。百雷が炸裂(さくれつ)するたびに二度と感じることができない母の体温や柔肌(やわはだ)が思い起こされて、けっして癒(いや)されぬ飢渇(きかつ)めいた喪失(そうしつ)感がこの身を責めさいなむのだ。

「……あの音がおさまるまで、ここで待たせていただけないでしょうか。わたくし、どうしても雷が苦手で……」

「床の上は冷えますよ」

　馴染(なじ)みのないぬくもりに肩を抱かれ、絹のようになめらかな、けれど女のものとは異なる質感の声音(こわね)が耳もとで響いた。ついでふわりと浮遊感につつまれる。

　――この感じ、おぼえがあるわ。

鬼獄で拷問(ごうもん)を受けながら、曼鈴は何度も気を失った。囚蝿が助け出してくれたときも意識をなくしていたらしい。くわしい経緯は記憶していないけれども、ぼんやりとおぼえている。囚蠅に抱かれて冷え冷えとした獄房を出たとき、蟒服越しに伝わる彼の体温が春陽のような安堵を呼びさましてくれたことを。

「窓掛けをおろしましょう。雷光がさえぎられますから」

曼鈴を榻に座らせ、囚蠅は格子窓を窓かけで覆った。黒い靄が立ちこめたように室内が薄暗くなり、書案の上の書灯がおぼろな光を億劫そうに揺らめかす。

「もしよろしければ、小卓を端に寄せてとなりに座っても？」

囚蠅はどこか遠慮がちに言った。

「こういうときは身を寄せ合っていたほうがよいかと……。もちろん、やましい気持ちはありません。宰道姑が怯えていらっしゃるので、すこしでも気がまぎれればと」

雷公の怒号が暗がりを打ち震わせ、曼鈴はびくりとして両耳をふさいだ。

「……すみません。やはりおそばには行かないほうがいいですね。身分もわきまえず、無作法なことを……」

「いいえ、誤解ですわ！」

曼鈴は必死に首を横にふった。

「お願いですから、こちらにいらっしゃってください！」

思わず大きな声を出してしまい、にわかに羞恥がこみあげる。

「……あ、あの……もし、よろしければ……」

語尾がだんだん小さくなる。混乱していたとはいえ、なんて不躾な物言いをしてしまったのだろう。彼を驚かせてしまったのではないか。あきれられたのではないか。なかなか返答が聞こえてこないので、不安が喉もとまでこみあげてきた。早く発言を訂正しなければと焦って舌をもつれさせているうちに、また霹靂が轟いて縮こまる。

「実は俺も、雷が苦手なんです」

小卓を榻の端に移動させ、囚蝿は曼鈴のとなりに座った。

「童子のころ、雷が怖くて櫃に隠れたり、書案の下でうずくまったりしていたので、姉にはよく弱虫だとからかわれました」

「姉君は雷を怖がらなかったのですか？」

「まったく。女丈夫というのかな、肝が太い人でしたよ」

囚蝿はなつかしそうに笑みまじりの吐息をもらした。

「雷公が連鼓を打ち鳴らしはじめると、わざわざ窓をあけて空を眺めていたほどですよ。黒雲のあいだにひらめく稲妻が龍のようできれいだと」

「まあ……勇気のあるかたでしたのね」

「おかげで俺はいつも弱虫呼ばわりされていましたが。からかわれて悔しいのに言いかえすこともできませんでした。耳をふさいで縮こまるのに忙しくて」

雷に怯える少年時代の彼を心に思い描くと、おのずと頬がゆるんでしまう。

しかしその瞬間、またしても連鼓の咆哮が暗がりを引き裂く。轟音に驚いてはねあがった肩を囚蠅が手のひらでつつんでくれた。

「姉のような豪胆者には敵いませんが、弱虫には弱虫なりの戦いかたがあります」

「戦いかた……？」

ええ、とうなずき、囚蠅は曼鈴をそっと抱き寄せた。

「こうして身を寄せ合っていれば、恐ろしい時間はあっという間に過ぎ去りますよ」

道袍越しに彼の鼓動が聞こえる。力強く、頼もしい音が。雷鳴さえ弾き飛ばすような規則正しい音色に耳をかたむけ、曼鈴は微睡むようにまぶたをおろした。

――雷が鳴りやまなければいいのに。

こんなことを願うなんて、どうかしている。けれどもう、恐ろしさはどこかへ行ってしまった。いまはただ、この時間が寸刻でも長くつづくことを願っている。

義妹にはなれない。菜戸になど、なれるはずがない。

だからせめて、ほんのひとときでいいから、恋しい人の腕のなかにいたい。

囚蠅を生かしてくれた人と、曼鈴を生かしてくれた人に――想いをはせながら。

夜半の月（後宮染華伝　番外編）

それは一幅の絵のごとき光景だった。

一面の銀世界となった内院に、ひとりの女がたたずんでいた。

白貂で縁どられた紅柿色の外套を羽織り、憑かれたように夜空をふりあおぐその横顔は月光に濡れてきらめいている。

美しいが、どこか近寄りがたいものを感じさせた。声をかけた瞬間、繊細な玻璃のごとく粉々に壊れて消えてしまいそうな。

「ここにいたのか、紫蓮」

逡巡しつつも、宣祐帝・高隆青は李皇貴妃の字を呼んだ。

「主上」

紫蓮がこちらに気づいて万福礼しようとする。軽く手をあげてそれをとめ、隆青は彼女のとなりにならんだ。

「夜更けに龍床を抜けだしてなにをしているのかと思えば、月と逢引きか？」

ふと目を覚ますと、紫蓮が寝床にいない。不寝番をしていた惜香に尋ねたところ、散歩に出たという。年の瀬の真夜中に散歩とはどうしたことかと外套を羽織って捜しに行けば、深雪に覆われた内院で紫蓮を見つけた。

「逢引きだなんて。月にいるのは嫦娥ですわよ」

「嫦娥の側仕えのなかに美男子がいるのではないか？　君が見惚れるような」

寒さでやや赤らんだ鼻先にふれると、紫蓮はころころと笑った。

「いたとしても、主上ほどではないでしょう」

「いや、そうとも限らぬ。人柄はともかくとして、楊忠傑はなかなかの美丈夫だった」

反射的に言いかえそうとした紫蓮を、目線で制す。

「咎めているのではない。前夫を思いやるのも人の情だ」

先日、楊忠傑の処刑が行われた。

罪状は多岐にわたったが、その処刑法を極刑である凌遅に決定づけたのは、蔡首輔の手先となって阿芙蓉の密売に関与していたことだ。

阿芙蓉と無関係なら左遷ですませてもよいと考えていたが、もはや恩情はかけられなくなった。阿芙蓉の所持だけでも重罪になるのだ。率先して売りさばき、暴利を得ていたとなれば、たとえ三魁に名をつらねた者であろうと微罪ではすませられない。

隆青は忠傑に極刑を言いわたし、楊家の私財を没収した。

蔡貴妃による〝皇族殺し〟への関与は認められなかったため、族滅はまぬかれたものの、遺族は受誅の門として仕官の道を制限されることとなる。

大罪人の親族と蔑まれるだけでなく、阿芙蓉で破滅した者やその類縁から怨まれ、危害を加えられるかもしれない。いずれにせよ、煌京に身を置くことはできないだろう。京師から遠く離れ、身分を偽ってひっそりと暮らすしかない。

忠傑がみずから招いた結果だ。同情の余地はないが、紫蓮は複雑な心境なのだろう。わずか三年の縁とはいえ、仮にも夫だった男だから気にかかるのも無理はない。

「……思いやっているのかしら」

紫蓮は自嘲するふうに片笑んだ。

「腑に落ちないだけかもしれませんわ。あの人がどうして獄死することを選ばなかったのか……」

処刑の数日前、紫蓮の使いで虚獣が忠傑の獄房を訪ねた。獄衣をまとった忠傑にさしだされたのは、一杯の毒酒である。

凌遅は考えうる限りもっとも過酷な処刑法だ。罪人は刑吏にすこしずつ肉を削がれ、ゆっくりと切り刻まれていく。

できるだけ苦しみを長引かせることを目的としているため、医者が罪人に止血をほどこし、食事を与え、数日にわたって処刑をつづける。

刑場には立錐の余地もなく群衆が押しよせる。野次馬たちは罪人の血が飛び散るたびに歓声をあげ、削がれた肉は生薬としてその場で売り払われ、あるいは罪人に殺された者の遺族が彼の肉を祀って宿怨を晴らす。

それほどの酷刑に処される前夫を憐れみ、紫蓮は毒酒を下賜したのだ。しかるに、忠傑は彼女の厚意をつきかえした。

「われわれに旧情があると誤解されかねないことをなさってはいけません」

忠傑は紫蓮にそう伝えるよう言って、虚獣を追いかえしたという。

「あの人はけっして剛毅の士ではありません。我欲が強く自堕落でありながら、野心のためなら憎んでいる相手にすら平気で阿諛追従する厚顔さを持ちあわせていました。そんな人が命乞いもせずにおとなしく刑に服したなんて、どこか平仄が合わなくて……」

「平仄なら合っているじゃないか」

隆青は紫蓮の肩を抱いた。

「楊忠傑は虚栄心の強い男だった。君の慈悲を受け入れる度量はなかったんだ」

我利のために利用しつくして捨てた元妻からさしだされた、惻隠の情。

それをあおれば刑場で見世物になることは避けられるとわかっていながら、どうしても受けとれなかった。矜持と呼ぶには卑しすぎ、自尊心と呼ぶには無様すぎる。

しいて言葉であらわすなら、意地であろうか。

「愚かな男だな。妙な意地を張らず君の憐憫を受けていれば、もっと楽に死ねたのに」

しかし、それが忠傑の最後の選択だ。

「……私は傲慢すぎたのでしょうか」

のしかかる雪の重みに耐えかねた花のごとく、紫蓮はうなだれた。

「憐れみをほどこしたつもりで、あの人の誇りを故意に傷つけたのかしら。自分でも気づかぬうちに、ある種の復讐として……」

「すくなくとも楊忠傑はそのように解釈しただろう。落ちぶれた自分を君が嘲っていると」

気位の高い彼にとって、紫蓮に憐れまれるのは屈辱だったにちがいない。だからこそ、忠傑は毒酒を突きかえした。獄房の壁に頭を叩きつけて死ぬこともできたのにそうしなかった。

処刑当日、粛々と獄房を出ていき、檻車に乗せられて士民の罵声を浴びながら刑場まで引っ立てられ、四日にわたった凌遅に耐えて、削ぎ落とされた自分の肉に群がる人々を眺めながら事切れた。

「……そんなつもりではなかったと、弁解しても詮無いことですわね」

紫蓮は本心から前夫を憐れんだのだろう。一度は夫婦の縁を結んだ男を――たとえ自分を傷つけた卑劣漢であろうと――情け深い彼女は見捨てられなかった。罪の重さゆえに滅刑は望めないから、せめて楽に死なせようとした。

「ほんとうにやつを憐れんでいるなら、いっそ嘲笑ってやれ。三魁に名をつらねながら愚行をかさねて墓穴を掘った、愚か者よと」

東廠は十年前の祖父殺しも忠傑の犯行であったと結論づけた。そして忠傑が紫蓮のしわざだと主張した妻、加氏の死も。

当人も自白したが、この事実は公表されなかった。祖父殺しはそれだけで凌遅に処される大罪である。その忌まわしき罪科が白日の下にさらされれば、忠傑の遺児は祖父殺しの子として世間から排斥される。

また実の父親が胎の子もろとも母親を葬ったと知れば、彼らは死ぬまで絶望にさいなまれるだろう。

阿芙蓉の件に尊属殺人の罪をくわえても、肉を削ぎ落とす回数が増えるだけだ。遺児たちの将来を考えて、真実はふせておくほうがよいと判断した。

「憐憫はだれにとっても妙薬となるわけではない。ある者にとっては冷笑のほうが心地よいこともある。君のかつての夫は、つねに他人を見下していたがゆえに、他人から同情されることが我慢ならなかった。そういう男を供養する唯一の方法は、大いに嘲弄し、清々したと言い捨てて、忘れることだ」

哀悼はするが、囚われはしない。そうやって折り合いをつけていかなければならないのだろう。いつの日か、自分が死者たちの列にくわわる、そのときまで。

「ひどい夫でしたわ」

紫蓮の吐息が夜陰を白く染めて消えていく。

「でも、私もひどい妻でしたので、お互いさまですわね」

「君がひどい妻だった？　なぜ？」

「上っ面だけの良妻を演じていましたもの。心のなかでは夫を軽蔑していたくせに、いじらしい賢夫人のふりをして……。夫に尽くしたと言えば聞こえはいいですが、その実、正妻の面子を保つことに腐心していたにすぎません。本音をぶつけて夫と衝突し、周囲の人びとから悪妻とけなされることを恐れていたのです」

なにを言われても、なにをされても、黙って耐えていれば健気な妻でいられる。それが心地よかったのだろうと、紫蓮は述懐する。

「あの人は官途につくことばかり、私は嫡妻の立場を守ることばかりに囚われて、お互いに自分勝手でした。うまくいかなかったのは当然のことですわ」

笑うように細められた目がかすかに哀惜を帯びる。

「もし、私が嫡室の体面をかなぐり捨てて本音で夫にぶつかっていたら、結果はちがっていたかしら。あの人の結末は、ここまで悲惨にならずにすんだかしら。……馬鹿ですわね、私ったら。『もし』なんてないのに。選ばなかった道は存在しなかったも同然なのだから、ふりかえったところで、なんの意味も……」

手のひらのなかで紫蓮の肩が震えた。彼女を強く抱きよせ、隆青はしばし静寂を貪る。紫蓮にとっての忠倸にせよ、隆青にとっての黛玉にせよ、連れ合いと呼ぶには、あまりに心もとない相手だった。

それでも一度は夫婦の縁が結ばれた相手だ。まったくの他人を見送るときほど、平静ではいられない。

もっとうまくやれなかったのかと、ちがう結果を出せたのではないかと、むなしい考えをめぐらせずにはいられなくなる。未練や旧情という言葉で片づけるにはいささか泥くさいその感情が、胸裏にこびりついて離れない。

そこに慕情の有無は関係ない。

喪われた命の重さに耐えかねて、足がすくんでいるのだ。罪の自覚に責めたてられて、狼狽しているのだ。骨の髄まで響くこの緩慢な毒から逃れるすべはない。こうして身を寄せ合い、やり過ごすのが精いっぱいだ。

「美しい月だな」

隆青は夜半の月をふりあおいだ。寒そうに縮こまった、弱々しい光の珠。その儚い色彩が衾雪に反射し、満目を白々と輝かせている。

「君が見惚れるはずだ」

紫蓮を慰める資格は、隆青にはない。忠傑を誅殺したのは、隆青自身なのだから。

慰める代わりに、ともに月を眺めようと思う。

幾千ものあいだ、地上の生生流転を照らしつづけてきた天上の鏡にこの身を映して。心を透かす金鏡のまえでは、だれもみな非力だ。過去も罪科も嘘偽りもひとしく暴かれ、虚飾をとりさった素顔が月華にさらされる。

「月明かりで絹を染めたら、どんな色になるだろう？　試しにやってみないか？」

「月明かりで？　どのように染めるおつもりですの？」

「簡単だ。絹を一晩、月明かりがあたるところに置いておけばいい」

「媒染しなければよい色が出ないのでは？」

「そうだな、なにを使おうか」

隆青は夜着の袖で紫蓮の目もとを拭った。

「君の涙ではどうだ？　美しい月映え色に染まりそうだぞ」

まあ、と潤んだ瞳がたわむ。

「媒染液を作るほど涙を流せませんわ」

「だったら、余が君をたくさん泣かせねばならぬな。君の涙が盥いっぱいにたまるまで」

「いやですわ。か弱い女をいじめてお楽しみになるなんて、趣味が悪うございますわよ」

「たまにはよいだろう。いつもいじめられているのは余なのだから」

「聞き捨てなりませんわね。いったいいつ私が主上をいじめたとおっしゃるのです」

「一昨日、余は君を龍床に召すつもりでいたのに、君は侍妾を勧めたじゃないか」

「私は三日前にご寵愛を賜っていましたもの。侍妾たちにも寵愛がいきわたるよう心配りをするのは皇貴妃のつとめです」

「責任感が強いのはけっこうだが、融通がきかないところが難点だな。ついさっきだって、寵を受けるのは一晩に一度限りだと言い張って聞かなかった」

「あたりまえですわ。私などのために体力を無駄になさってはいけません。そもそも今夜だって、私をお召しになる必要はなかったのです。皇后さまはまだお身体が全快なさっていらっしゃいませんが、妃嬪侍妾の多くはいつでも龍床に侍ることができます。私より若く美しい者が大勢お召しを待っておりますのに、なぜ芳仙宮にいらっしゃるのか理解に苦しみますわ。私が夜伽をするのは、七日に一度くらいでちょうどよいでしょう。あとはときおり昼餉や散策の時間を合わせてくだされば、寵妃として十分に面目が立ちます。主上はより孕みやすい妃嬪侍妾をお召しになって、宗室の子孫繁栄のためにいっそうの……」

　とうとうと小言をこぼす唇に口づけした。

「口うるさいところも玉に瑕だ」

　笑みまじりにささやくと、紫蓮は片眉をつりあげる。

「なんでも口づけでうやむやになさるのは主上の悪い癖ですわ」

「それくらい、可愛(かわい)いものだろう?」

「いいえ、ちっとも。むしろ、たちが悪いですわよ。火酒のような口づけですもの」

「火酒のような?」

「『ような』なんて、ひかえめな表現でしたわ。ひと口飲むや否や前後不覚に陥(おちい)ってしまう火酒そのものですわよ。私はお酒に弱いので、そんなものを飲まされては困ります」

恨みがましく睨(にら)まれると、われ知らず笑みがこぼれる。

「なるほど、君の弱点がわかったぞ」

興味深い発見に心躍らせながら、隆青は紫蓮を抱きあげて来た道をひきかえす。

ふたりの閨(ねや)へとつづく遊廊(わたりろうか)を凛々たる月天子(がってんし)が照らしている。

冬の夜は長い。幸いなことに。

卵翼の恩（後宮茶華伝　番外編）

「で、用向きはなんですか？　まさか長公主さまともあろうおかたが、一介の騾馬の栄転祝いのためだけにこんな陋屋までいらっしゃったわけじゃないでしょう」

下座で気だるそうに蓋碗をかたむけているのは、この邸の居候——だと当人は言い張っている——にして皇后付き次席宦官の同淫芥だ。

ただし、この肩書きはあと数日で使えなくなる。来月から彼は敬事房太監と呼ばれることが決まっているからだ。

東廠による貪欲な三監の摘発は一定の成果をあげ、三監の勢力図が大きく変わった。その最たるものが司礼監入りを確実視されていた前敬事房太監の失脚である。彼は度の過ぎた収賄を糾弾され、家財を没収されたうえで流刑になった。

空いた敬事房太監の椅子に淫芥を推薦したのは、破思英の一件で手柄を立て、政敵だった司礼監掌印太監・棘灰塵と秉筆太監・泥梟盗を追い落とした東廠督主・葬刑哭である。葬督主は勝勢に乗じて全宦官の頂点たる司礼監掌印太監に昇進するかと思われたが、自身の後任が見つからないことを理由に現職にとどまり、自分と懇意にしている別の秉筆太監を司礼監の長に推した。

新司礼監掌印太監は己が弟子である皇后付き首席太監を敬事房太監に推薦したが、当人が辞退したため、次席宦官である淫芥にお鉢がまわってきたのだ。

もっともこのような煩雑な手順は、官僚の真似事をしたがる宦官たちによる茶番にすぎない。淫芥が敬事房太監に就任することは、その椅子が空いた時点で――あるいはそれ以前から――内定していたのである。

――寒嫣雨の正体を暴いたのは淫芥だったのね。

皇后付き首席女官・寒嫣雨は、怨天教団の幹部・破思英だった。

東廠により公表されたその事実が淫芥の栄転と結びついた。彼の敬事房太監就任は内廷の綱紀粛正がもたらした偶然の産物などではなく、彼の働きぶりに対する評価なのではないかと。

かねてより淫芥は褐騎ではないかと疑っていた。彼自身はおくびにも出さないし、褐騎とはそういうものなのだが、宦官の養女として育った永恩長公主・高夏瑶には直感でわかるのだ。なぜなら亡き養父・易銅迷も褐騎だったから。

養父本人からその稼業について聞かされていたわけではないけれど、養父にはなにか秘密があるのだと察していた。暴かれれば一巻の終わりになるような重大な秘密が。

機密にかかわる者には特有の気配がある。他人とのあいだに張った煙幕のにおいが芬々と香ってくるのだ。

淫芥にもおなじものを感じる。養父の弟子であった淫芥とは物心つくころからの付き合いだが、なんとなく親しみがわくのは、養父がまとっていたものと同様の翳が彼の言動から感じられるせいだろう。

「お願いがあるのよ」

香り高い龍頂茶で喉をうるおし、夏瑶は意を決して口をひらいた。

「わたくしの出自について教えてほしいの」

夏瑶は拾い子である。すくなくとも養父からそう聞かされていた。

「ある日、大門の前に籠が置いてあった。なにが入ってるんだとなかをのぞいてみると、丸々と太った赤子がのんきそうに寝息を立てていた。それがおまえだよ」

養父は「天からの授かりものだ」と思い、赤子を燕燕――夏瑶の幼名である――と名づけ、養女に迎えたという。

「俺も年を食って手持ち無沙汰だったんだ。如才なく生きてきてずいぶん銀子もたくわえたが、独り者じゃあ張り合いがなくてな。ちょっとした信心を起こして、おまえみたいな可愛い娘を授けてくれと神仙に祈ったのさ。まさか天に通じるとは思ってなかったが、玉皇も粋なことをなさるもんだな。おかげで俺はおまえの養い親になれたよ」

養父は燕燕を実の娘のように大切にしてくれた。休沐のたびに日がな一日、遊んでくれた。好奇心旺盛な燕燕がしつこく質問攻めにしてもうるさがらず相手をしてくれた。熱を出して寝込めば大金を払って名医を呼んでくれたし、夜中に悪夢を見た燕燕が泣きながら寝床に押しかけたときは童宦時代の失敗談を話して笑わせてくれた。

燕燕がよいことをすれば大いに褒めてくれ、悪いことをしたらそれのなにが悪いのか幼子にも理解できる易しい言い回しで教えてくれた。

養父と一緒にいて楽しくなかったことはないし、安心できなかったこともなかった。実の父のように慕っていた。ずっと養父と暮らせると思っていた。大人になった燕燕が花嫁衣装をまとって邸を出ていくその日までは。

別離は予想していたよりも早く訪れた。

宣祐二十九年八月、賞月の変。

王朝転覆をもくろむ怨天教団による九陽城襲撃事件で、養父は宣祐帝――当代の太上皇――を守るため賊兵に斬られ、重傷を負った。

宣祐帝の恩情でとくべつに太医の診察を受けたものの、傷が深すぎて手の施しようがなかった。せめて死に目には会えるようにと宣祐帝は急いで燕燕を皇宮に呼び寄せたが、養父はとうとう意識が戻らないまま、事件の翌日に息を引き取った。

養父の忠節に深く感じ入った宣祐帝は孤児になった燕燕を憐れみ、養女に迎えた。さらに公主の身位を与え、とこしえに皇恩を賜るという意味をこめて永恩の封号を、笄礼のおりには夏瑶という字をつけた。

宦官の養女でありながら公主になったことでさまざまな苦労もあったが、周囲の人びとの厚情に恵まれて何不自由なく成長し、昨年――嘉明七年秋、夏瑶は権門宰家の嫡男・宰忠飛に降嫁した。

これは望まない縁談ではなかった。それどころか、幸福な結婚そのものだった。夏瑶と忠飛は婚約のために引き合わされた際、互いにひと目惚れしていたからだ。かくて恋しい人と結ばれ、幸せな新妻となった夏瑶は、少女らしい心で夢見ていた蜜月よりも甘くやさしい日々に酔いながら、胸にきざした不安を拭い去ることができずにいた。

――わたくしのほんとうの両親は、いったいどんな人なの？

夏瑶の降嫁から半月後、整斗王妃・孫月娥連れ去り事件が起こった。

これにより、茶商・孫報徳の養女として育った孫月娥の実父が怨天教徒であったことがあきらかになった。むろん公表されてはいない。けっして他言しない約束で月娥本人から聞いたのだ。

「私、不義の子だったんです。実父は怨天教団の幹部で、若いころ許閣老の亡妻と私通していたと……その結果、生まれた子が私らしくて……」

当惑気味に語る月娥の苦衷を慮りつつ、夏瑶の胸底に疑問が生じた。

――わたくしの両親は、どういう事情でわたくしを手放したのかしら。

赤子のときに捨てられていたのだから、やむにやまれぬ事情があったはずだ。もし両親が――そのどちらかが――夏瑶に肉親の情を抱いていたなら泣く泣く別れたにちがいない。困窮(こんきゅう)していて子を育てる余裕がなかったのかもしれないし、うしろ暗い出生ゆえに手もとに残すことができなかったのかもしれない。

単に疎(うと)ましくて捨てた可能性もある。世のなかには子を愛さない親が存在することを、十年におよぶ後宮生活で学んだ。夏瑶の生みの親も血をわけたわが子に情を感じない人間なのかもしれない。

――なんにせよ、わたくしは出自を知らなければならないわ。

知るのが怖いという気持ちはある。ひょっとしたら夏瑶は、月娥のように不義の子なのかもしれないし、怨天教徒の娘なのかもしれない。あるいはもっと恐ろしい罪人の血を引いているのかも。悪い想像が次々に浮かんできて足がすくむけれど、事実から逃げてはいけない。知らなければならないのだ。たとえどんなに忌(い)まわしい真実だとしても。

「出自？　なんで急にそんなことを？」

蓋碗を茶卓に置き、淫芥はいぶかしそうに首をかしげた。

「べつに知らなくてもいいことじゃないですか。いままでだって支障はなかったでしょう」

「いままではね。出自なんて気にしてなかったわ。お父さまの作り話を無邪気に信じていればよかった。……だけど、そういうわけにはいかない事情ができたの」

夏瑶はやや気恥ずかしくなって、茶卓越しに隣席の夫を見やった。忠飛は誇らしげに頰をゆるめ、卓上に置いた夏瑶の手をあたたかい手のひらでそっとつつむ。その様子を見ていた淫芥がぽんと膝を叩いた。

「あ、わかりましたよ。ご懐妊でしょう」

懐妊という言葉にいまさらながら羞恥がこみあげてくる。婚礼から半年ほど過ぎているのだから身ごもるのはふつうのことなのに、こそばゆくてしょうがない。

「……以前から出自のことは気になっていたんだけど、考えないようにしていたわ。でも、懐妊がわかって、どうしても無視できなくなった。怖いのよ。自分が何者なのかわからないまま、人の親になることが」

己の身体に流れる血がだれにつながっているのか、子を産む前に知っておきたい。

事実を受けとめる行為が痛みをもたらしたとしても、耐えられる自信がある。なぜなら忠飛がそばにいてくれるから。

「実はね、あなたを訪ねることを決心するまで何日も迷ったの。このままにしておこうかとも思ったわ。いままでみたいに見て見ぬふりをすればいいんだわって。……でも、夫に相談したら──」

夫という単語を口にしたとたん、頬が赤くなるのを感じた。

「はっきりさせておいたほうがいいって言われたの。心に靄(もや)がかかったような状態でお産にのぞむべきじゃないって。きっとわたくしが浮足立っていたせいね。出生のことから気持ちをそらそうとするあまり苛々(いらいら)していたから忠飛さまが心配してくれて……」

「『さま』は不要ですと何度も言っているじゃないですか、長公主さま。俺は駙馬(ふば)なのですから、敬称は要りません」

忠飛が口を挟んでくるので、夏瑶は唇をとがらせた。

「忘れたの？　婚礼の夜に話したでしょ。わたくしは身位を鼻にかけたくないの。もともとは宦官(かんがん)の養女なんだもの、生まれながらの皇族でもないのに威張ったってむなしいだけだわ。お父さまが望んでいたように、ふつうの妻として生きたいの。世間では妻は夫を敬うでしょ？　だから『さま』は必要だし、あなたはわたくしを字で呼ばなきゃだめなのよ。『長公主さま』じゃなくて『夏瑶』って呼ばなきゃ。はい、やりなおし」

「同公公(こうこう)の前で長公主さまを字で呼ぶのは憚(はばか)られます」

「だれの前でも字で呼んで」

「いけません。礼節は守らなければ」

「礼節なんかどうでもいいの。わたくしが字で呼んでと言っているんだから、そのとおりにしてよ。秋霆(しゅうてい)兄さまがおっしゃっていたわよ。夫は妻の願いを叶えるものだって」

「また整斗王ですか。長公主さまは事あるごとに整斗王と俺をくらべますが、それは夫を敬う行為とは言いがたいですよ」

「なによ、あなただってわたくしを孫妃とくらべるじゃない。孫妃のほうがしとやかだとか落ちついているとか。ふん、そんなに孫妃がよければ彼女を娶ればよかったのよ」

「馬鹿なことをおっしゃらないでください」

　夏瑶が手を引っこめようとすると、忠飛が強く握って引きとめた。

「俺が娶りたいと思った女人はあなただけです」

「……や、やめてよ、こんなところで」

「どんなところでも堂々と言いますよ。俺はひと目であなたに心を奪われた。あなた以外の女人と結婚することなど、想像する気も起きません。夫婦になってもなお、あなたのことばかり考えているのに、ほかの女人に目移りしたなどと誤解されては心外です」

「……わかったから。その話は終わり。ええと、どこまで話したかしら」

「勝手に終わらせないでください。誤解されたままでは今後の生活にさしつかえます。いい機会ですから、俺があなたをどれほど愛しているかお話ししますよ。まずは――」

「も、もういいわよ！　ほら、見てみなさい。淫芥が困ってるわ」

「困ってませんよー。主上と皇后さまのおそばに四六時中、侍ってますからね、おふたりのいちゃつきを見慣れてるもんで、苦にはなりません」

淫芥は茶卓に頬杖をついてにやにやしている。

「ささ、どうぞどうぞ。お好きなようにいちゃついてください。あ、そうだ。俺でよければ相談に乗りますよ。その道にはくわしいんで、なんでも訊いてくださいよ。たとえばそうだなー、懐妊中に巫山の夢を見る方法はご存じです？」

「懐妊中に……？　太医がそれは禁忌だと言っていたぞ。お産がすんで、長公主さまのお身体が回復するまで共寝はひかえるようにと」

「太医の言うことを真に受けちゃいけません。やつらは不親切ですからねえ。ほんとうはちゃんと方法があるんですよ。御子も長公主さまも傷つけない、安全なやりかたがね」

「いったいどんな方法なんだ？」

忠飛が身を乗り出して尋ねるので、夏瑶は「馬鹿！」と夫の腕を叩いた。

「ふたりとも話の腰を折らないで。大事な話をしてるんだから。真面目に聞いてよね。えぇと、どこまで……あっ、そうそう、お父さまから聞かされていた拾い子説、うさんくさいと思ってたの。だって矛盾してるんだもの」

いくらわが子を持て余したとしても、宦官の邸の門前に捨てるのは不自然だ。

廃物のように処分したければ道端や川べりにでも捨て置けばよいわけで、わが子に多少なりとも情があるなら月娥の場合のように慈悲深いことで有名な人物の邸か、寺観や養済院の門前に捨てるはずだ。

燕燕を捨てた人物は、なぜわざわざ易銅迷邸の門前に赤子の入った籠を置いたのだろうか。その邸が宦官のものだと知らなかった可能性はない。易銅迷邸は三監の豪邸がたちならぶ振鷺坊に在るのだ。易銅迷邸の門前に捨てたのなら、それは意図的な行動ということになる。

わが子を三監の養女にしようとしたのだろうか？

三監が養子や養女をとることはある。前者は浄身させたり科挙に及第させたりして己の後継者にするため、後者は寵姫や女官にして栄華の手駒とするためだ。

三監の養女になれば入宮は容易になり、後宮で賜る位階も保証される。

庶民の娘として後宮に入るよりもたやすく天寵に近づくことができるのだ。三監に乳飲み子をさしだす利は十分にあるが、あいにく養父は燕燕を権力の道具にするつもりはないと公言していた。

「うちの燕燕を後宮に閉じこめるなんざ、冗談じゃねえよ。あそこはまともな人間が暮らすところじゃねえ。脂粉にまみれた魑魅魍魎の住処だぜ。可愛い娘を連中の餌食にさせるもんか。燕燕にはいずれ良縁を見つけてやるさ。男ぶりがよくて、羽振りがよくて、燕燕を宝玉のようにあつかう上等な花婿をな」

養父が燕燕に受けさせた教育は一般的な女子教育の範囲を超えておらず、年配の寡婦を招いて熱心に教えられたのは煮炊きや針仕事などの家政で、入宮する際に有利になる歌舞音曲や書画などの芸事はふくまれていなかった。

これは養父が燕燕の嫁ぎ先として皇家を想定していなかったことを示している。もし入宮を前提として燕燕を育てていたなら、市井の少女が学ぶ家事ではなく、貴人を楽しませる技芸を身につけさせただろう。

当人の言葉どおり、養父は燕燕を宗室に嫁がせる気がなかった。ならば、三監の養女にするため燕燕を易銅迷邸の門前に置き去りにしたという推察が成り立たない。

また、邪な目的で易銅迷邸に近づいたのだとしても、家主に黙って赤子を置いていくとは考えにくい。養女として売りこみに来たならば、相応の対価を期待しているはずだ。赤子の代金を受け取るまでは立ち去らないだろう。

金品のやりとりがあったことを養父があえて伏せていた可能性もあるが、もしそうなら養父はかねてから単に愛情を注ぐためだけに赤子を探していたことになる。だが、養父の弟子たちの話によれば、養父は菜戸を持ったこともなく、子ども好きでもなかったらしい。大半の宦官がそうであるように蓄財と豪遊が生きがいで、家族を持つことには無関心だった。そんな人物がなんの下心もなく乳飲み子を買い求めるだろうか？

どこかで心境の変化があったとも考えられるが、あまり現実的ではないと思う。もっと現実的な推論は「養父はだれかに燕燕をたくされた」というものだ。

〝だれか〟にはよんどころない事情があり、燕燕を手もとで育てることができなかった。

そこで旧知の仲であった養父にわが子を育ててくれるよう頼んだ。養父は知音（ちいん）との約定を果たすために燕燕を実の娘同様に養育した。

　そう考えれば、養父が燕燕を拾い子と言い張ったことにも得心がいく。〝よんどころない事情〟のせいで、事実をありのままに語ることができなかったのだ。

「へえ、なかなか鋭いですね」

　夏瑶が推論を話すと、淫芥は感心したふうにうなずいた。

「さすがは師父（しふ）の娘御だ。目の鞘（さや）がはずれていらっしゃる」

「お世辞（せじ）はいいから、正解を教えてよ。あなたは知ってるんでしょ。わたくしがお父さまの娘になった経緯について」

　淫芥は養父がとくに目をかけていた弟子だ。頻繁（ひんぱん）に邸に出入りしていたし、もっとも古い記憶のなかで彼は二十歳（はたち）前後だったから、夏瑶の出生の秘密を知らないはずはない。

「師父には話すなって言われてましたけど、まあいいでしょう。たぶん長公主さまが大人になったら打ちあけるつもりだったんだろうし、師父の代わりに話しますよ」

　もったいぶった調子で言い、淫芥は茶請けに出された飴（あめ）がけの胡桃（くるみ）を口にほうった。

「ある晩のことです。あれは秋だったか冬だったか……」

「どっちでもいいから早く進めて」

「急（せ）かさないでくださいよ。昔話なんですから、思い出すのに時間が……ああ、たしか雨の晩だったそうですよ。滝のような雨が邸の屋根を叩く夜、平生どおり五日分の賄賂を数えた師父が湯殿に行こうとしていたら、老僕があわてて駆けこんできたんです。なんでもご婦人が訪ねてきて師父に会いたいと言っていると」

　門前払いしてもよかったが、老僕から婦人の名を聞いて養父は顔色を変えた。

「ご婦人は柳貞麗といいましてね、曲酔の老舗妓楼・香英楼の名妓なんですよ。いや、名妓だったというべきかな。そのころにはとある文官に身請けされて妾になってましたから。あ、柳は本姓じゃないですよ。香英楼ではかの豊始帝が親王時代に寵愛していた名妓・柳青艶にあやかって、いちばんの売れっ妓に柳姓を継承させるのが慣例でしてね。本姓は張だか周だか忘れましたが、貧しい農村の生まれで、食い扶持を減らすために三つか四つで女衒に売られて曲酔の門をくぐったとか」

　幼くして妓籍に入った少女の大半がそうであるように、貞麗は纏足をほどこされた。

「噂で聞いたことはあるけど……纏足ってすごく痛いのよね？」

「痛いなんてもんじゃないですよ。親指以外の指を足裏に折り曲げて、布でぎゅうぎゅうに縛りあげるんですから」

「どうしてそんなことするのよ？」

「商売のためですね。小さな足は三寸金蓮と呼ばれて、その道の愛好家に貴ばれるんですよ。要するに纏足してる妓女のほうが高値で売れるってことです。纏足していない妓女は大足と蔑まれて玉代も安くなりがちなんですよ。まあ、ずば抜けた美貌や才気があれば大足の妓女でも名妓になれますけど。その場合は大足じゃなくて天足って言うことが多いですね。こっちは大足とちがって『天然の足』っていう美称なんです」

　貞麗は三寸金蓮を引きずるようにして養父の邸の門前に立っていた。

「大雨のなか傘もささずに歩いてきたらしくてね。師父は大急ぎで大門まで出向いて、柳貞麗が事情を話す前に彼女を抱きかかえて湯殿に連れていったそうです」

　湯殿では湯浴みの支度がととのっていた。むろん養父のための支度である。養父は童宦たちに彼女を湯浴みさせるよう命じ、自分は湯殿を出た。

「師父の自制心には感服するなあ。俺だったら童宦どもを追い出して、自分で湯浴みの世話をしてあげますよ。だってずぶ濡れの美女が目の前にいるんですよ？　ふつうはふたりであたたまるでしょ。ましてや湯殿にいるんだから、ねえ？　師父にこの話を聞いたとき、自分は湯殿から出たなんて絶対嘘だあと思ったんですけど、老僕や童宦に訊いてみたらほんとうだって言うんですよ。しかも師父はその足で厨に行って柳貞麗のために粥を作ったそうで。いやあ、驚きましたね。長公主さまがお生まれになってからはべつですけど、俺が知る限り、師父が邸で料理をするなんてことはなかったですよ。皇帝の側仕えは主上に軽食をさしあげることがあるから師父も料理の腕を磨いていましたが、あくまで職務のためで、邸じゃ面倒くさがって厨に入ることもなかったですね」

　夏瑶が知る養父はよく厨に立って食事を作ってくれていたので意外に思った。

「そこまでするということは、初対面じゃないのよね？　馴染みの妓女なの？」

「師父の敵娼ですよ。一時は身請けを打診するほど入れ込んでいらっしゃいました」

「なぜ身請けしなかったの？」

「師父曰く『ふられた』そうです。まあ、仕方ないといえば仕方ないですね。師父と柳貞麗は三十も年が離れていましたから」

　貞麗には想い人がいた。それが彼女を身請けした文官だという。

「名妓を落籍するくらいだから大金持ちだったの？」

「いやいや、せいぜい小金持ちってところですよ。曲酔通いが過ぎて、だいぶ家産もかたむいていたみたいですし、たいして余裕はなかったんじゃないかなあ。そんなやつが柳貞麗を落籍できたのは、師父のおかげなんですよ」

　養父は貞麗の身請け金が下がるよう裏で手を回した。

「仮母に話をつけて、身請け金の八割を支払ったんです。ただし、自分の名が表に出ないよう細工をしてね」

　よほど惚れてたんでしょうねえ、と淫芥は蓋碗をかたむけながら述懐した。

「惚れた女が自分を選んでくれないなら、好いた男と一緒になれるよう内々に取り計らってやる。侠気ってやつですかねえ。なかなか真似できることじゃないですよ。俺なら絶対やらねえな。そんなこんなで、柳貞麗は袖にした宦官が力添えしてくれたとも知らず恋しい男に身請けされ、大団円ってわけです。ま、これが芝居ならね」

「大団円ではなかったのね」

「嫁ぎ先の正妻がたいそう嫉妬深い女でして。柳貞麗は腰を低くして従順に仕えていたらしいんですが、正妻からすれば妾なんてどんなに従順な女でも目障りなものですよ。ましてや曲酔一の名妓と謳われ、美貌や才気では自分をはるかにしのぎ、おまけに夫の寵愛をひとりじめしているとなりゃあ、憎い仇にしか見えないでしょうよ」

正妻は朝な夕な貞麗を虐げたが、夫は見て見ぬふりをした。

「官職を得るのに岳父に口添えしてもらったから、正妻に頭があがらないんですよ。恐妻家ってやつですね。もともと肩身が狭かったのに妓女を妾にしたものだから、ますます気まずい立場になったんでしょう。妬心を滾らせた正妻が柳貞麗を婢女同然にあつかって責めさいなんでも、夫はおろおろして逃げまわるだけでした」

「わかったわ。柳貞麗は頼りない夫に愛想をつかして家出してきたのね」

「いえいえ、家出したんじゃなくて邸から追い出されたんですよ」

落籍から半年後、貞麗は身ごもり、正妻は激怒した。

「ほかの男の胤に決まってるって言われたそうです。落籍される前に文官以外の客の子を身ごもっていて、その事実を隠したまま嫁いできたんだろうって」

「どうやって懐妊したことを半年も隠すのよ？　とんだ言いがかりだわ」

「言いがかりでもなんでもよかったんですよ。夫が夢中になってる妓女上がりの妾を叩き出せるなら」

「叩き出すって……まさか離縁したの？」

「正確には『売りに出した』ですね。長公主さまには関わりのないことなので――駙馬どのは妾室などお持ちにならないでしょうから――ご存じないでしょうが、妾ってのは正式に婚姻してるわけじゃないんで、簡単に売り買いできるんですよ」

奴婢(ぬひ)の売買と同様のあつかいなので、妾を家から出すことを離縁とは言わないという。

「文官はなにをしてたの？　身請けするくらい好きだったんでしょ？　いくら正妻に頭があがらなくても、自分の好きな人を売りに出すことは許さなかったんじゃないの」

「許したんですよ、それが。このころには縁談が持ちあがっていましてね。正妻が男児を産めないから妾室を迎えようって話になっていたらしいです。候補にあがったのは正妻の遠縁の娘で、正妻が強く薦めていたんですよ。文官は当初渋っていましたが、妾候補の娘に引き合わされてからはすっかりのぼせあがっちまったそうで」

娘は初々(ういうい)しい美人で、なにより処女だった。

「垢(あか)じみた襤褸(ぼろ)みたいに汚らわしい売笑婦なんかお捨てになって、生絹(すずし)のようにまっさらな乙女(おとめ)をあなた好みに教育なさったら？」

正妻のささやきにあだし心を刺激されたのだろう。旧情を訴えてすがりつく貞麗の手をふりはらい、文官は正妻が彼女を売りに出すのを黙認した。

「柳貞麗を買ったのはさる三監だったんですが、こいつは嗜虐趣味のある下種野郎でね。女を痛めつけるのが大好きなんですよ」

とりわけ孕み女をね、と淫芥が言うので、夏瑶は忠飛の手をぎゅっと握った。

「このままじゃわが子ともども殺されると思った柳貞麗は邸へ連れていかれる道すがら隙をついて軒車からおり、夕闇にまぎれて逃げ出したんです」

天を覆う黒雲が大粒の雨を吐き出しはじめたのは、貞麗にとっては幸運だった。雨の帳に身を隠しながら追っ手をかわし、必死の思いで振鷺坊を逃げまわる途中でかつての馴染み客である易銅迷の名を思い出したという。

「師父が熱心に口説いていたから、望みをかけたんでしょうね。これが大正解でした。たまたま師父が在宅だったのもよかったですが、たとえ留守だったとしても老僕がなかに入れてくれたでしょう。柳貞麗は師父の邸でもよおされる宴にもたびたび興を添えていましたので、老僕も顔見知りだったんですよ」

なんとか易銅迷邸にたどりついた貞麗は凍えた身体を震わせながら門扉を叩いた。

「というわけで冒頭に戻りますよ。師父は柳貞麗を湯殿に運び、自分は厨に行って彼女のために粥を作った。ここまでは話しましたね？」

湯浴みをすませた貞麗に粥を食べさせ、養父は事情を聞いた。

「柳貞麗は出産まで家婢として邸に置いてほしいと頼んだそうです。寝床と食事さえ与えてもらえるなら、どんな仕事もこなすからと。言っておきますが、この『仕事』には炊事や洗濯以外のものもふくまれてますよ。なんだかわかります？　掃除？　繕い物？　庭院の手入れ？　その程度の仕事は童宦で間に合いますよ。手掛かりをあげましょうか。柳貞麗にしかできないことです。師父が落籍を考えるほど惚れこんでいた元妓女だからこそ提供できるもの。はい、そうです。十四ではじめて客をとってから十年、春をひさいできた柳貞麗は自分の売り物がなんなのかよく理解していました。子を産むための仮の宿を手に入れるには、どんな代償を支払わなければならないかということをね」

それは三十も年上の宦官に肌身を捧げることだった。

「柳貞麗は覚悟して師父を訪ねたんだと思いますよ。なんといっても件の下種三監よりは百倍、いや、千万倍ましですからね。師父は変な性癖なんか持ち合わせてなかったし、女を手荒にあつかったこともなく、どちらかと言うと色の道には淡白でしたから。とはいえ、好きな相手じゃないですからね、元妓女だから慣れているとしても身重の――」

「同公公、その話は省略したほうがよいのではないか？　長公主さまには……」

いいえ、と夏瑶は忠飛の言葉をさえぎった。

「細大漏らさず話してちょうだい。どんなことでも知りたいの。……事実を知ったことで、お父さまに抱く感情が変わってしまったとしても」

　養父が貞麗の苦境に付けこんだかもしれないと思うと、胸の奥がちくちく痛む。しかし、隠し立てされるのはいやだ。自分が何者なのか知るためにここに来たのだから。

「お望みなら包み隠さず話しますけど、期待されても困りますよ。残念ながら、みなさんが想像するような艶本めいた展開は一切ありませんでした」

　養父は貞麗を邸に滞在させたが、彼女に〝仕事〟はさせなかった。

「柳貞麗のために侍女を数名雇い入れてかいがいしく仕えさせていましたよ。童宦たちには彼女に炊事や洗濯をさせないよう厳命していたし、朝の身支度から夜の寝支度まで侍女たちが付きっきりで世話をしていました。まるで妃嬪のような暮らしぶりでしたね。あんまり至れり尽くせりなので気詰まりになったんでしょう。柳貞麗がせめて簡単な家事くらいはさせてほしいと申し出たそうで」

　負担にならない程度という条件付きで、養父は彼女の要求をのんだ。

「妓女は料理なんか教わらないので当然ですけど、柳貞麗は煮炊きが下手でね。彼女の手料理はお世辞にも上等なものとは言えなかったんですが、師父は休沐のたびに喜んで食べていましたよ。柳貞麗お手製の蒸し料理――肉でも魚でも野菜でも一緒くたにして蒸しちまうんですよ――を味わうのがなによりの楽しみでしたので」

　ふたりの仲睦まじさはさながら夫婦のようだったと淫芥は語る。

「師父が邸にいるときはいつもふたりで食卓を囲んでいましたよ。散策したり、碁を打ったり、絵を描いたり、芝居を見たり、琴を弾いたり、時間の許す限り一緒に過ごしていましたね。湯殿と臥室以外では」

ある日、貞麗は竈の火加減を見ながら淫芥に身の上話をした。

「それがさっき話した柳貞麗の来歴ですよ。いろいろ聞きましたが、いちばん印象に残ってるのは師父とのなれそめですね」

妓女としてはじめて客をとる水揚げの数日前のこと、貞麗は香英楼から脱走した。

「水揚げが恐ろしくなったそうです。花街ではありがちなことですよ。水揚げ前の雛妓は先輩妓女から手取り足取り床入りの作法を教わりますが、そのあけすけな指導に恐れをなして逃げ出す雛妓が一定数います。たいていの場合、すぐに捕まりますけど」

纏足しているのだから、脱走が不首尾に終わるのも無理からぬことだ。

「男装して逃亡したらしいですが、纏足じゃ速く走れません。追手が迫り、もはやこれまでとあきらめ、近くを流れていた水路に身を投げたそうです」

死ぬつもりだったわ、と貞麗は言った。

「春をひさぐくらいなら死んだほうがましだと思った。……けれど死ねなかったの。あのかたが……易公公が私を助けてくださったから」

養父は大勢の妓女を侍らせて舟遊びに興じている最中だった。

「そこへ私が流れてきたものだから、舟に引っぱりあげてくださったらしいの。水を飲んで気を失っていた私が目をさましたとき、濃い脂粉のにおいが鼻をついたわ。装いをこらした妓女たちがめずらしい生き物でも見るように私の顔をのぞきこんでいたのよ」

　養父は貞麗とおなじくずぶ濡れになっていた。

「私を引っぱりあげるときに勢い余って水に落ちたんですって。危うく溺れ死ぬところだったとぼやきながら、しきりに道袍の裾を絞っていらっしゃったわ」

　貞麗がゆかしげに笑ったのを淫芥は見逃さなかった。

「私が香英楼の者だということに気づいた妓女がいたの。それであのかたは水上の宴をおひらきにして、私を送り届けてくださったのよ」

　貞麗が身投げしたことにはふれず、養父は香英楼の仮母にたんまりと銀子をわたした。

「舟遊びをしていたら川べりに美童がいたので、酌でもさせようと思って舟に誘ったんだが、荒っぽく腕を引っ張ったせいか怖がらせてしまったらしい。美童は逃げようとして水に落ちた。急いで引きあげたので命に別状はないが、この一件のせいで客を怖がるようになったんなら商売にさしつかえるだろう。こいつはすくないが、詫びの印だ。頼むから美童を叱ってやるなよ。乱暴にあつかった俺が悪いんだ」

　仮母がほくほく顔で銀子を受け取り、「これは美童ではなく雛妓ですよ」と言うと、養父は興味深そうに目を丸くした。

「そいつは願ったり叶ったりだ。ひと目で気に入ったよ。流連が明けたら俺に回してくれ。ほかのやつには譲るなよ。妓になったこの娘をだれよりも先に抱きたい」

　水揚げから一月のあいだは水揚げの相手をつとめた嫖客が居続けする。これが流連で、その期間はほかの客をとることができない。流連明けから妓女として本格的に仕事をすることになる。つまり養父は妓女・柳貞麗の最初の客になると申し出たのだ。

「碁は打てるか？」

　流連明けに先陣を切って登楼した養父は、酒肴もそこそこに貞麗に尋ねた。

「明けがた近くまで碁を打っていたのよ。ただそれだけ。私には指一本ふれなかったわ。変な人よね。妓になった私をだれよりも先に抱くとうそぶいていたくせに」

　二度目の登楼では翠曲の清唱を聴かせろと言われ、その次は墨絵を描けと言われ、さらにその次は舞が見たいと言われた。

「あんなに足しげく通っていたのに、閨の仕事をさせてくださったのは私が二十歳を過ぎてからほんの数回だけ。そのころには私も経験を積んでいたから、色香にも床あしらいにも自信があったわ。三監のお客もたくさんとっていたし、みんな私に夢中だったのよ。それなのにどうしてかしら、あのかたは私に溺れてくださらなかった」

　いたらない点があるなら教えてほしいと貞麗は養父を問い詰めた。

「お気に召していただけるように努めますわと言ったら、あのかたは意地悪そうに笑っておっしゃったのよ。『おまえには無理だよ。俺には上等すぎるから』って。意味がわからなかったけど、なんとなく癪だったわ。だって褒められている気がしないでしょう？　妓女に向かって『上等すぎる』なんて。いやみにしか聞こえないわ。釈然としないまま時が過ぎて、気づけばあのかたの足が香英楼から遠のいていた。よその妓楼に通っているという噂は聞かなかったから、きっと職務に忙殺されていらっしゃったのね」

　おなじころ、貞麗はのちの夫である若い文官とねんごろになった。

「あのかたほど年上ではなかったし、難解な人でもなかった。ふつうの人だったの。どこの妓楼にもいる男。強引に肩を抱いて、甘く睦言をささやいて、口づけの途中で急くように帯をとく……その単純さが心地よかったのよ。なにも考えずにすんだから」

　貞麗は文官と恋に落ち、逢瀬をかさねた。

「いま思えば、あれは熱病だったのね。うぶな生娘よろしく恋に酔っていたの。彼に身請けされることを夢見るようになったわ。妓女ならだれだって一度は夢見るのよ。好きな相手に落籍されることを……。だけど、彼が私の身請け金を支払うのは夢のまた夢。私が名妓と呼ばれていたせいよ。妓楼は売れっ妓の身請け金をどんどんつりあげるの。売値が高ければ高いほど、楼の名があがるから」

　貞麗は駆け落ちすることさえ考えたが、文官は乗り気ではなかった。

「ここで気づくべきだったのよね。この人がもっともらしく語る愛情は空疎な言葉で組み立てた張りぼての城にすぎないと」

恋の病が膏肓に入るころ、久方ぶりに養父が登楼した。

「私を落籍したいとおっしゃったわ。ものすごく遠回しに」

自分はとうに五十の坂を越えているし、さんざん不摂生をしてきたから長生きはしないだろう。あくせく働いて一財産を築いたが、あの世に銀子は持っていけない。妻子がいないので、せっかく貯めこんだ金銀も自分が死ねばお上にとりあげられてしまう。これではなんのために苦労してきたのかわからない。家産をもらい受けてくれる者が必要だ。

まどろっこしい長口上のあとで、養父は弁解するようにつづけた。

「そろそろ菜戸を迎えようと思う。彼女には全財産を遺すし、俺の死後は再嫁してもかまわない。進んで騾馬の妻になる妓女は多くないが、もし俺がその幸運にありつけるなら、残りすくない余生は彼女のために使いたい」

奥歯に物が挟まったような言い回しが貞麗を苛立たせた。

「意地悪をしたい気持ちになったの。あのかたをもてあそんでやりたいような」

お慶び申しあげますわ、と貞麗はあでやかに微笑んだ。

「易公公に見初められるなんて、そのかたはよほど福運に恵まれていらっしゃるのね。ご婚礼にはぜひ私をお召しくださいませ。お祝いの席に歌舞で興を添えますわ」

養父は苦笑いしたが、なにも言いかえさなかった。平生どおり緑酒をあおって美肴を楽しみ、にぎやかな音曲に手拍子を打ち、幇間たちのお追従を笑い飛ばし、仮母がもみ手をする暇もないほど銀子をばらまいて帰った。貞麗の寝間には立ち入りもせずに。

「それからしばらくして私の評判が落ちはじめたわ。とある八卦見が『香英楼の柳貞麗は妖狐だ』と言いふらしたせいよ。たまたま私の馴染み客のひとりが急逝なさったから、それを私のせいだと言いがかりをつけてきたのよ」

　妖狐妓女をひと目見ようと嫖客が押し寄せたが、香英楼で不吉な出来事が立てつづけに起こると、しだいに客足が遠のくようになった。

「楼は私を持て余して、身請け金も下がったわ。でも、結果的にはよかったのよ。悪評のおかげで、あの人でも――元夫でも支払える値段になったから」

　身請けされてからのことはあまり語りたがらなかった。

「いい思い出がないから。望んでいた暮らしとはちがっていたわ。だけど、とてもうれしいこともあったの。なんだと思う？」

　懐妊したことよ、と貞麗は晴れやかに笑った。

「妓楼では懐妊が怖くてたまらなかったけど――堕胎するしかないから――妓籍を離れてからはそんなこと気にしなくていいんだもの。いいえ、むしろ喜ばしいことなのよね。あの人も喜んでくれたわ。はじめのうちは」

　正妻が夫の子ではないと言い張り、貞麗は懐妊した状態で身請けされたのだと執拗に騒ぎたてると、夫は疑心暗鬼になり、あからさまに貞麗を疎んじるようになった。

「疑われるのはつらかったわ。だって彼のことを愛していたのよ。熱病のような恋だとしても、ほんとうに愛していたの」

すがりつく貞麗の手を、夫はうるさそうにはらいのけた。

「淫売の言うことなど信用できるか」

刃物じみた言葉が貞麗の胸をずたずたに切り裂いた。

「たしかに私は春をひさいでいた。だけど、それは過去のことよ。あの人に連れられて曲酔の門を出た瞬間から、私は彼だけの女になった。あの人は客ではなく、私の夫になったのよ。……私はそう思っていたけど、あの人にとって私は、あいかわらず妓女だった。たくさんの客を閨でもてなしてきた賤しい売笑婦にすぎなかったの」

正妻の命令で売りに出されたときは、恋しい男の心変わりに頭が真っ白になっていたので、わが身のゆくすえまで考えがおよばなかった。

「正気に戻ったのは、自分を買ったのが件の残虐な宦官だと知ったときよ。あの宦官の悪評は曲酔に轟いていた。殺されると直感したわ。でも、怖くなかったの。絶望が深すぎて。恋を失って自棄を起こしていたのね。身ひとつだったら、たぶん逃げ出さなかったわ。みじめな人生を終わらせることができるならなんでもいいと投げやりになって、むざむざと残忍な禽獣の餌食になっていたでしょう」

この子がいたから、と貞麗は大きくふくらんだ腹を大事そうに撫でた。

「逃げなければと思ったの。私が死ねばこの子も死んでしまう。死ぬわけにはいかない、なんとしても生きのびなければって。身ごもったのははじめてなの。十年も春をひさいでいたのに。私は石女なんだと思っていたわ。孕まない女は花街では重宝されるけど、世間では……。でも、こうして子を宿した。私も母親になれる。いいえ、もう母親なのよ。自分のことだけを考えているわけにはいかない。この子を守らなければ」

車輪がぬかるみにはまって軒車が止まった隙に、貞麗は外に飛び出した。

「あのかたの――易公公のお邸を目ざして必死で走ったわ。弓鞋のなかで両足が切り刻まれるように痛んだけれど、けっしてあきらめなかった。大粒の雨をかきわけるように駆けて、なんとかたどりついた。老僕が取りついでくれて、あのかたが大門までおいでになったとき、私……やっとわかったのよ。嫁ぐ相手をまちがえたと――」

貞麗はここで話を打ち切った。養父が帰宅したことを童宦が伝えに来たからだ。彼女は蒸しあがった料理をいそいそと器に盛り、内院の亭に運ぶよう淫芥に頼んだ。値千金の春宵を楽しむため、貞麗が亭に食卓を用意させていたのだ。ふたりの団欒を邪魔せぬよう、淫芥は料理を運んですぐに養父の邸を辞した。

「柳貞麗はお父さまの菜戸になったの？」

「いえ、あくまで客分でした。すくなくとも師父はそうおっしゃっていました。一度、柳貞麗を太太と呼んだことがあるんですが——だって邸の女主のように遇されていましたからね——師父に叱られましたよ。『彼女は俺の客人だ。菜戸じゃねえ』って」

それ以降、淫芥は彼女を「柳どの」と呼ぶようになったそうだ。

「どうして菜戸にしなかったの？　話を聞いていると、柳貞麗はお父さまのことを嫌っていないみたいだわ。彼女さえ承諾してくれるなら、娶ってもよかったんじゃない？」

「俺もおなじことを師父に言いましたよ。『柳どのは師父に惚れてますぜ。いま口説けばうまくいきますよ』ってね」

馬鹿を言うな、と養父は一蹴した。

「この状況で言い寄れるかよ。俺の菜戸にならなけりゃ追い出すぞって脅してるのと変わらねえだろうが」

医者や産婆を手配してお産にそなえつつ、養父は貞麗のあたらしい夫を探していた。

「どこかの商家に後妻として嫁がせるため根回ししてたみたいですね。妾室じゃ、また売りに出されるかもしれないから嫡妻にしたかったんでしょう」

「柳貞麗がそうしてほしいと頼んだの？」

「師父の独断ですよ。彼女自身は望んでなかったんじゃないかな。もし生きていたら——」

喉につかえたように、淫芥は言葉をのみこんだ。

「……あんなことがなければ、柳どのは師父の菜戸になっていたと思いますよ」

「柳貞麗は――お母さまは、どうして亡くなったの？」

貞麗が産み落とした赤子こそ、夏瑶だった。

「お産から数月後、柳どのは安産祈願で有名な鶯水観に詣でました。無事に出産を終えたことを神仙に報告し、赤子の――長公主さまの健やかな成長を祈るために」

参拝を終えて参道をくだる途中、侍女が落とし物をしたことに気づいて騒ぎ出した。とても大事なものらしく狼狽しているので、母は侍女をなだめ、拝観の際に見てまわった場所を童宦たちと手分けして捜すことにした。

落し物はほどなく見つかったが、今度は母の姿が消えてしまった。

「その晩、師父が人を遣って捜させたところ……鶯水観付近の川べりで亡骸が発見されました。林の斜面で足を踏み外して川に転がり落ち、そのまま溺れたようです」

「事故だったの？」

ある種の願望をこめて問うたが、淫芥は首を横にふった。

「残念ながら……。柳どのの亡骸は片方の弓鞋を履いていませんでした。師父は川床をさらわせ、林の斜面をしらみつぶしに捜索させましたが、見つからなかったんです」

「……下手人が持っていたのね」

事故でないなら、母は殺されたのだ。

「師父が手を回したので、東廠が捜査に乗り出しました」

東廠は鴬水観を家探しした。そして見つけたのだ。当日、母が履いていた――養父が母に贈った弓鞋の片割れを。

「弓鞋を持っていたのは五十がらみの奴僕でした。そいつはしらばっくれていたんですが、鬼獄に連行され、拷問具を見せられたとたん洗いざらい白状しましたよ」

奴僕は母を目当てに香英楼に通いつめていた嫖客のひとりで、以前は羽振りがいい商人だったが、大尽遊びが過ぎて家産を食いつぶしたうえ、酒色に溺れて生業をおろそかにしたせいで破産して物乞いにまで身を落とした男だった。債鬼から逃げ惑い、往来で行き倒れかけていたところを鴬水観の慈悲深い老道姑に拾われ、奴僕として働いていた。

奴僕は聖母殿のそばで母を見かけ、激情に駆られてあとをつけたという。

「あいつは噂どおりの妖狐だ！　色香で私を惑わし、財産を搾り取った！　おかげで私は無一文になったばかりか莫大な借財を背負わされた！　妻子に見放され、親族から絶縁され、債鬼から逃れるため物乞いに扮する羽目になったのだ！」

忌まわしい女狐め、と唾を吐き、奴僕は薄汚れた顔を憎々しげにゆがめた。

「あの女、私が近づいても昔の馴染み客だと気づかなかった。とうに忘れていたのだろうよ。醜業婦に情けなどないからな」

気づかれないのをいいことに、奴僕は親切を装って話しかけた。

「落とし物を捜していると言うので、それならあちらで見かけたと偽って林のなかに連れていった。馬鹿な女だ。人気のない場所で男とふたりきりになるとは」

奴僕は母に襲いかかった。しかし殺すつもりはなかったという。

「いい女だからな。一度で始末してしまうのは惜しい。これから何度も楽しむはずだった。どうやって？　私たちの関係をばらすと脅すのだ。あの淫売を囲っている騾馬にな。自分の女を男に寝取られたことを知ったら、さぞや怒りくるうだろうな。やつの欠けた身体ではけっしてできないやりかたで、自分の女が満足させられたと知ったら――」

奴僕に組み敷かれた母は死にものぐるいで抵抗した。

「私の頭を石で殴りつけたのだ！　さんざん男をくわえこんできた売女のくせに！」

奴僕が痛みにうめいている隙に、母は逃げ出した。

「童女のような足でいったいどこに逃げると言うのだ。つくづく馬鹿な女だよ。おとなしくしていれば死なずにすんだばかりか、ひさしぶりに生身の男の陽物を――騾馬どもが使う拵え物など、しょせんは偽物じゃないか――たっぷりと味わえたのに」

獣欲をむき出しにして追いかけてくる禽獣から逃れようとして、母は足をすべらせてしまった。母の身体は小石のように斜面を転がり、なすすべもなく川に落ちた。

「急いで引きあげようとしたが――もったいないだろう？　あれほどの上玉をむざむざ魚の餌にするのは――どんどん流されていくのであきらめるしかなかった。ふと川べりを見ると、置き土産があったのだ。そうだ、弓鞋が落ちていた。片方だけだったが、まだあたたかかった。ついさっきまで、あの女の三寸金蓮をつつんでいたからな」

奴僕は弓鞋を持ち帰り、嘔気をもよおさずにはいられない下劣な行為にふけった。あたかも弓鞋の持ち主を辱めるかのように。

「その卑劣漢は報いを受けたの？」

憎しみをこめて問うと、淫芥は「それなりにね」とうなずいた。

「罪の重さに見合う報いだったかどうかは解釈する人しだいですが、獄死しましたよ。およそ一月にわたり拷問されて」

律令に裁かれていれば、奴僕は斬刑になっていた。その程度の刑罰では、母が強いられた恐怖と苦痛と絶望に見合わないと判断したのだろう、養父は奴僕の身柄を東廠の拷問官にゆだねた。その拷問官は東廠内でもすこぶるつきの残虐な人物で、あたらしく開発した拷問具の有用性を試すため、実験台となる罪人を探していた。奴僕は彼の研究に寄与し、ありとあらゆる惨苦を堪能したのち、一月後に事切れた。

「師父は柳どのを手厚く葬りました。さる商家の後妻として」

「どうして冥婚しなかったの？」

死後に結ばれる婚姻を冥婚という。死者同士であることが多いが、生者と死者のあいだに結ばれることもある。養父と母が夫婦同然に暮らしていたなら、幽明境を異にしたあとでもかまわないから、冥婚して偕老同穴の契りを結べばよかったのに。

「俺も勧めてみたんですけどね、師父にその気はなかったみたいです」

「なぜ？　お母さまのこと、好きだったんでしょう？　お互いに想い合っていたのなら」

「想い合っていたことを当人たちは知らなかったんですよ」

　養父は母が自分を頼ってくれるのは子を守るためだと考えていた。母は養父が自分にやさしくしてくれるのは同情しているからだと考えていた。

　相手が愛情を抱いているとは互いに露ほども思わなかった。

「師父は自分が駙馬で、柳どのより三十も年上だってことを引け目に思っていたんです。身請け話を断られたのがよほどこたえたんでしょうね。それに師父から関係を迫れば、柳どのの立場では拒否できません。彼女が本心から応じてくれているのか、強いられて泣く泣く従っているのか、師父には区別がつかない。柳どのを大事に想えばこそ、踏み出せなかったんですよ。師父は柳どのに何事も強要したくなかったんです」

　有史以来、宦官は蔑みの対象だ。天子のかたわらに侍り、蟒服の裾をひるがえして禁中を闊歩し、煌京の一等地に豪邸をかまえて贅沢をほしいままにしようとも、その事実は寸毫も変わらない。

　悪意を隠さない者は宦官の妻を騾妾と呼ぶ。これは騾馬の妾という意味の蔑称で、宦官本人だけでなく彼につらなる人びとも嘲弄の対象となることを示している。欠けた者と卑しめられながら五十年近く宮仕えをしてきた養父には、宦官の伴侶に向けられる世人の冷眼の鋭さが骨身にしみていたにちがいない。

　それでも養父は意を決して落籍を持ちかけた。母がもどかしく感じるほど迂遠な言いかたしかできなかったのは、言葉つきで母を威圧したくなかったからだろう。あくまで母の意思で選んでほしかったのだ。

　仕事柄、男よりも宦官とかかわることのほうが多いためか、女官は菜戸になることにさほど抵抗感を持たないが、両者とまんべんなくかかわりを持つ妓女は男の客と宦官の客を天秤にかけ、たいていは前者を選ぶ。

　母の場合も同様で、養父は選ばれなかった。すでに一度、拒まれているのに、ふたたび思いのたけを打ちあけることは容易ではない。ましてや母が妓楼にいたころよりも弱い立場になり、養父の庇護下に置かれているならば、なおいっそう難しい。養父が抱くひたむきな好意が母にとっては逃れようのない恫喝になることもあるのだ。

　菜戸になれと強要することなど造作もなかったのに、養父は母を「客分」と言い張っていた。身請けの相手に自分を選ばなかった母の決断を尊重していたからだ。それほどに養父は母を大切にしていた。弊履のごとく母を打ち捨てた元夫や、母を辱めようとした鴬水観の奴僕のように、しょせんは春をひさいできた女だと蔑んでいなかった。

養父にとって母は、最大限の敬意をはらわなければならない婦人だった。母の尊厳を守るためなら、自分の感情を犠牲にすることさえいとわなかった。

「柳どのにも負い目がありました。師父を袖にしてほかの客に身請けされ、元夫の子を身ごもった状態で転がりこんできたんですからね。いまごろになって菜戸になりたいと言えば、子を養う環境を手に入れるために算盤を弾いたようにしか聞こえません。柳どのの想いが純粋であればあるほど、軽々には口にできませんよ。元夫に『淫売』と呼ばれた過去が柳どのを臆病にさせていたんでしょう。心底愛した男が自分を賤業婦と蔑んでいたんです。おなじことがくりかえされない保証はない。師父は柳どのの好意を素直に受けとらないかもしれない。好意の裏に打算があると疑うかもしれない――」

妓女は色を売って世をわたる。なまめかしい微笑は客の気をひくたくみな作り笑い、しなだれかかるしぐさは客を夢中にさせる手口、甘い声でつむぐ言葉は客から銀子を引き出すための嘘八百。

妓女として十年、勤めあげた母も傾城の手練手管を身につけていた。なればこそ、思いのたけを打ちあけられなかったのだ。無垢なる恋慕が欲得ずくの誘惑と誤解されることを恐れ、本心を隠したまま客分に甘んじるよりほかなかった。

「悔やんだはずよ。お互いに……どうして胸のうちをあかさなかったのかって」

いつしか夏瑶は涙ぐんでいた。

川の流れにのまれ、なすすべもなく溺れていく母が感じたであろう悔しさが胸のなかで逆巻いている。母の亡骸と対面した養父のやるせない思いが胸を締めつけている。死に別れる前に本心を伝えるべきだったと、ふたりはわが身を責めたにちがいない。時をさかのぼることができたらと、過去を怨んだにちがいない。

「永の別れが目前に迫っていることをおふたりがご存じだったなら、結果はちがっていたでしょうが……」

ひょうきん者の彼らしくもなく、淫芥は重い口調でつづけた。

「禍福は流転します。季節が移り変わるように。気まぐれな天運に逆らうことができない以上、われわれにできることは、いまわが手につかんでいるものを愛おしむことくらいですよ。いずれ失うとわかっているもののぬくもりをしかと記憶に刻みつける——そうするよりほかにどうしようもありません」

人の命は露のように儚い。それなのに人は千年生きるかのようにふるまってしまう。

「もっと早く打ちあけていればと責めたくなるお気持ちはわかりますが、恨み言を吐いても詮無いことです。考えたかたを変えてみてはいかがで？　事によると、こうなることははじめから決まっていたのかもしれませんよ」

母亡きあと、養父は夏瑶を養女に迎えたが、母親の素性はあかさず、拾い子だとふれまわった。世間はけっして寛容ではない。元妓女の娘であることを公表すれば、口さがない連中が陋劣な舌で露骨に誹謗する。姦淫の果てに産み落とした子だろうと悪しざまに言うことは目に見えている。一度娼門をくぐった者は、正式な手順を踏んで妓籍を抜けてからも世間から白眼視されつづけるのだ。

「拾い子ということにしておけば、出自はあいまいにできます。捨て子なんてめずらしくもないですから。窮民や流民の子は毎日どこかに捨てられていますので」

捨て子は憐れみの対象であり、高貴な血筋ではないとしても邪淫の証と見下されることはすくない。ゆえに元妓女の娘という事実をふせて拾い子と偽ったのだ。

「あの事件が起こらなければ――柳どのがご存命だったなら、師父はだれに憚ることなくあなたを柳どのの娘だと公言したでしょうね。もちろん彼女を菜戸に迎え、ふたりで仲睦まじく育てたでしょう」

「そうしてほしかったわ。わたくし……」

淫芥は軽く手をあげて夏瑶の声をさえぎった。

「うかつなことをおっしゃってはいけません。おふたりが夫婦としてあなたを育てていたら、あなたはいまのあなたになっていましたか？　永恩長公主・高夏瑶さまに？」

返答が喉につかえる。

「あなたが元妓女の娘なら、太上皇さまはたとえ師父の忠節に感じ入ったとしてもあなたを宗室に迎えなかったでしょう。柳どのがご健在なら、母と娘を引き離すことはできませんから、あなたが公主の身位を賜ることもありません。あなたがた母娘の生活の面倒は見てくださったでしょうし、年ごろになれば良縁を授けてくださったはずですが、花婿は懐和侯・宰忠飛どのではなかったでしょうね」

宰家は高氏一門に次ぐ由緒正しい権門であり、皇家がもっとも信頼する一族だ。君臣の紐帯がそこなわれかねない曰く付きの縁談を強いることはできない。夏瑶は宰家とは無縁の青年に嫁ぐことになっただろう。忠飛もまた、夏瑶ではない娘を娶っただろう。ふたりは他人のまま、べつべつの場所で生きていただろう。

「長公主さまが駙馬どのと鴛鴦の契りを結ぶには、師父と柳どのにふりかかった凶事が不可欠だったんですよ」

そんな、と言いかけて口をつぐむ。

「すべてはつながっているんです。関係ないように見えても、思わぬところで」

「……塞翁みたいなことを言うのね」

そこまで年を食ってはいませんよ、と淫芥はおどけたふうに笑った。

「おふたりを憐れに思われるなら、ご自分を大切になさってください。師父と柳どのが守ろうとしたのは長公主さま――あなたただ。おふたりはあなたが幸福に生きることを心から望んでいらっしゃった。その願いを叶えられるのは、長公主さまご本人だけですよ」

同淫芥邸からの帰路、軒車に揺られながら夏瑶は長いこと黙りこんでいた。

「夏瑶」

ふいに字を呼ばれる。となりを見ると、忠飛がおだやかに微笑んでいた。

「同公はあんなことを言っていましたが――」

「あんなこと？」

「ご両親の願いを叶えられるのはあなただけだと言っていたでしょう。父君と母君のためにも幸福に生きなければならないと。たしかにそのとおりですが、十分ではありません」

力強く断言し、忠飛は夏瑶の肩を抱く。

「俺もあなたを幸せにします。あなたがご両親の願いを叶えられるように」

「……忠飛さま」

声が震えたが、夏瑶は笑ってごまかした。

「殊勝なことを言うじゃない。いつもは孫妃を見習って人妻らしくふるまうべきだとかなんとか、がみがみお説教するくせに」

「慎みを持ってくださいとお願いしているんです。先日だって危うくはしたない格好でお出かけになるところでしたし、年相応の落ち着きを身につけていただかなければ」

「はしたない格好じゃないわ。巷で大人気の長裙よ。裾をあげて足首まで出すのが当世風なの。足もとが軽くて歩きやすいし、動くたびに裾がひろがって可愛いわ」

「それがはしたないと言っているんですよ。足首をさらして往来を歩くつもりなんですか？　そんなことをなされば、行きかう男どもが目を奪われて――」

夏瑶は口づけで夫の繰り言を封じた。

「あなたってほんとに小言が多いわね。口をひらけばあれがだめだの、これがだめだのと文句ばっかり。ときどきあなたが夫なのか小姑なのかわからなくなるわよ」

「夫だから小言を言いたくなるんですよ。あなたの足首をほかの男に見せたくないんです」

「足首以外なら見られてもいいの？」

「本音を言えば、あなたの髪の毛一本すら見られたくありません。可能ならあらゆる男から隠しておきたいですよ。でも、俺の不安を解消するために外出を禁止すれば、あなたは気鬱にかかってしまう。室内にじっとしていられないご婦人なのですから」

よくわかってるじゃない、と夏瑶が胸をつつくと、忠飛はその手をつかんだ。

「俺はあなたの笑顔が好きです。あなたにはいつも笑っていてほしい。ですから、外出は禁止しません。いつどこにお出かけになるのかは――家人に行き先を知らせること、護衛と側仕えを随行させることをお忘れなく――あなたの自由です。その代わり、約束してください。足首が見える長裙は邸のなかだけでお召しになると」

「仕方ないわね。譲歩してあげるわ」

「俺の願いを叶えてくださるんですね？」

「出かけるときは足首が隠れる長裙を穿くことにする。これでいいでしょ？」

心底ほっとしたふうに忠飛が眉をひらくので、夏瑶は思わず笑った。

「変な人。足首くらいで大げさね」

「大げさじゃないですよ。美しいものを衆目にさらすのは危険です。悪い男が目をつけるかもしれません。いや、人柄の良し悪しは関係ない。男というものは……もうやめましょう、こんな話。せっかくふたりきりなのに、よその男のことなど話したくない」

「あなたが勝手に話しはじめたのよ。行きかう男に足首を見せるなとかなんとか」

「そうだ、足首のことです」

忠飛は真剣そのものの面持ちでこちらを見つめてくる。

「俺にならいつでも見せてくださってかまいませんよ」

「……馬鹿」

真っ赤になった顔を逞しい胸にうずめて目を閉じた。夫の腕に抱かれていると、怖いものなどないという気がしてくる。いつだって忠飛がそばにいてくれて守ってくれる。夏瑶の気持ちをわかってくれて支えてくれる。やきもち焼きなところが玉に瑕だけれど、人一倍、夏瑶を愛おしんでくれている証拠だから許してあげる。

幸せだ、このうえなく。自分はいま、養父と母が望んだ未来を生きている。

――お父さま、お母さま。

夢のなかでいいから会いたい。血をわけた実子のように慈(いつく)しんでくれた養父と、多難を乗り越えてこの世に産み落としてくれた母の顔を見て、ふたりに抱きついて、胸いっぱいの感謝の念を余すところなく伝えたい。

そして涙まじりの笑顔でこう言うのだ。

――来世でもわたくしの両親になってね。

かならず恩返しをするから。今生のぶんまで。

夕化粧（後宮茶華伝 番外編）

「いつまで鏡と見つめ合っているんだ？」

うしろから声をかけられ、整斗王妃・孫月娥ははっとしてふりかえった。夜着姿でこちらを見おろしているのは、整斗王・高秋霆——月娥の夫である。

「眉がうまく描けなくて……」

「それなら私が描いてあげよう」

秋霆が手をさしだすので、黛をわたす。彼に眉を描いてもらうようになって二月以上経つのに、こうして真正面から向き合うことにはいっこうに慣れない。頤をそっとつかまれるだけで、怖いくらいに鼓動が高鳴ってしまう。

「どうかな？　気に入らないなら描きなおすが」

月娥が鏡をのぞきこむと、うっすらとおしろいを塗ったおもてに遠山の眉があざやかに映えていた。

「素敵ですわ。殿下のほうが私よりお上手ですね」

「稽古に励んだかいがあったな。魚公公には迷惑をかけてしまったが」

　秋霆が苦笑するので、月娥もつられて笑ってしまう。整斗王付き首席宦官の魚奇幽は秋霆の頼みで画眉の練習台になってくれていたのだ。はじめのうちは慣れない秋霆に——悪気はないのだが——奇天烈な眉を描かれており、なんとも不憫だったけれども、彼の協力が功を奏して秋霆の画眉の腕前は格段にあがった。

「奇幽には毎日お礼を言っているんです。私が殿下に眉を描いていただけるのはあなたのおかげよって」

「そのとおりだ。魚公公と周老太の力添えなくして今日の私はなかった。ふたりにはなにか礼物を贈っておこう」

「めずらしい食材がよいのでは？　奇幽は巧燕に手料理をふるまうのがなによりの楽しみですから」

　そうしよう、と秋霆がうなずく。

「ところで、いつになったらそなたは鏡台から離れてくれるんだろうか？　私は待ちかねているのだが」

　貪るような視線を注がれ、燃えるように頬が熱くなる。夕化粧を仕上げたら、いつものように秋霆と床に入る。それから朝までふたりきりで過ごすのだ。

「すぐに行きますわ。臙脂をさしたら……」

黛を化粧盒(けしょうばこ)にしまい、抽斗(ひきだし)から臙脂が入った合子(ごうす)を取り出そうとしたときだ。奪い去るように抱きあげられた。

「臙脂はいらないだろう？　どうせ、すぐにとれてしまうんだから」

「……殿下」

きっと耳まで赤くなっている。それこそ臙脂を塗ったみたいに。

「今夜は長公主(ちょうこうしゅ)さまからいただいた臙脂をさしてみるつもりでしたのに」

「明日の朝にしてくれ。今夜は十分待たされた。これ以上は耐えられそうにない。そなたが鏡と見つめ合うのに夢中で私が寝間に入ってきたことにも気づかないから、いっそ鏡をとりあげてしまおうかと思ったほどだ」

「だめですわ、鏡をとりあげるなんて！」

褥(しとね)におろされるなり、月娥は秋霆の袖(そで)を引っ張った。

「自分で眉を描けなくなってしまいますわ。殿下に見ていただくために装っているんですから大目に見てください」

あわてふためいて反駁(はんばく)したせいか、「冗談だよ」と秋霆は軽く噴き出した。

「鏡はとりあげないから、気がすむまで使いなさい。眉を描いているそなたを盗み見るのは私のひそかな楽しみでもあるからな」

「盗み見るって……そんなに頻繁(ひんぱん)にごらんになっているんですか？」

「機会があればいつでも」

悪びれもせずに答える夫の顔を見ていられなくて、うつむく。

「……恥ずかしいので、化粧をしている姿はごらんにならないでください」

「なぜだ？　毎朝そなたの眉を描いているのは私だぞ」

「……朝化粧は見られてもいいんです。人に会うためにするものですから」

頬紅をささなくても色づいた頬を隠すように、月娥は秋霆の胸に顔をうずめた。

「夕化粧は殿下のためだけにほどこすものですから、きれいに仕上がったところをごらんになっていただきたいのですわ」

承知した、と秋霆は笑みまじりに月娥の背を撫(な)でる。

「今後はそなたがよいと言うまで寝間には入らないようにしよう。しかし、忍耐とは苦痛を伴(ともな)うものだ。苦痛に耐えた見返りに褒美(ほうび)をもらえないと割に合わないな」

「褒美？　なにをさしあげればいいんですか？　私の持ち物はほとんど殿下にいただいたものですわ。さしあげられるものなんて……」

実家から届いた新茶をあげようか。ちょうど一緒に飲もうと思っていたものがあるから、と言おうとしたとき、焦れたような低いささやきが降った。

「私が欲しいものをくれればいい」

「……殿下が、欲しいもの？」

秋霆は物欲と縁遠い人だ。皇兄という高貴な身分でありながら、暮らしぶりは清廉な道士のように質素で、身のまわりに贅沢な品は置いていない。

彼の持ち物でいちばん高価なのは——王府をのぞけば——皇宮に出かける際に身にまとう衣冠なのだ。それとて天子から下賜されたものを大切に使っているだけで、彼自身が王禄を乱費してこしらえた代物ではない。奢侈に流れがちな皇族のなかで泥中の蓮のような彼がなにを欲しがるのか、皆目見当もつかない。

「わからないか?」

素直にうなずけば、耳朶に吐息が落ちる。

「そなたの口づけだ」

梨花万片　東風を追う（後宮戯華伝　番外編）

東宮は霓祥宮。

歴代の太子妃が暮らした絢爛華麗な殿舎の客庁で、鎮遼衛中所副千戸・汪成達は儲君の伴侶となった異母妹、汪梨艶と再会した。

「太子妃さまに拝謁いたします」

「いけません、お兄さま。そのようなことをなさっては」

成達がひざまずいて拝礼しようとすると、梨艶が立ちあがって止めた。

「妹に頭をさげないでください」

「たとえ血を分けた兄妹でも礼節は守らねばなりません」

「公の場ならともかく、ここは私的な場所なのですから、かたくるしいあいさつはやめてください」

お願いします、と懇願され、成達はひとつため息をついた。

「まだ家班の女優時代の悪癖がなおっていらっしゃらないようですね」

「え？」

「そのへりくだりすぎた態度です。いまだ下婢のような心持ちでいらっしゃるのはけっしてよいことではございません。あなたはすでに東宮に嫁ぎ、婚礼を経て太子妃の位におつきになった。身位にふさわしいふるまいを身につけなければなりませんよ」

「……はい、ごめんなさい」

しゅんとしてうなだれる異母妹を見て、成達はわれ知らず微苦笑した。

「私は一衛所官です。太子妃さまに頭を下げられるような身分ではございません」

「それは……そうかもしれませんが、お兄さまはお兄さまです」

梨艶はそろそろとおもてをあげた。

「私にとって、お兄さまはたったひとりの兄なんです。公の場では互いに分をわきまえなければなりませんが、私的な場ではお兄さまの妹に立ちかえることをお許しください」

ひたむきな瞳に射貫かれると、秋陽を浴びたときのような甘い感傷が胸によぎった。

――まだ、忘れられないのか。

一度は掻き消したはずの邪恋の火。その残滓がいまもって埋火のように胸裏に居座っている。それは忘れたと思ったときに存在を主張して成達を当惑させる。いったいいつになったら宿痾のようなこの行き場のない感情から解放されるのだろうか。

「……やっぱり、だめですか？」

梨艶がおずおずと見つめてくる。妹の不安げな表情は有毒だ。いつも抗えない。

「……あまり褒められたことではないが」

成達は軽く息をついた。

「この場では兄妹に戻ってもよいということにしておこうか」

はい、と梨艶が花顔をほころばせる。

——おまえは知りもしないのだろう。

彼女の笑顔に出会うたび、成達が邪心を殺そうと肺肝を砕いていることなど。やさしい兄の仮面を外すまいと苦心惨憺していることなど。

梨艶は知らないのだ。

成達の——ほんとうの想いが奈辺にあるかということを。

梨艶とはじめて出会ったのは、十八年前のことだ。

当時、成達は十一、梨艶は五つだった。

その日、成達は勉学に倦んで、汪府の園林を散策していた。

汪家は軍戸である。科挙を受験する必要もなく、冠礼を迎えれば相応の武職につくことが決まっている。経籍を読んでたくわえた知識は、宴席で気の利いた台詞を吐く以外にこれといった使い道がない。

しかし、母の比氏は嫡男を一端の文人に育てあげようと高邁な野心を抱いており、方々から著名な教師を招いて朝から晩まで成達に学問を強いていた。筆墨よりも刀剣と親しみたい成達にとって、母の教育方針は甚だ厄介だった。

書案にかじりついて墨跡を目で追っていると、むしょうに息抜きをしたくなることがあった。その日も母の目を盗んで書房を抜け出した。いつもは父が使っている鍛錬場で武芸の稽古をするのだが、この日は気乗りせず、園林に散策に出かけた。

あてもなくぶらぶら歩いていると、ちらほらと花をつけた梨の木の下で木刀をふりまわしている童女を見つけた。

質素な身なりから察するに、下婢のたぐいであろう。

剣術の真似事でもしているのだろうかと思ったが、ときおり吐く言葉が台詞じみていることから、芝居の稽古をしているのだとわかった。園林の片隅で家班の女優たちが稽古しているのを見たことがあるのだ。

――こんなに幼いころから芝居を学ぶのか。

芝居にはまったくの門外漢だから、わずか四つ五つに見える童女が舌足らずな口調で一生懸命に台詞をくりかえし、力いっぱい木刀をふるっている様子がいたくめずらしく、いじらしく感じられた。

興味を惹かれて見物していると、童女が足を踏み外して派手に転んだ。あっと思った成達は飛び出して彼女を助け起こそうとした。そのときだ。童女はこちらに気づくや否や、飛びしさるように起きあがって一目散に逃げていった。

成達は童女が忘れていった木刀を拾った。成達には軽すぎるが、童女には重すぎるようだ。そこでひとまわりほど小さな木刀を作ってやり、拾った木刀と一緒に置いておいた。気に入っただろうかと見に行けば、なくなっていたのは重いほうの木刀だけで、軽い木刀はそのまま残されていた。

警戒したのだろうか。他人のものだと思ったのだろうか。

妙に気になって、ふたたび木刀を置いてみた。今度は「おまえのものにしていい」という文をそえた。待ち伏せしていると童女が来た。童女は文に気づいたが、読もうとして四苦八苦した挙句、あきらめて稽古をはじめてしまった。童女が重い木刀を危なっかしくふるうので見ていられなくなり、成達は彼女に声をかけた。

童女はびくっとして逃げようとした。その拍子に蹴躓いて地面に倒れこんでしまう。成達は彼女を怯えさせないよう、つとめてやさしく話しかけたが、童女は火がついたように泣き出してしまった。

「ごめんなさい……ごめんなさい……ごめんなさい……」

童女がしきりに謝罪の言葉をくりかえすので、成達は困惑した。

「なぜおまえが謝るんだ……？」

「……わたしが悪いからです」

童女はしゃくりあげながらやっとのことでそう答えた。

「ここで稽古してはいけないって言われてたのに、稽古していたから……」

家班の女優が稽古することを許されているのは、園林の片隅の薄暗くじめじめした場所だけだという。

「そこはお花が咲いてなくて、日もあんまりあたらなくて……でも、ここはお花が咲いていて、あかるいから……」

つい心惹かれて、花の下で稽古していたのだと途切れ途切れに話した。

「ここで稽古してはいけないというのは、師傅の言いつけなのか？」

「はい……」

「なぜ？」

「太太がお怒りになるからです」

母は汪府のだれよりも芝居を愛していたが、同時に家班の女優を蔑んでおり、戯台の外で彼女たちの姿を視界に入れることを嫌っていた。家班に父の寵愛を一身に受ける女優がいるせいかもしれない。

「じゃあ、このことは秘密にしておこう」

成達は童女に微笑(ほほえ)みかけた。

「だれにも言わないと約束する」

秘密を共有したせいだろうか、童女は成達と会ってもさほど恐れなくなった。それを良いことに、成達は勉学に倦むと彼女の稽古を見に行った。

「剣舞が上手になったって師傅に褒められました」

あるとき、童女——阿雀(あじゃく)というらしい——は胸を張って言った。

「きっとあたらしい木刀のおかげです。ありがとうございます」

阿雀がぺこりと頭をさげた瞬間、はらはらと散り落ちた梨の花びらが白い雨のように降り注いだ。

阿雀と付き合ううちに、それまで兵法書しか読まなかった成達は戯曲を読むようになった。阿雀はほとんど文字を読めなかったが、師傅から伝え聞いているようで、有名な戯曲の内容を正確に暗記していた。彼女が役に入りこんで台詞を読み、芝居を演じて見せるので興味を持ったのだ。

「どうした？　なぜ泣く？」

芝居の筋を熱心に話している最中、阿雀が急に泣き出したことがあった。

「潘鳳鳴(はんほうめい)のつらい気持ちがすごく伝わってきて……」

潘鳳鳴は『満庭記』という芝居の主人公だ。幼いころに実の母に捨てられ、たいへんな苦労をする。母への恋しさを胸に、なみなみならぬ艱難に耐え、とうとう科挙に及第して官僚となる。その後、生みの母と再会し、母が彼を捨てたのはやむにやまれぬ事情があったこと、つらく悲しい別離のあとも母は息子を案じつづけていたことがわかり、親子は手を取り合って感涙にむせび、大団円となる。

阿雀は母に捨てられたときの心細さを回想する潘鳳鳴の心情を自分のことのように感じて、涙をこらえきれなくなったらしい。

「おまえも母親と生き別れたのか？」

「……いいえ」

阿雀は心もとなげに首を横にふった。

「死に別れたのか？」

「いいえ」

「だったら、どうしてそこまで感情が入るんだ？」

阿雀はなにか言おうとしたが、途中で口をつぐんだ。

「ひょっとして……母親と不仲なのか？」

うかつにもそんな問いをしたせいで、阿雀はまた泣き出してしまった。

「……わたしが悪いんです。わたしが……女子に生まれてしまったから」

阿雀の母親は男児を欲しがっていたそうだ。

「それは、おまえではどうしようもないことだろう」

「でも……わたしのせいです。わたしが男子に生まれていたら、母さんはわたしのことを好きになってくれたはずです」

涙声で語られる言葉は、年端のいかぬ童女が発するには残酷すぎるものだった。

——男子でも女子でも、わが子には変わりないのに。

成達には同腹の妹がいるが、母はたいそう可愛がっている。母親とは本来、そういうものではないだろうか。腹を痛めて産んだ子なら、性別に関係なく愛おしむものでは。阿雀の生母は例外なのだろうか。それとも、成達の母のほうが特異なのか。五尺の童子にすぎぬ成達にはわからなかった。

ただひとつたしかに言えることは、阿雀とて母の情愛を受けるに足る子であるはずだということだ。

男子ではなくとも、芝居への情熱を持っている。毎日の稽古に励む勤勉さも持ちあわせている。泣き虫ではあるが、礼儀をわきまえており、素直で好ましい気性だ。愛すべき美点をたくさんそなえているのに、男子ではないという理由で実の母に粗末にあつかわれるのは理不尽が過ぎる。

義憤に駆られ、阿雀の生母に物申してやろうかとさえ思ったが、下手に口出しをすればかえって阿雀の立場が悪くなるかもしれないのであきらめるしかなかった。

「おまえの母親がおまえを好きではないとしても、私はおまえのことが好きだぞ」

「……どうしてですか？」

「芝居が上手だから」

「……ぜんぜん上手じゃありません。師傅に叱られてばかりです」

「いろんな戯曲を知っているから」

「……わたしが知ってるのなんて、ほんのすこしだけです」

「うーん、じゃあ……可愛いから」

「……わたし、ちっとも可愛くありません」

ことごとく否定して、阿雀はいっそう深くうなだれた。

「とにかく、私はおまえのことを気に入っている。なぜかと問われても、好ましく思うからだとしか言いようがない」

「はあ……」

「たぶん、こうだから、というふうに理屈で説明できることではないんだ。人が人を好きになるのは」

「そう……なのですか？」

「ああ、きっとそうだ。好きだと思えば、それが好きな理由だ」

もっと気の利いた台詞を口にできればいいのに、成達にはこれが精いっぱいだった。

「わたしも、です」

ふいに阿雀が顔をあげた。

「わたしも、あなたが好きです」

さわさわと風にもてあそばれる若葉が、阿雀の笑顔に木漏れ日の化粧をしていた。

互いに艶めいた意味などなかった。単に芝居の話をする相手としか思っていなかった。あるいは、成達は阿雀を妹のように思っていたのかもしれない。生母に打ち捨てられた不憫な童女を守ってあげなければと、ふしぎな庇護欲に衝き動かされて。

たわいのない関係が変化したのは、母がふたりの間柄を知ったあとのことだ。

「あの娘と親しくしてはなりません」

なぜなのかと尋ねると、母は眉間に深い皺を刻んだ。

「あれは女狐の子だからです」

阿雀の生母は母が蛇蝎のごとく嫌っている女優、荷氏だった。

荷氏は驕慢な女だった。妾ですらなく、汪府に仕える一女優にすぎないのに、父の寵愛をだれよりも受けているがゆえに高飛車にふるまっていた。

息子を産めば正妻にしてやると父に約束してもらったと声高に吹聴し、嫡室への野心を隠そうともしなかった。

かくも身の程知らずな女優は嫡妻から厳罰を受けるなり、邸から追放されるなりするものだが、母は表立って荷氏と対立することを避け、風馬牛を装っていた。荷氏への憎しみを燃やしながら、荷氏を排除することで父の怨みを買うことを恐れたのだ。

――正妻になりたいから息子が欲しいのか。

荷氏が阿雀を粗略にあつかう理由を知り、なおさら憤りをおぼえた。荷氏にとって子は自分の立身出世の道具でしかない。たとえ阿雀が男児だったとしてもおなじことだ。首尾よく嫡室におさまれば今度はわが子を跡継ぎにしようと画策し、嫡妻になれなければわが子にすべての怨憎をぶつけるのだろう。

母親と呼ぶに値しない下劣な女だ。そんな鬼女を母親に持つ阿雀が不憫でならない。なんとかして、阿雀を救い出せないものか――。

考えても無駄なことだとわかっていた。

阿雀は女優の娘。荷氏が妾室に迎えられない以上、阿雀の身分は下婢のままだ。荷氏を憎む母が阿雀に良縁を用意してやるとも思えない。

彼女が歩むであろう未来はふたつにひとつ。死ぬまで汪府につながれ、家班の女優として舞台に立ちつづけるか、父の上官に気慰みの贈り物として献上されるか。いずれにせよ、良家の令嬢に用意された人生とは程遠いものになる。まともな結婚は望めない。妻にはなれない。だれかの妾になることができれば幸福なほうだが、その地位とて吹けば飛ぶような儚い代物だ。

——だれにも守ってもらえないんだ。

生まれたときは、誕生を喜んでくれるはずの母に放擲された。赤ん坊だった阿雀を抱いてくれる母の腕は存在しなかった。

長じてのちは夫を持てない。運よく妾になったとしても、夫というより主人に仕えることになるだけだ。これまでもこれからも、彼女を守る者はいない。

——私が守らなければ。

阿雀は成達の異母妹だ。母が荷氏を妾にすることを許さなくても、成達と阿雀が血を分けた兄妹であることに変わりはない。

荷氏が娘を守らないなら、成達が守ってやるしかない。

幸い、成達は嫡男だ。時が来れば汪家の主となることが決まっている。家長になれば阿雀を守ってやれる。良縁を見つけてやることもできる。阿雀を下婢の身分から解き放ち、まっとうな人生を歩ませてやることができるのだ。

成達は朴訥な使命感を抱き、母の目を盗んで阿雀の面倒を見た。阿雀が落ちこんでいるときは励ましてやり、泣いているときは慰めてやり、稽古で怪我をしたときはよく効く薬をこっそり手渡した。阿雀はおそるおそる、けれど素直に成達の厚意を受けた。

「ありがとうございます、お兄さま」

花がほころぶように微笑む阿雀を見るたび、成達はむず痒い誇らしさを感じた。自分は阿雀の兄なのだという自覚をあらたにした。

あれほど清潔な鴒原の情が、いったいいつの間にかたちを変えてしまったのだろうか。

「おまえの字を決めたぞ」

阿雀が十五になるころ、成達は彼女に字をつけてやった。

字は本人がつけることもできるが、ふつうは父母など目上の者がつける。

阿雀の場合、父母は当てにできない。父は阿雀の存在を認識しているかどうかさえ怪しい始末だったし、荷氏は阿雀に幼名すらつけなかった。

阿雀とは家班の女優たちがつけてくれた渾名だ。字も師傅がつける予定なのだろうかと、成達は阿雀の師傅に相談した。師傅は兄である成達がつけたほうがいいだろうと言ったので、三日三晩、書房にこもって考えた。

「梨艶だ」

成達が字を記した紙を手渡すと、阿雀は墨跡を何度も目でなぞり、首をかしげた。

「どうして梨なんですか？」

「おまえとはじめて会ったとき、梨花が咲いていたから」

ゆくりなくも、出会った日とおなじ季節がめぐってきていた。さわさわと揺れる白い枝が十五になった阿雀の横顔に木漏れ日の化粧をほどこしていた。

――美しくなった。

泣き虫だった童女が年月に磨かれて妙齢の乙女に成長した。その慎ましやかな美しさはこれから花ひらこうとする蕾に似ている。冬枯れの庭院で見る春のきざしのような、胸をじんわりとあたたかくするものがある。

――どんな男だろうか。

近い将来、梨艶のかたわらに寄り添う、幸運な男は。

そう考えたとき、梨艶は嫁ぐ。成達の庇護を必要としなくなる。夫になった男が彼女を守ることになる。それは至極、自然なことだ。

いつの日か、胸底が不穏な軋り音をあげた。

おそらくは梨艶の――未熟な彼女に自覚はないだろうが――望みでもある。

そして、成達の願いでもあるはず。

信頼に足る男に大切な妹をゆだねる。その未来はだれにとっても望ましいものなのに、成達はそれをすこしでも思い描いただけで気鬱に襲われる。

いや、気鬱というより苛立ちかもしれない。

もっと単純に言えば――怒りであろうか。なぜ梨艶を格別に慈しんでいる自分が彼女の幸福な未来に悪感情をおぼえるのか、成達は理解できなかった。

――私は、己で思うほど善良ではないのだろうか？

荷氏は母の怨敵だ。嫡妻としての母の面目は荷氏の奔放なふるまいでつぶされてきた。身分をわきまえず、嫡室に敬意を払わず、横暴な言動で汪府をかき乱す荷氏にはつねづね嫌悪感をおぼえている。あんな悪女を寵愛する父の気が知れないほどだ。荷氏への反感がいつの間にか梨艶にまでおよんでいたのかもしれない。

さりながら、梨艶を怨むのは筋違いだ。荷氏と梨艶は母子であってもまったくちがう。ふたりを混同するなど、あってはならない。

そうやって納得しようとしたが、どこか腑に落ちなかった。なにかがまちがっている気がするのだ。悪しき感情の出どころは、そこではないような。

「私には不釣り合いなほど立派な字ですね……」

成達の手跡をまじまじと眺めつつ、梨艶ははにかんでみせた。

「でも、うれしいです。この字が似合う女人になれるよう、がんばりますね」

そよ風に揺れる花のように微笑む梨艶を見ていると、なにもかもに合点がいった。

――ああ、そうか……私は。

梨艶を恋うているのだ。兄の目ではなく、ひとりの男の目で見ているのだ。彼女をわがものにしたいのだ。ほかのだれにもわたしたくないのだ。ずっと手もとに置いておきたいのだ。大切な妹ではなく、愛しい女として。

どうしてもっと早く気づかなかったのだろうか。

自覚する機会は何度もあったはずだ。

たとえばそう、邸の奴僕たちがこそこそと梨艶の噂をしていたとき。彼らは十三になったばかりの梨艶に色めいた関心を持ち、下卑た笑みを交えながら語っていた。とりわけ陋劣な者は言葉巧みに誘って物にしてしまおう、などとほざいていた。成達はその日のうちに彼らを売り飛ばした。杖打ちにしなかったのはせめてもの恩情である。

翌日、成達は奴僕たちを集めて厳命した。

「六妹を傷物にした者は殺す。疑わしい行為をしているだけで処罰する。命が惜しければ六妹には近づくな」

これを単なる脅しと解釈した愚か者が梨艶に言い寄ろうとした。成達は容赦しなかった。やつを奴僕たちの眼前で杖打ち百回に処したのだ。主の命令を軽んじた不届き者の死体は、用事を言いつけて外出させていた梨艶が戻るまでに始末しておいた。

この事件がよほど効いたのだろう。奴僕たちは梨艶に近づかなくなった。

兄として当然のことをしたと思っていた。

汪家の娘でありながら汪家の娘としてあつかわれていない梨艶には、貞操を脅かすものが多すぎた。奴僕たちはその最たるものだ。

さらには弟たちにも目を光らせなければならなかった。梨艶は汪家の娘として遇されていないから、弟たちには彼女が姉妹であるという意識が薄い。どんな間違いが起こってもふしぎではない状況だ。成達は弟たちが梨艶に近づくことを禁じた。

もっともこれには、母が進んで協力した。母は梨艶が荷氏のように色香で汪家の男を惑わすことを恐れていた。成達は母が抱く危惧の念をあおった。軍務のため汪府をあけているあいだ、あらゆる男から梨艶を遠ざけてもらうためだ。

成達の不断の努力は実を結んだ。梨艶は貞操を守りつづけていた。とうに嫁いでいるはずの年齢を過ぎても。

「……私、魅力がないのでしょうか」

梨艶に悩みがあると深刻そうに打ちあけられたことがある。

「言い寄られたことがないんです……一度も。それっておかしなことだって、女優仲間に言われました。女ならだれでも、若いころは男の人に好意を持たれるものだって。……でも、私にはそういう経験がまったくなくて」

真剣に悩んでいるらしい梨艶に、成達はほがらかな笑みをむけた。

「そこらの匹夫には、おまえの魅力がわからないんだろう」

「……そうでしょうか。このまま一生、だれにも相手にされないのでは……」

「心配するな。近いうちに私が良縁を見つけてやる。美しい花嫁衣装をまとって汪府の大門を出ていく日には思うはずだ。つまらぬ男とかかわりを持って名節をそこなうことなく、身綺麗に暮らしてきたのは、最良の相手に嫁ぐためだったのだと」

聞こえのいい言葉をならべて梨艶をなだめたが、実のところ、それほど熱を入れて花婿を探していたわけではない。候補を幾人か見つけはしたけれども、どれも梨艶をたくすには不十分な男に思われて、縁談を進める気にはなれなかった。

——いや、そうじゃない。

ほんとうは梨艶を手放したくなかったのだ。

梨艶が紅蓋頭をかぶって汪府を出ていく姿など、想像したくもなかった。梨艶が成達ではなく、夫となった男を信頼し、敬慕する姿など、あまつさえ愛情をこめたまなざしで見つめる姿など、空想のなかでさえ見たくなかった。

梨艶にはずっとそばにいてほしかった。成達だけを頼み、成達だけに守られていてほしかった。いついつまでも、ほかの男から遠ざかったまま、成達の目の届くところで微笑んでいてほしかったのだ。

そんな身勝手な願いから梨艶の結婚を先延ばしにしていたにもかかわらず、梨艶本人には花婿候補が見つかるたびに母が反対していると説明した。

実際には母のほうが縁談に積極的で、梨艶を片づけたがっていた。成達が梨艶に異様なほど執心していることを懸念していたのだろう。

自分の行動が道理から外れていることは、成達も自認していた。梨艶にだって世の娘のように夫や子を持つ資格がある。人並みの幸せを望む資格がある。成達の勝手で梨艶を飼い殺しにすることは許されない。

――このままでは、いつか間違いを犯してしまう。

面倒見のいい兄の仮面で異母妹に寄せる恋情を隠してはいるものの、限界が近づいていた。母に言われるがまま妻妾を娶り、子をなしたが、梨艶へのうしろめたい衝動が消えたわけではない。妻や妾の顔が梨艶のそれに見えることさえあって、わが身を蝕む業病の深さに恐懼することもすくなくなかった。

克己心は遠からず破綻する。われ知らず胸裏に巣くい、ひそやかに肥え太ってきた邪念を隠しきれなくなってしまう。

かねてより殺しつづけてきた忌まわしい情動が発現したとき、長い年月をかけて築きあげてきた兄妹のきずなは無惨に断ち切られてしまうだろう。

現在の関係が壊れてしまう前に、梨艶を嫁がせなければならない。距離を置かなければならない。善き兄の仮面をつけたままで別れなければならない。

そこまでわかっていながら、なかなか決心がつかなかった。

煮え切らない気持ちを引きずって戦場を駆け、北辺を騒がせる蛮族・蚩頭と戦った。激闘のすえに成達は敵将を討ち取ったが、その代償として深手を負ってしまった。

陣営で治療を受けている最中、熱に浮かされながら夢を見た。

それはあまりにも成達にとって都合のいい夢だった。夢のなかで梨艶は成達の妹であり、恋人であり、妻だった。彼女は望んでそれらの配役を受け入れていた。梨艶もまた、成達を兄として、恋人として、夫として慕ってくれていたのだ。ふたりは幸せに暮らしていた。まるでそうすることが前世からのさだめであるかのように。

甘美な夢から覚めたあと、成達は梨艶を早急に嫁がせようと決意した。

もはや一刻の猶予(ゆうよ)もない。これ以上、先延ばしにすれば、取り返しのつかない事態になってしまう。

おりしも、戦勝を喜んだ今上(きんじょう)から汪家の娘を東宮選妃に参加させよとの勅命(ちょくめい)が下った。まさに渡りに船であった。

成達がぐずぐずしていたせいで、梨艶はとうに行き遅れになっている。

二十一という年齢ではどれほど良縁に恵まれても後添いがせいぜいだ。後妻であっても梨艶を大事にしてくれる男ならかまわないが、やはり前妻の子がいるような複雑な環境に妹をほうりこみたくはない。

その点、立太子されたばかりの皇太子は当時まだ十六の若さで、当然これが初婚だ。梨艶をふくめて二十四人の花嫁が同時に嫁ぐとはいえ、梨艶の楚々(そそ)とした美しさが皇太子の目にとまる可能性は大いにある。

いや、寵愛は受けなくてもいいのだ。成達から遠ざかってくれれば、容易に里帰りのできぬ場所へ、成達の手が届かぬところへ行ってくれればそれでよい。成達が忌まわしい罪を犯さぬよう、兄妹のきずなが断ち切られぬように。

ひょっとすると、この決断は梨艶を苦しめる結果になるかもしれない。

梨艶は慎(つつ)ましやかな女だ。熾烈な寵愛争いには向いていない。つましい幸福を望んでいる梨艶にとって、入宮は不幸の呼び水となる恐れがある。

そう知りながら、ほかに選択肢はなかった。

この好機を逃せば、決心が揺らいでしまうだろう。なにかしら言い訳を探して、梨艶を手もとに置きつづけるだろう。たとえすんでのところで克己心が打ち勝ったとしても、梨艶の生涯を汪家の門の内側で空費することに変わりはない。

いま手放すしかないのだ。次の機会を待つわけにはいかないのだ。梨艶のよき兄でいたければ。

肚(はら)をくくった成達は帰京してすぐに母を説得しなければならなかった。母は実子である八妹を入宮させたがっていた。幸いなことに、八妹にその気はなかった。彼女にはすでに意中の男がいたのである。成達は八妹と共謀(きょうぼう)し、母が八妹の入宮をあきらめるよう、ひと芝居打った。八妹の喀血(かっけつ)がそれだ。

首尾よく母が折れ、梨艶の入宮が決まった。

当の梨艶は自分が汪家令嬢として東宮へ嫁ぐことになったと聞くなり、憐(あわ)れなほどに青ざめた。強張(こわば)ったその表情には澄明(ちょうめい)な恐れがあった。

――もし、この恐れが、私を恋うゆえのものだとしたら……。

そんなことを考えてしまい、成達は己の未練がましさに嫌気がさした。

梨艶は成達を慕ってくれているが、彼女がひたむきに向けてくれる情は肉親の牆を越えるものではない。かるがゆえに、距離を置かねばならないのだ。彼女が成達に寄せてくれる無垢な信頼を裏切らぬために。

なんとか梨艶を言いふくめて入宮を承諾させ、母による手厳しい令嬢教育を経て東宮へ送り出した。

昨年八月に起こった賞月の変の一報を耳にしたとき、真っ先に梨艶の安否を心配した。軍務を投げだして京師に駆けつけようかと思ったほどだ。

しばらくして妻の便りで梨艶の無事を知り、胸をなでおろしたのも束の間。今度は皇太子が廃されるらしいと聞いて愕然とした。

廃太子されれば、秀女たちは実家に帰される。これではなにもかも徒労に終わるではないか。一大決心をして梨艶を送り出したのは、いったいなんのためだ。狼狽しているうちに今上は皇八子を廃太子し、秀女たちを実家に送りかえした。

なお困ったことに、汪府に帰ってきた梨艶は突拍子もないことを言い出した。

「私、女官になろうと思います」

汪府でずっと暮らすわけにはいかないから、宮仕えするのだという。

「無理に宮仕えなどしなくても、私がおまえの夫を見つけてやる」

「いいえ、もういいんです」

「まさか……宦官と縁づくつもりではあるまいな？」

女官は宦官と夫婦になることが多い。

三監の菜戸になれば裕福な暮らしができるが、宦官の妻は騾妾、騾妾を出した一族は閹族と呼ばれて世間から白眼視される。

「汪家を閹族にするというのか？　汪氏一門の主として、それは許可できぬぞ。先祖代々つづいてきた家名を汚すわけには――」

「いいえ、そうではなくて」

梨艶は首を横にふった。

「だれにも嫁ぎません。独り身のままでいたいので、女官になりたいんです」

「嫁がない？　なぜだ？　おまえはまだ若い。結婚をあきらめるには早すぎる」

「あきらめたのではなくて、もう嫁いでしまったから、ほかの人には嫁げないんです」

「なんだって？」

成達が思わず尋ねかえすと、梨艶はやけに晴れ晴れとした面持ちで胸に手をあてた。

「この心は殿下にさしあげました。世間では認められていなくても、私はもう殿下の妻です。夫を持つ身でありながら、べつのかたに嫁ぐことはできません」

「殿下とは……廃太子殿下のことか？　しかし、あのかたは寒亜宮にお入りになったはず。おまえの夫になる道理が……」

はたとその可能性に気づいて、成達は眉根を寄せた。

「もしや、廃太子殿下に貞操を奪われたのでは……」

「そんなことはなさっていません。……たぶん」

「たぶん？」

「……抱きしめられたことはありますが、それは〝貞操を奪う〟行為ではないでしょう？　あっ……でも、あれは」

「あれとはなんだ？」

「……く、口づけされました。……二度」

二度も、と成達が表情を険しくすると、梨艶はあわてたふうに言い添えた。

「最初は頰で、二度目はひたいです。どちらも変な意味はありません。頰に口づけなさったときはからかっていらっしゃっただけですし、ひたいのときは……あれはきっと、別れのあいさつです」

「殿下はあいさつで女人に口づけをなさるような軽薄なかたなのか？」

「ちがいます！　殿下は誠実なかたです。軽々しい気持ちで女人に口づけをなさるような人ではありません」

「では、なぜおまえにはそんなことをなさったんだ？　東宮選妃のあいだにそれほど深い仲になったのか？」

「それは……」

梨艶はどぎまぎして口ごもる。おしろいを塗らない頰が恥じらいに染まっているのを見てとって、嫉妬の炎が胸を焼いた。

――嫉妬することが許される立場でもないのに。

梨艶は廃太子と心を通わせたのだ。成達ではない男を恋うているのだ。その何気ない事実が猛毒を放ちながら染み入ってくる。

なにをいまさら、と自嘲せざるを得ない。過ちを犯さぬために遠ざけたのではないか。皇太子の寵愛を受けてくれればいいと思っていたのではないのか。

仲睦まじい兄妹のままでいたいと願っていたのではないのか。覚悟を決めて送り出したのではないのか。

どうして喜べない。

梨艶が若い娘らしく恋の華やぎを知ったことを、なぜ兄として祝福してやれないのだ。

父母の愛情に恵まれなかった異母妹のよき理解者を自称しているくせに。

「殿下のために操を守るつもりなのか。死ぬまで寒亞宮に幽閉されるかたに？」

「……不毛だということはわかっています。汪家にはなんの利益もないことも……。でも、どうしても殿下以外のかたに嫁ぐ気にはなれないんです。もし、嫁いだとしても、うまくいかないと思います。夫となる人を愛せませんし、心のなかではいつも殿下のことを考えてしまうでしょう。それでは不義密通も同然ではありませんか？　私は取り柄のない女ですが、貞潔でありたいと思っています」

「いまはそうかもしれない。東宮から戻って日が浅いからな。しかし時間を置けば、考えが変わるかもしれないぞ」

「いえ、変わりません。よく考えて出した結論です」

強い口調で宣言したかと思いきや、にわかにばつの悪そうな表情になる。

「実を言えば、そんなに純真な想いでもないんですが。女官になれば、皇宮にいられるでしょう？　寒亞宮には仕えられないとしても、殿下のお住まいに近い場所に仕えることができれば、心が慰められるはず……。ただ、近くにいられるだけでいいんです。それに、殿下に文を届けると約束したので、女官になったほうがなにかと便利で……」

「それほどまでに殿下をお慕いしているのか？」

あらためて尋ねると、梨艶はためらわずにうなずいた。

「もう二度と会えないのだぞ。おそらくは声を聞くこともできない。文にも返信はくださらないだろう。おまえは幻を恋うているようなものだ。けっして見ることもできず、ふれることもできない、存在しない男を」

「幻ではありません。目を閉じれば、殿下にはいつでも会えます。心の耳をすませば、お声を聞くこともできます。もしかしたら夢のなかでは、ふれていただくことだって……」

梨艶はまぶたをおろし、眼裏に映る廃太子に微笑みかけるように口もとをやわらげた。

「現世で二度と会えないことは悪いことばかりではありません。殿下の御心には二十二の私がずっと残ります。年老いて、ただでさえ冴えない容貌がなおさら陰り、みすぼらしくなった姿をお見せせずにすみます。実際にお会いできないことはつらいですが、年を経るごとに飽きられてしまうかもしれないと恐怖がいや増すよりは気楽です」

まぶたをおろしたまま、梨艶は小さく苦笑した。

「私って、自分で思っていたよりも悪い女だったみたいです。廃太子されてしまったことは殿下にとって災難にちがいないのに、殿下はさぞ落胆していらっしゃるだろうと心苦しく思うのに、一方でどこか安堵してしまいました。だって、殿下は私だけでなく、ほかの女人とも会えないのですから。殿下のおそばにはだれも侍ることができないのですから。まるで殿下をひとりじめしたみたいで――こんなことを思ってはいけないとわかっているのですが――胸がいっぱいになって……」

まなじりから一筋の涙がこぼれ落ちた。

「……ごめんなさい。あさましい考えですよね。でも、これが私の素顔です。ほんとうの姿なんです。殿下をお慕いして……はじめて知りました」

袖時雨が落ちつくまで、成達は言葉を封じて待っていた。

「殿下もおまえに恋情を抱いてくださっているのか？」

「……わかりません。はっきりとそうおっしゃったわけではありませんので……。ですが、殿下のお気持ちはこの際、関係ないんです。私は殿下をお慕いしていて、殿下以外の殿方に嫁ぐつもりがないということだけが肝要です。殿下に命じられたからではなく、私の意志で生涯未婚をつらぬこうと決めたのですから」

手巾で目もとを拭い、梨艶は成達を見あげた。兄を射貫く視線にはひとかけらの迷いもなかった。

「お兄さまははじめてお会いした日からずっと私を慈しんでくださいました。大恩を受けておきながら、かような決断をしてしまって、心から申し訳なく思います。来世ではきっと恩返しをしますから、どうか今世では妹のわがままをお許しください」

ひざまずこうとする梨艶の手をとり、成達は花のかんばせをのぞきこんだ。

「決心は固いのだな」

「はい」

明瞭な返答。その力強い響きはふしぎなことに幼いころの梨艶を――阿雀を思い起こさせた。阿雀はあまりにもあどけなく、親鳥とはぐれた雛のように弱々しかった。だから庇護しなければと思ったのだ。成達が守ってやらなければ彼女は生きていけないだろうと危ぶんで。

あれから十七年の歳月が流れた。梨艶はもはや寄る辺のない童女ではない。己の信念を持つ、ひとりの女人なのだ。

「おまえが決めたことなら、反対はしない」

成達は妹の手をそっと握った。

「自分の気持ちに正直に生きなさい。だれのためでもない、おまえのための人生だ。悔いのない道を選ぶがいい。ただし、ゆめゆめ忘れるな。おまえがどこにいても、どういう生きかたをしていても、私は――大兄は、おまえの味方だ。いつか困ったことが起こって、助けが必要になったら、真っ先に頼ってくれ。兄としてできる限りのことをするから」

梨艶はなにか言いかけて涙ぐんだ。成熟した女人らしい手で兄のそれを握りかえす。

「ありがとうございます、お兄さま」

「おまえが女官になりたいと言い出したときは、どうなることかと思ったが……」

成達は白磁の蓋碗に手をのばして、上座にいる梨艶に視線を投げた。

五爪の龍が優雅に舞う長襖に、金襴の菊花が咲いた長裙。たおやかな円錐型に結った髻には鸞鳥を模した簪や色とりどりの宝玉をちりばめた帯状の簪、垂れ飾りのついた金鳳釵を挿している。瑪瑙をあしらった葫蘆型の耳環、星屑のようにきらめきわたる瓔珞、袖口からのぞく緑翠石の手鐲。

身を飾るものはすべて次期皇帝の嫡室にふさわしいものだが、成達がなによりも目を奪われるのは晴れやかに輝く玉のかんばせだ。

「嫁ぐべきところに嫁ぐことができて、ほんとうによかった」

結論から言えば、梨艶は女官にはならなかった。人員に空きがないと突っぱねられたのだ。それでも当人はあきらめず、李太后に直談判して、下働きでかまわないので仕えさせてほしいと懇願した。

李太后は事情を聞いて同情したが、梨艶を雇い入れるために女官を解雇しなければならなくなるのは心苦しいと言ってやんわり断り、その代わり、令嬢の身分のままでときおり参内して芝居を見せてくれないかと提案した。女官の席に空きが出るまでという条件を提示されて梨艶は快諾し、李太后の話し相手をつとめていた。

今春、廃太子がふたたび立太子され、二度目の東宮選妃で梨艶は如意を賜った。

婚礼から一月。風の噂によれば、皇太子は若い美姫たちをさしおいて、年上の太子妃をことさら寵愛しているという。

それを喜ばしく思いながら、成達は参内の日を迎えた。

「お兄さまのおかげです」

蓋碗を手に取り、梨艶はあでやかに微笑した。

「あのとき、お兄さまが無理にでも私をどこかへ嫁がせるとおっしゃっていたら、私は思いつめてなにをしていたかわかりません」

「それこそが反対しなかった理由だ。おまえは従順そうに見えて、案外、頑固だからな」

はたしてそうだろうか。女官になりたいという梨艶の希望を打ち砕かなかったのは、兄としての純粋な慈悲だったのか。だれにも嫁がせたくないという、汚らわしい執着心によるものではなかったか。

「しかし、その頑固な性分のおかげでおまえはそこにいる」

成達は蓋碗をかたむけ、喉にこびりついた苦い感情を呑みくだした。

「このようなことを訊けば不敬にあたるかもしれないが……殿下はおまえを大切にしてくださっているか？」

「はい、とても」

弾けるような笑顔にはいささかの虚飾も偽りもない。

そうか、と答え、成達は愚かなことを問うてしまったと臍を噬んだ。

梨艶が愛されていることは彼女の顔を見ればおのずとわかる。輝く瞳が言葉よりも雄弁に物語っている。梨艶はいま、幸せなのだ。成達のそばにいたときよりもずっと。

「その様子なら、吉報が届くのもそう遠い未来ではなさそうだな」

「吉報？　なんのことで……あ」

梨艶が真っ赤になったときだ。屏風の陰からこそこそと話し声が漏れ聞こえてきた。

「もう、引っ張らないでよ。よく見えないじゃない」

「おやめなさいと言っているでしょう。みっともないわよ」

「汪副千戸が男前だっていう噂をたしかめに来たのよ。見なきゃ意味ないわ」

「それがはしたないと言っているのよ。夫を持つ身でほかの殿方に目移りするなんて不道徳だわ」

「そう言うあなただってついて来てるくせに。子業兄さまっていうれっきとした夫がいても、美男子には興味があるのね」

「馬鹿なことを言わないで。わたくしにとって美男子は夫だけよ。ほかの殿方は泥つきの芋みたいなものだわ」

「なによそれ！　卓詠さまも泥つきの芋ってこと？　冗談じゃないわ。卓詠さまはね、泥もついてないし、芋でもないの。どちらかと言うと、子業兄さまのほうが泥つき芋に近いわよ」

「わたくしの夫を侮辱しないでちょうだい。そもそも子業さまはあなたの兄君で……」

「あのー、おふたりとも、そんなところで立ち話をなさらず、こちらへどうぞと太子妃さまが仰せですよ」

太子妃付き次席宦官の同内監が声をかけると、屏風のうしろからふたりの婦人があらわれた。

気まずそうにそろりと出てきたのが懿徳県君・尹氏、踊るようにひらりと飛び出してきたのが順徳県君・李氏である。

ふたりの夫はいずれも従六品の翰林院修撰。本来なら六品官の妻女は安人という位を賜るが、三元の嫡妻はとくべつに県君という称号を賜ることになっている。

「太子妃さまに拝謁いたします」

尹氏と李氏はそろって万福礼した。

「楽になさい」

「感謝します、太子妃さま」

ふたりが万福礼の姿勢をとくのを、成達は揖礼したまま待っていた。官品はこちらが上だが、将来入閣することが内定している権門出身の三元の令夫人には相応の礼を尽くさなければならない。

「汪副千戸にごあいさついたします」

「ずっとお会いしたいと思っていましたの。噂にたがわぬ美丈夫でいらっしゃるのね！」

しとやかに万福礼する尹氏のとなりで、李氏はきゃっきゃとはしゃいでいる。

「おふたりこそ、噂にたがわぬ仙姿玉質でいらっしゃる。尹家と李家のご令嬢をさしおいて愚妹が如意を賜ったことがどうにも不可解だとかねてよりいぶかっておりましたが、今日ここでおふたりのたぐいまれな美貌を目の当たりにして、ますますその思いを深めております」

「ふふ、たぐいまれな美貌ですって」

「にやけないで、みっともない。ただのお世辞よ」

「お世辞じゃないですよねー？　本音ですよねー？」

「ちょっと、やめなさい。汪副千戸が困っていらっしゃるでしょ」

おなじみのやり取りなのか、梨艶は扇子の陰で微笑んでいる。

「おふたりにお会いするのは半月ぶりですね。お元気そうでなによりです」

「汪妃こそ、元気そうじゃない。顔がつやつやしてるわ。その様子だと、昨夜も殿下のお渡りがあったんでしょ？」

「えっ……そ、それは……」

「なんてことを言うのよ、あなたは！　汪副千戸がいらっしゃるのに」

「べつにいいでしょ。汪妃のお兄さまなんだもの」

「兄妹だって、話題にしてよいことと悪いことがあるわ。まったく、人妻になったというのに、あいかわらず分別がないわね。兄嫁として助言するけれど、あなたは女訓書を熟読して、婦人の素養を身につけなければならないわよ」

「やーよ、女訓書なんか読んだってつまんない。それより、汪妃。周余塵(しゅうよじん)の新作を持ってきたわ。まだ発売前なんだけど、伝手(つて)を使って手に入れたの。とっても面白くて夢中で読んじゃったわ。あなたも読みたい？」

「もちろん、読みたいです」

李氏が冊子を見せると、梨艶は宝座(ほうざ)から身を乗り出して目を輝かせた。

「貸してあげてもいいけど、その代わり、殿下とのあれこれを聞かせてね」

「……あれこれ？」

「ふふふ、決まってるでしょ。閨(ねや)の――痛ぁっ！　いきなりなにするのよ⁉」

「破廉恥(はれんち)な発言を聞いたから、戒(いまし)めてあげたのよ」

「思いっきりつねらないでよね！　もう、じんじんするじゃない。虫も殺さないみたいな顔してるくせに馬鹿力なんだから。あなたにいじめられたって、卓詠さまに言いつけてやるわよ」

「もとはと言えばあなたの慎(つつし)みのなさがいけないのよ。――太子妃さま、義妹の不調法をお詫びいたします。謝罪の印に、こちらをさしあげますわ」

「あっ！　ちょっと待ってってば！　わたくしの戯曲を勝手に持っていかないでよね！　汪妃から話を聞き出すのに使う切り札なんだから！」

尹氏が李氏から戯曲を取り上げ、梨艶にさしだそうとすると、李氏が腕ずくで奪いかえす。ふたりの攻防は黄色い声の応酬を交えてえんえんとつづいた。

「ずいぶんにぎやかだな」

「殿下」

屏風のむこうから聞こえた声に、梨艶は立ちあがった。

「拝謁いたします」

梨艶が万福礼するのにならい、成達は揖礼する。

「楽にせよ」

皇太子は悠然と命じ、梨艶に歩み寄る。髻に挿された並蒂花の簪にふれ、満足そうに頬をゆるめた。

「よく似合っている。そなたの髪に挿されていると、さながら天上の花のようだな」

「すばらしい簪ですもの。だれの髪に挿されていても、天上の花に見えます」

「いや、そうじゃない。そなたの髪はとくべつだ」

「どうしてですか？」

「どうしてだと。妙なことを訊くな。それくらい、言わなくてもわかるだろう」

「わからないからお尋ねしたのですが……」

「おまえの髪はほかの女の髪とはちがうと言ったんだ」

「ちがいますか？　色はおなじですし、髪質も特異なほうではありませんが」

「色や髪質の話はしてない。おまえの髪はほかのだれよりもきれいだと言いたいんだ」

「お言葉ですが、私よりもきれいな髪の妃妾は大勢います。とくに荷良娣は美しい漆色の髪の持ち主で、私も日ごろからうらやましいと……」

「どうやら通じていないらしいから、おまえにもわかるように言うぞ」

皇太子はさっと扇子をひらき、金碧山水の陰で梨艶に何事かささやいた。

「……なっ、なにをおっしゃるんですか！　こ、こんな、人前で……」

「おまえが鈍いのが悪い」

「だって私、そ、そんなこととは……」

梨艶は顔に紅葉を散らし、へどもどしている。

皇太子は面白がって、また扇子の陰でなにかをささやく。梨艶は耳まで赤くしてうろたえ、せめてもの意趣返しに夫の胸を叩いた。

――噂は事実なのだな。

叩かれてなお、愉快そうに笑う皇太子の横顔を見れば、梨艶は儲君の寵愛を独占しているのだとわかる。喜ばしいことだ。喜ばしいことであるはずだ。にもかかわらず、どうして成達はこれほどまでに打ちひしがれているのだろうか。

――たしかに、私は自分で思うほど善良ではない。

成達の素顔を目の当たりにしたら、梨艶は恐れおののくだろう。やさしい兄の仮面の下におぞましい禽獣の本性を隠していたのかと軽蔑するだろう。

梨艶にはけっして見せられない。隠しつづけなければならない。

さもなければ、成達は兄という配役を失ってしまう。いまとなっては、それだけがよりどころだというのに。

「汪副千戸」

梨艶が尹氏と李氏を連れて園林の散策に出かけたあと、皇太子は成達にむきなおった。

「いや、義兄と呼ぶべきかな」

「恐れ多いことでございます」

成達はわが身を蝕む獣心を見破られまいとして、深く首を垂れた。

「そなたには礼を言わねばならぬ」

開け放たれた窓から金風が迷いこんできた。香炉で焚かれている黄熟香の煙がひらひらと蝴蝶のように室内をさまよう。

「そなたは長年、梨艶を守り、慈しんでくれた。そなたという良き兄がいなければ、梨艶の暮らしはもっと過酷なものになっていただろう。そして、おそらくは梨艶が東宮選妃に参加することもなく……私たちが出会うこともなかった」

十八という年齢にしては老成した、それでいてこみあげる情感をおさえこむのに苦労しているような声音が響いた。

「そなたは梨艶に大恩をほどこしただけでなく、私にとっても恩人だ。いつか恩をかえしたいと思っている。どんなかたちになるかはわからぬが、いつの日か、かならず」

おもてをあげてくれ、と皇太子が言った。おもてをあげよ、ではなく。成達は戸惑ったが、言われるままに視線を上向けた。

「褒美として出世させてやることはできる。父皇にお願いすればたやすいことだ。なれど、梨艶から聞いた話から察するに、そなたは栄達のため妹を入宮させたわけではない。純粋に妹の幸福を願ってしたことだ。そなたなら、梨艶の太子妃冊立とひきかえに慣例以上の栄誉を受けることは望まぬだろう」

若い瞳がどこまでも真摯に成達を射貫いている。

「だから、いまはただ、約束をしておきたい。これから先は私が梨艶を守り、慈しむと。なにがあろうと、いかな不運に見舞われようとも、私はそなたが庇護してきた妹と苦楽をともにし、添い遂げるつもりだ。どうか安心して見守っていてくれ。もし私が約定をたがえたら叱ってくれてかまわない。とはいえ、皇太子が相手では文句も言いづらいだろう。そう思って手を打っておいた。父皇や母后や李皇貴妃さま、ほかの皇族がたにもお願いした。私が梨艶に無体を働いたら、汪副千戸が私を殴ることを許してほしいと」

「……殿下」

「遠慮なく殴ってくれ。手加減はするな。ただし、一発でよいぞ。きっとその強烈な一撃で目が覚めるだろう」

端整な口もとに笑みをにじませ、梨艶の姿を追うように窓外を見やった。

「それからもうひとつ……よく踏みとどまってくれた」

窓外では金風が落葉と戯れている。皇太子が急に黙ってしまったので、さらさらと石清水のように聞こえる風音が堆積していく。その響きに耳をかたむけていた成達は皇太子がにおわせた含意に気づいて、さっと青ざめた。

「勘違いするな。責めているわけではない」

皇太子は成達をなだめるように軽く手をあげた。

「なぜ、という顔をしているな。あいにく、私に人の心を見通す霊力はない。答えは東廠だ。やつらはなんでも調べてくる。そこらじゅうに褐騎をもぐりこませているからな」

「……いつからご存じで」

「父皇に許されて寒亞宮から出たあとだ。ほかならぬ父皇からうかがった」

汪成達は異母妹に肉親の情を越えたものを抱いている。梨艶はたしかに黄花であるが、純潔を失わない方法で情を通じていたのかもしれない。それを承知のうえで梨艶を太子妃に迎えるか、と。

「父皇は最初の東宮選妃がはじまる前からご存じだったらしい。当時は梨艶が太子妃になるとは思わなかったので、わざわざ言及なさらなかったそうだ」

「梨艶はなにも知りません。妹として私を慕っているだけです。私の感情は私ひとりのもので、梨艶には……太子妃さまには――」

「そなたを語るときの梨艶は妹の顔をしている。貞節を疑う理由はどこにもない」

力強く断言して、まっすぐに成達を見る。

「そなたは罪の意識にさいなまれているだろうが、その必要はないと言っておく。そなたは罪を犯さなかった。うしろめたく思うことはなにもない」

邪な情を抱いただけで十分すぎるほど罪を犯している。そう言おうとしたが、毒を飲んだように喉が麻痺して言葉にならない。

「心に思い描くことと、実際に行動に移すこととでは、天と地ほどの差がある。情だけでは罪咎になりえない。ゆえにそなたは無実だ。梨艶とおなじように」

おなじではない、と言いたかった。いっそ罰してほしいと。

「とはいえ、感情に区切りをつけるのは難しい。そなたは道義に堅い男のようだ。己を責めるなと言ったところでなんの助けにもならないだろう」

だから、と皇太子は思慮深い声音でつづけた。

「私が赦す。そなたが犯したと思っている罪も、過ちも、すべて赦免する。今日この日をもって、そなたの罪咎は消失したと思え」

「……殿下」

「自責の念を捨て、空いた場所に梨艶の記憶をあたたかい感情とともに残しておいてくれ。今後も彼女はそなたを必要とする。梨艶にとって、そなたはいつまでも頼もしい兄だ。いざというときはそなたが助けてくれると思えばこそ、梨艶は九陽城で生きていくことができる。彼女のためにも罪悪感に囚われてはいけない。そなたはそなたの道を歩まねばならぬ。過去を生きるな。みずからに罪人の衣を着せるな。明日を見よ、汪成達。そなたは流刑地にいるのでもなければ、刑場に立っているのでもない。そなたが進むべき道程の途上にいるのだ」

返答に窮した成達の前で、皇太子は音を立てて扇子を閉じた。

「だれもみな、己の道を進むしかない。他人の道を歩むことはできぬ。無理をして他人の道に分け入れば、その先にあるのは破滅だけだ。わが姉は――高徽婕は絶壁に通じた道を突き進み、当然の結果として破滅した。そなたには同様の結末を迎えてほしくないのだ。梨艶のためにも」

金風が途絶え、落葉のざわめきが消えた。

「そなたは梨艶とおなじ未来を見ることができぬ。おなじ墓に入ることもない。それは純然たる事実だが、そなたたちは血を分けた兄妹だ。どこまで行っても血でつながっている。梨艶の身体に流れる血が、そなたの身体に流れる血が、そなたたちの縁をつむぎつづける。私はそれをうらやましく思う」

「……なぜですか」

「そなたたちにある血の縁が、私にはないからだ」

「なればこそ、殿下は梨艶を娶られたのでは」

「ああ、そうだ。血縁がないから、夫婦になることが許された。それは僥倖にちがいないが、さればこそ恐ろしくもあるのだ。もし私たちが姉弟なら、たとえ幽明境を異にしても互いをしのぶよすがが残る。この身に流れる血がそうだ。しかし、私たちは赤の他人。かたく二世を誓っても、その事実は小揺るぎもしない。どれほど情を交わしても、互いの血を分け合うことはかなわぬ。どちらかが黄泉の客となってしまったら、残された者はいったいなにをよすがに伴侶をしのべばいいのだろうか……」

「不吉なことをおっしゃってはいけません。華燭の典から日も浅いのですから」

「幸福であればこそ、人は恐怖に囚われるものだ。いまの幸せはいつまでつづくのだろうかと不祥な考えが頭によぎり、背筋が冷えてしまう。……私は強欲なのだろうな。梨艶といつまでもともにいたいと願ってしまう。命は有限で、だれのもとに訪れる幸福も永遠のものではないと知りながら……」

　儲君は長いため息をついた。

「話を戻すが、つまるところ、私とそなたを隔てるものは血の縁だけなのだ。血縁があったからこそ、そなたは私よりも早く梨艶と出会った。血縁がなかったから、私は梨艶を娶った。それだけのことだ」

「思い切れとおっしゃるのですね」

「拒まないでくれと言っているのだ。妹としての梨艶を。そなたにとっては、異母妹としての梨艶も大切であるはずだ。理不尽なさだめを嘆くあまり、妹を想う気持ちを見失ってはいけない。私は夫の立場から梨艶を愛することしかできぬが、そなたは兄の立場から彼女を愛することができる。その特権は私が千金を積んでも手に入れられぬものだ」

「……殿下のお立場も、私がいかに渇望しようとも手に入れられぬものです」

「お互いさま、ということか」

ほがらかな笑みにつられて、成達は表情をやわらげた。

「引き分けということは勝負がついていないということだ。未来のことはわからぬ。もしかしたら、いつか私は梨艶の心を失うかもしれない。そのときはそなたの勝ちだな」

「ずいぶん弱気でいらっしゃる」

「そなたはどうだ？　いまの立場を失わない自信があるか？」

皇太子はどこか意地の悪い、挑むような笑顔を向けてくる。

「むろんです」

「たいした自信だ。こちらも負けられぬな」

秘密を打ち明けたことで緊張がゆるんだのだろうか。知らず知らずのうちに相好をくずしていた。なにかがほどけたと感じた。先刻まで胸の奥に重苦しくわだかまっていたものがふっと軽くなったような。

――なるほど、そうか。

梨艶が皇太子に心を許したわけが理解できたような気がした。梨艶もまた、なにかを変えられたのだ。いずれ大凱の玉座にのぼる青年の、赤心によって。

「お尋ねしてもよろしいでしょうか」

「なんだ」

「東廠の報告をお聞きになってもなお、梨艶を太子妃になさったのはなぜですか」

ためらいはなかったのだろうか。躊躇しなかったのだろうか。あるいは激情に駆られ、梨艶を怨んだりしなかったのだろうか。

「率直に言えば、動揺した。梨艶がそなたをいたく敬慕していることは承知していたからな。兄妹の牆を越えているのではないかと、疑ったこともある」

高徽婕の謀略により、梨艶が成達との内乱疑惑をかけられた事件について、皇太子はかいつまんで説明した。

「狼狽しなかったと言えば嘘になるが、梨艶の文を読みかえしているうちに迷いは吹き飛んだ」

「梨艶はどのような恋文をさしあげたのでしょうか」

「期待したほど艶っぽいものではなかったな。お慕いしているとか、恋しく思っているとか、夢のなかで会いたいとか、およそ恋文に書いてありそうな文言は見当たらなかった。季節の移り変わりと、芝居の話、私の身を案じる言葉が書きつらねられていただけだ」

「梨艶らしい」

「ああ、ほんとうに——梨艶らしい文面だった」

儲君はなつかしむように目じりを下げる。

「色めいた語句がなくても、真情がこもっていた。墨跡のひとつひとつから細やかな情が感じられた。たおやかな手跡をくりかえしなぞっているうちに肚をくくった。過去になにがあったのかは関係ない。そんなことで、この想いを断ち切られはしない。梨艶が私にむけてくれる至心とおなじものを、私も彼女に与えたいと思った。寵愛という目に見えないかたちではなく、嫡室という、だれの目にもあきらかなかたちで」

短い沈黙が落ちる。ふたたび吹きぬけた金風が黄熟香の吐息を散らした。

「これで答えになるか」

「十分です」

成達は深々と首を垂れた。

「血の縁がないことをお嘆きになる必要はございません。おふたりはすでに固いきずなで結ばれていらっしゃるのですから」

奇妙な安堵が胸にじわりとひろがっていく。

梨艶は嫁ぐべき男に嫁いだのだ。前世からさだめられていた、唯一無二の伴侶に。

「殿下」

軽やかな足音とともに、梨艶が客庁に入ってきた。

「これから園林で内輪の茶宴をひらこうと思うのですが、お兄さま……汪副千戸をお借りしてもよろしいですか？」

「かまわぬが、俺はのけ者か？」

とんでもない、と梨艶は楽しそうに首を横にふった。

「もしご公務がお忙しくなければ、殿下もご臨席ください」

「では、喜んで出席させてもらおう」

成達は連れだって客庁を出ていく皇太子夫妻の数歩うしろから随行する。回廊を通りぬけて園林に入ろうとしたとき、白いものが視界にちらついた。

風が運んできた雪片だろう。季節はずれの花吹雪のように、晩秋の日ざしのなかをひらりひらりと舞っている。

梨艶は爪先立って手をのばした。風と戯れるそのひとひらを手のひらに受けようとする。

「まるで梨の花びらみたいですね」

やわらかく笑う妹の横顔に、成達は目を細めた。

――幸せでいてくれ。いついつまでも。

花は咲けば散るものだ。人は生まれて死ぬものだ。

明けない夜がないように、終わらない幸福も存在しない。だれしも喜びを貪りつづけることは許されない。悲劇はかならずやって来る。だれの身にも、ひとしなみに。

世の儚さは骨身に染みているけれども、たしかなものなどなにもないとわかっているけれども、希求せずにはいられない。東へ飛び去った万片の梨花が愛しい男の腕に抱かれ、永遠の夢を見られるように、と。

妹の幸いを祈る。

それが、兄のつとめだ。

あとがき

本作は後宮史華伝シリーズ第二部初の短編集です。（第一部では電子短編集が二冊刊行されています）今回は紙幅に余裕があるので、後日談や裏設定など、一編ずつコメントしていきます。

『昔日』

凌炎鷲はじきに鬼淵の王位につきますが、治世はさほど長続きせず、彼は戦死してしまいます。炎鷲の死後、鬼淵ではお家騒動が起こってごたごたしますが、倖容公主・高妙英が炎鷲の弟と再婚することで王位がさだまり、政情が落ちつきます。

尹白姝は妙英と書簡のやり取りをしており、交流をつづけています。

『日月を双べ懸けて乾坤を照らす』

タイトルは『唐詩選』の「上皇西巡南京歌」（李白）からとりました。

時系列でいえば、これがいちばんあたらしい話です。語り手が生きている時代は嘉明年間後期。『後宮茶華伝』のころとは打って変わって、嘉明帝が怨天教団にきびしい弾圧をくわえています。ラストでちらっと出しましたが、このころの東廠長官は同淫芥です。彼も主君とおなじように怨天教徒にきびしい態度でのぞんでおり、嘉明帝と同淫芥の主従は冤罪の被害者をたくさん生み出しています。そのあたりを背景に次作を書きたいと思っているので、本作は第四巻への橋渡しですね。

『鴛鴦の衾』

高礼駿（嘉明帝）は凱王朝の歴史では暴君という位置づけなんですが、この時点ではその片鱗はうかがえませんね……おそらく。作中で汪梨艶がかぶっている鳳冠と呼ばれる女性用の冠、とても豪華ですばらしいものなのでぜひ検索してみてください。

『親王画眉』

タイトルは京兆画眉という故事をもじったものです。京兆画眉は漢代の京兆尹（都知事みたいなもの）だった張敞が愛妻の眉を描いていたことに由来する言葉です。

少年時代、魚奇幽は海賊にさらわれて凱の妓楼に売られ、男娼をさせられていました。客として訪れた衍福郡王（『後宮戯華伝』に名前だけ登場していた悪徳皇族）に気に入られ、去勢させられて皇宮に送りこまれました。衍福郡王は奇幽を通じて皇宮内の情報を手に入れようとたくらんでいましたが、当人は彭羅生の乱により死亡しています。

周巧燕は妓女の娘です。母親は恋人に捨てられたことを怨み、怨天教徒になりました。熱心に信仰していましたが、密告されて連行され、凌遅に処されました。まだ幼かった巧燕も怨天教徒ではないかと疑われたものの、恩情をかけられて奴婢にされ、後宮の婢女になりました。その後、裁縫が得意だったので出世して女官になっています。

『亡者の恋』

冥朽骨の恋は完全に片想いです。高月娘には恋愛感情などありません。ただ、朽骨が自分を恋慕していることは知っており、そのひたむきな感情を利用して彼を操っていたんです。朽骨に餌をやる意味で、月娘はときどき彼に自分の足を洗わせていました。

宗人府は明王朝初期の制度を下敷きにしています。明では長続きしなかったシステムですが、凱ではずっと運営されていることになっています。

『喪失』

高淑鳳は「結婚しない」と言っていますが、『後宮茶華伝』では結婚していることをちらりと書いています。駙馬になったのはそれほど位が高くない青年官僚です。彼のほうが淑鳳に一目惚れし、何度もアプローチしてやっと恋が実り、降嫁を賜りました。

『禁色の閨』

冒頭の文章は歴史書ではなく、歴史概説書からの引用という形式で書いています。本編にも歴史的な流れを突き放した視点で書いている箇所がありますが、あれも同様です。

『君を怨み君を恨み君が愛を恃む』

タイトルは『玉台新詠集』の「代淮南王二首　(二)　朱城九門門九開」(鮑照)から。

同淫芥が婢女時代の爪香琴（嬉児）に声をかけたのは、『後宮戯華伝』第一齣のあたりです。嬉児視点のシーンを読みかえしていただければ、「敗犬」と言った宦官は淫芥だとおわかりいただけるはずです。淫芥が香琴を菜戸にしない（できない）理由は、ここでは語りませんでした。第四巻の番外編で書くことになると思います。

『比目の魚』
色亡炎は『後宮茶華伝』で司礼監掌印太監をつとめていた棘灰塵の師父です。恵惜香の死後も宮中に残り、忠勤を尽くしていましたが、賞月の変からしばらくして引退し、亡き妻を供養するため道観に入りました。

『烏鳥の私情』
この時点では、独囚蠅と同淫芥の関係は良好なのですが、嘉明年間後期に入るといろいろあってこじれてしまい、敵対する立場になります。

『殷雷』
独囚蠅と同淫芥の関係がこじれる原因になってしまうのが宰曼鈴です。『後宮茶華伝』第二煎で孫月娥や高夏瑶と廟会に出かけた曼鈴が人込みで見かけたのは囚蠅でした。ふたりは一時期、恋人同士になって蜜月を過ごしますが、結婚には至らずに別れます。

『夜半の月』
楊忠傑の嫡男は負図という名前です。父親の刑死後、遠縁の堂家を頼って晟稜地方に引っ越し、負図は堂家の商売を手伝い、一生懸命働いていました。やがて堂家の娘と相思相愛になって婚約し、彼女が十五歳になったら婚礼をあげることになっていましたが……。負図は許婚の横死を捜査してほしいと役所に訴えたんですが（衍福郡王の犯行であることはあきらかでした）、役所は衍福郡王を恐れて適当な犯人をでっちあげ、事件を片づけました。この一件が負図を彭誅高に変え、賞月の変へとつながっていきます。

『卵翼の恩』

宣祐帝が高夏瑶を宰忠飛に降嫁させたのは、宰家の忠誠心を試すためでした。宰家がほんとうに賞月の変に関与していないのか（皇家に対して二心を抱いていないか）、宣祐帝は半信半疑だったんですね。宦官の養女を嫡男の正妻に迎えたことで不満を持つかどうか、宰家を監視しています。忠飛の父である宰鼎臣は宣祐帝の底意を察しており、夏瑶を厚遇しています。なお、夏瑶は公主府ではなく、宰家の邸で暮らしています。

葬刑哭の例からもわかるように、敬事房太監への栄転は出世コースにのっていることをあらわしています。敬事房太監↓司礼監随堂太監↓司礼監秉筆太監↓督主（東廠長官）↓司礼監掌印太監という順番で位が上がっていきます。

例外として敬事房に入らず、東廠で頭角をあらわして司礼監に入るという道もあります。棘灰塵はこちらのコースですね。東廠で活躍するということは悪逆無道な行いをするということなので、かなり血みどろの出世街道を歩んできたはずです。

宦官の世界で悪事を働かずに成りあがるのは不可能なので、三監は大なり小なり血染めの人生を歩んでいるんですけどね……。誤解のないように明記しますが、凱の宦官制度は明代のものを下敷きにしつつ、ところどころ手を入れているので、史実そのままではありません。たとえば三監や蟒服の色分けは私の創作です。

『夕化粧』

高礼駿が兄の高秋霆に孫月娥を嫁がせたのは、月娥が秋霆に片思いしていることを東廠が調べてきたからです。礼駿は秋霆の再婚相手にふさわしい女性を探していましたが、いちばん重要な「罪人一族の流れをくむ秋霆を夫として慕うことができる」という条件にあてはまっていたのは月娥だけでした。

『梨花万片　東風を追う』

第四巻を読んでいただいたあとに読みかえしていただくと、印象が変わるかもしれません。そういう狙いもあって、あえて最後に持ってきました。

この話のあとで、汪成達は汪梨艶付きの女官・茜雪を妾室に迎えています。

『落月空庭に満つ』

書く予定だったのですが、ページ数の関係で断念したため、幻の短編になってしまいました。ついでなので内容を書いておきます。

破思英の事件により浄軍落ちした泥梟盗は浣衣局の寒々しい庭でひとり咳きこんでいた。

ひどい折檻を受けたせいで、全身が叩き壊されたかのように痛んでいる。激痛に耐えつつ冬の月をふりあおぐと、幼時の記憶が頭をよぎる。あのころは土匪の子として自由に生きていた。かたわらには左龍（鉄岳秀）がいて、ふたりで野山を駆けまわり、大人たちが仰天するようないたずらをして遊んだ。ともに土匪の王になろうと夢を語らったこともある。しかし幼き日に見た夢はもろくも崩れ去った。ふたりはそろって宦官にされ、陰謀渦巻く皇宮に身を置くうちにいつしか反目するようになった。

宦官になって間もないころは「土匪の王になれないなら、宦官の王になろう」と互いを励まし合っていたのに、どこで道をまちがえたのか。きっと段氏のせいだ。あの女にたぶらかされたせいで左龍は志を失ってしまった。出世をあきらめ、段氏とつつましく暮らすことを望むようになった。だから寝取ってやったのだ。おまえが志とひきかえに手に入れた女はこの程度の代物だぞと教えてやるために。色恋の幻想が打ち砕かれさえすれば、左龍は本来歩むべき道に戻ってくるはずだったが、結果は……。

なぜ、という思いに梟盗はさいなまれる。なぜ左龍は竹馬の友を捨て、整斗王（高秋霆）を選び、段氏を選んだのか。左龍のとなりにいるべき者は右龍（梟盗の幼名）をおいてほかにいなかったはずなのに。また咳が出る。血が混じっている。

死の予感が梟盗に空笑いをさせた。結局、自分は土匪の王にも宦官の王にもなれなかった。地位や財産だけでなく知己さえも失い、孤独のうちにみじめに死んでいく。

　これが天命なら受け入れるしかないが、もし叶うならば死ぬ前に左龍に会わせてほしい。尋ねてみたいのだ。餓鬼のころの夢をなぜ捨ててしまったのか、と。俺はずっと、おまえと見た夢を追いかけてきたのに――。

『落月～』はここでおしまいですが、後日談として失意のうちに死んだ梟盗をしのんで岳秀が紙銭を焚くという話も考えていました。こちらも書いていませんが……。

　十五編のうち、どれがいちばん印象に残りましたか？　お手紙等で教えていただけると、たいへん励みになります。

『後宮茶華伝』のあとがきで書きそびれた参考文献について。

　第二煎で出てきた王議の議題「普允郡王の事件」は佐藤文俊著『明代王府の研究』でとりあげられていた楚王府のお家騒動を参考に作りました。なかなか面白い陰謀劇で、王府の懐事情などもわかるので、ご興味のあるかたは読んでみてください。

　第一煎で連れ去り犯たちが語っていた北辺軍の腐敗ぶりや、第三煎で語られた憂国の勅関連の情勢は、奥山憲夫著『明代武臣の犯罪と処罰』、『明代軍政史研究』を参考にしています。武官たちによるバラエティーに富んだ犯罪や明軍が抱えていた諸問題、それに対する皇帝のリアクションなどが解説されているので、一読の価値がありますよ。

　茶馬交易については谷光隆著『明代馬政の研究』を、帰順してきた異民族の処遇については江嶋壽雄著『明代清初の女直史研究』をおもに参考にしました。

内閣など、作中の政治制度は岩本真利絵著『明代の専制政治』や、城地孝著『長城と北京の朝政　明代内閣政治の展開と変容』を読みかえしながら書いています。

調べ物の沼にはまって身動きできなくなることが多々ありますが、『後宮茶華伝』では五城兵馬司でつまずいてしまい、自分なりに結論を出すまで数日かかりました。

第四巻の予告として、ネタバレしない程度に書きます。

嘉明年間に暗い影を落とした事件、燃灯の変後の凱王朝。暴君と化した嘉明帝の治世は大きく揺れていた。とある理由から皇太子が廃され、東宮の主の座が空位になってしまったのだ。嘉明帝が「今年じゅうに世継ぎを決める」と宣言したため、皇子たちはそれぞれの野心を胸に動き出し、廟堂に居並ぶ大官たちもおのおの思惑で暗躍する。

一方、八皇子は馴染みの妓女を王妃に迎えたいと嘉明帝に申し出た。嘉明帝はにべもなく却下したが、最終的には許可した。八皇子は晴れて妓女と結ばれ、彼女は初の妓女出身の親王妃となる。ふたりの結婚は恋愛劇の大団円そのものに見えたが……。

『後宮戯華伝』と対になる内容を予定しています。『後宮戯華伝』の人物も再登場します。前述した（嘉明年間後期の）嘉明帝と同淫芥の主従は、私のなかでワーカホリックな万暦帝と九千歳に興味がない魏忠賢のイメージですね。「？」となったかたは万暦帝と魏忠賢を検索してみてください。どちらも明代の有名人です。とはいえ、史実のおふたりよりはいくらか毒気を差し引いていますが。なにしろ、どちらも強烈な人物なのでそのまま作中に反映させると……まずいことになってしまいます。

今回は泉リリカ先生にカバーイラストを描いていただきました。『昔日』より尹白姝です。想像以上にゴージャスな皇后服と鳳冠に小躍りして喜びました。せつなげな雰囲気もとても気に入っています。また『後宮染華伝』『後宮戯華伝』『後宮茶華伝』の主役カップルのイラストも描いていただきました。どれも期待していた以上の出来栄えで、衣装やアクセサリー等、細かい部分まで見応えがあり、うっとりと見惚れてしまいました。泉リリカ先生、すばらしいイラストをありがとうございました！

遅筆すぎて担当さまにはご迷惑をおかけしてしまいました……。気長に待ってくださり、ありがとうございました。ページ数の件も対応してくださり、とても助かりました。

オレンジ文庫公式サイトに特集ページを作っていただいています。年表や登場人物などもまとめてありますので、ぜひご覧ください。

本作に入っている十五編以外におまけとして短い話を数編書きました。フェアなどで使われる予定なので、オレンジ文庫からの情報をチェックしてくださいね。

最後になりましたが、読者のみなさまに心から感謝いたします。後宮史華伝シリーズ第二部も折り返し地点が近づいてきました。完結までもうすこしかかりそうですが、最後までお付き合いいただければうれしいです。

はるおかりの

【初出一覧】

昔日（後宮染華伝番外編）ＷＥＢマガジンＣｏｂａｌｔ（２０２０年６月）
日月を双べ懸けて乾坤を照らす（後宮染華伝番外編）書き下ろし
鴛鴦の衾（後宮戯華伝番外編）ＷＥＢマガジンＣｏｂａｌｔ（２０２１年10月）
親王画眉（後宮茶華伝番外編）集英社オレンジ文庫公式ＨＰ（２０２３年12月）
亡者の恋（後宮戯華伝番外編）書き下ろし
喪失（後宮戯華伝番外編）書き下ろし
禁色の閨（後宮染華伝番外編）集英社オレンジ文庫６周年フェア購入者特典（２０２０年12月）
君を怨み君を恨み君が愛を恃む（後宮茶華伝番外編）集英社オレンジ文庫公式ＨＰ（２０２３年12月）
比目の魚（後宮染華伝番外編）Ｔｗｉｔｔｅｒキャンペーン特典（２０２０年８月）
烏鳥の私情（後宮戯華伝番外編）ＷＥＢマガジンＣｏｂａｌｔ（２０２１年10月）
殷雷（後宮茶華伝番外編）書き下ろし
夜半の月（後宮染華伝番外編）『後宮染華伝』購入者特典（２０２０年６月）
卵翼の恩（後宮茶華伝番外編）集英社オレンジ文庫公式ＨＰ（２０２３年12月）
夕化粧（後宮茶華伝番外編）集英社オレンジ文庫公式ＨＰ（２０２３年12月）
梨花万片　東風を追う（後宮戯華伝番外編）ＷＥＢマガジンＣｏｂａｌｔ（２０２１年８月）

※この作品はフィクションです。実在の人物・団体・事件などにはいっさい関係ありません。

集英社オレンジ文庫をお買い上げいただき、ありがとうございます。
ご意見・ご感想をお待ちしております。

● あて先
〒101-8050　東京都千代田区一ツ橋2-5-10
集英社オレンジ文庫編集部 気付
はるおかりの先生

後宮史華伝

すべて夢の如し

集英社
オレンジ文庫

2024年1月23日　第1刷発行

著　者　はるおかりの
発行者　今井孝昭
発行所　株式会社集英社
〒101-8050東京都千代田区一ツ橋2-5-10
電話【編集部】03-3230-6352
【読者係】03-3230-6080
【販売部】03-3230-6393（書店専用）
印刷所　株式会社美松堂／中央精版印刷株式会社

ISBN 978-4-08-680537-7 C0193